Für Elisabeth

ganz herzlich

Renate

Renate Moller-Linsler
geboren in Wien
Abschluss der Theaterwissenschaften und Philosophie an Uni Wien.
Reinhardt-Seminar (Klasse Schauspiel und Regie)
Internationale Theaterseminare in Österreich, Deutschland, Frankreich und Russland.
Dramatisierungen für die Bühne.
Regiearbeiten in Österreich und Deutschland.
Gastspiele in Europa und New York.
Studium der Russischen Sprache in Wien, Moskau und Irkutsk.

Autor: Renate Moller-Linsler
Umschlaggestaltung: Martin Weinknecht

Verlag: myMorawa von Dataform Media GmbH

ISBN 978-3-99110-000-3 (Paperback)
ISBN 978-3-99110-002-7 (e-Book)

Printed in Austria

Renate Moller-Linsler

Puschkin, du Hundesohn!

Genie
Liebe
Intrige & Tod

VORWORT

Warum geht uns auch heute noch das Schicksal des russischen Dichters Aleksandr Puschkin so nahe?
Was veranlasst eine Autorin, sich mittels intensiver Recherchen mit seinem immer noch geheimnisumwitterten Tod auseinanderzusetzen?
Die damalige Intrige, heute würden wir sie „mobbing" nennen, ist in unserer Zeit aktueller denn je: erfolgreich, anerkannt und bewundert, wird ein Mensch, zudem politischer Freidenker, von Neidern, einer bösartigen Gesellschaft und von allerhöchster Stelle zu Tode gehetzt.
In seiner Verzweiflung über das ihm unerträglich gewordenen Leben und den Verlust der dichterischen Inspiration greift er zu extremen Mitteln.
Der „Fall Puschkin", bis heute nicht restlos geklärt, hat nichts an Spannung verloren.

Anmerkung der Autorin:
Die Worte Puschkins in den Dialogen werden oft wortgetreu aus seinen Briefen, Gedichten und Erzählungen wiedergegeben.

INHALT

01 DER WEG

Der Himmel ist stahlgrau, gleich wird es wieder zu schneien beginnen.
Der Winter in Sankt Petersburg ist hart, gnadenlos. Eisig ist es, die Luft, der Weg, den Pferden gefriert der Atem vorm Maul. Gefährlich schwankt die Kibitka, die Kälte pfeift über den Schlitten, erste Schneeflocken fegen ihm ins Gesicht, der Pelz will kaum schützen. Wieder und wieder wirft es ihn zur Seite, schüttelt ihn durch, wie die letzte Ermahnung an ein störrisches Kind, endlich Vernunft anzunehmen.
Draußen fliegen kahle Bäume vorbei, bedrohliche Skelette, sie möchten nach ihm greifen, ihm das Gesicht zerkratzen, ihn aufstacheln, aufpeitschen.
Schemenhaft kommen Schlitten entgegen, Kinder juchzen, Stimmen rufen, dumpf durch Nebel und Schnee, wie aus einer anderen Welt, nicht aus seiner - „Aleksandr Sergejewitsch, warum so spät? Das Beste haben Sie schon versäumt!“
Nein, das Beste erwartet ihn noch, Gott gäb's, wenn die Kibitka nur ihr Ziel erreicht!
Auf dem vereisten Pfad ächzen die Kufen, wollen vom Wege ab, es quietscht und rüttelt wider ein ungewisses Schicksal, als wüsste das Gefährt um diese seine unheilvolle Fahrt, tot – schieß – tot – schieß – tot – schieß tot! Dieser Rhythmus will ihn beflügeln, verhelfen zur letzten Gewissheit, zum Triumph über sich selbst und über den Anderen. Den Feind im Verborgenen, der

ihm immer entglitten ist. Bis heute. Schieß tot!
Und er allein bleibt übrig.
„Exigi monumentum, ein Denkmal hab ich mir erschaffen".
Das hat er schon im August niedergeschrieben, inspiriert von Horaz, tauglich gemacht für die Russen als Mahnung und Erinnerung an ihn, Kleinod vaterländischer Dichtkunst.
„Nein, gänzlich sterb' ich nicht, ganz Russland wird von mir in seiner Weite reden!" Und jetzt also holt er zum letzten Schlag aus, holt sich den Sieg über den Herausforderer, der schon hinter dem verschneiten Wäldchen dort lauert, ihn überall bedrängt, beengt, ihm die Luft abschneidet.....
Jetzt wird er ihn endlich packen, er entkommt ihm nicht. Schieß tot, schieß tot!
Der Schneefall wird immer dichter, der Weg kaum noch zu erkennen.
Russische Kutscher sind winterfest.
Schieß tot!

02 PARIS

Stahlblau ist der Himmel über Paris. Das Frühjahr hat die Stadt überfallen, die Boulevards haben sich grün geschmückt.
Das Auto parkt vor einem ansehnlichen Haus, schmucker Vorgarten, keine armen Leute wohnen hier. Ein fein säuberlich poliertes Türschild verkündet der Welt „Van Heeckeren". Energisch wird der Klingelknopf gedrückt, mehrmals, unnachgiebig.
Endlich eine verärgerte Stimme : Ja?
Ich komme wegen der Briefe!
Welche Briefe?
Die, welche noch in Ihrem Archiv liegen. Erinnern Sie sich, Sie wollten sie mir doch zeigen.
Das Archiv ist niemandem zugänglich, wovon sprechen Sie eigentlich?
Über den Briefwechsel Ihrer Familie, damals, mit Puschkin, die „Affaire Georges d'Anthès", der Skandal mit ...
Harsch unterbricht die Stimme: was wir veröffentlichen wollten haben wir veröffentlicht, alles Weitere bleibt unter Verschluss. Wen denn soll das alles noch interessieren, nach bald 200 Jahren! Unsere Familie jedenfalls will nichts mehr damit zu tun haben!
Beleidigte Stille. Giftig schielt ein Augenpaar durch schwere Vorhänge auf die Straße.
Diese Geschichte hat einen langen Atem!
Höhnisch grinst das metallene Schild, auf Hochglanz

gebracht, wie um Schuld und Infamie zu übertrumpfen, die sich hinter diesem niederländischen Namen eingenistet haben, ihn einzig damit für die Nachwelt erinnerlich machen.
Zärtlich greift der Wind in die jungen Zweige, flüchtig zeichnen sie ein Muster auf das schimmernde Messing, sie spinnen und weben ein verwirrendes Bild und doch immer klarer: ......was braucht es Archive, schau her, hier dreht und wiegt sich die Petersburger Gesellschaft; schau genau, siehst du die eleganten Füßchen, die über das Parkett schleifen, die forschen Stiefel, die über den Boden wetzen, hörst du das Rauschen der Spitzenröcke, jetzt, wo der Contredance bald zu Ende ist, erahnst du das Flüstern, das Kichern?
Schau hin, lass dir erzählen, komm mit an den Hof des Zaren!

03 DER BALL

So viel Pracht hätte sich Hans nun doch nicht erwartet: Zwar geht auch in Wien die Kunde vom Prunk und Luxus am Zarenhof, aber dieses Ambiente scheint doch etwas aus den Fugen geraten. Dicht an dicht drängen sich im Foyer die kostbaren Pelze, Kreationen, die er noch nie gesehen hat, geschweige dem ihre Bezeichnung kennt. Sie verlangen grenzenlose Bewunderung ab und lassen, obgleich doch bloß schaler Abglanz von Würde und Reichtum ihrer Besitzer, deren Herrlichkeit erahnen. Was soll das kleine Dichterlein hier in seinem dünnen Hasenfell?
Böse leuchten die tausend Lüster über ihm, bedrohlich flackern die Kandelaber, höhnisch glotzen die Fratzen all der in Marmor und Gold erstarrten Skulpturen. Noch ist es Zeit zu flüchten, die Prunktreppe des Palais hinunter zu stürzen und sich den Kopf an den Ufern der eisigen Newa abzukühlen, noch besser gleich viel weiter weg, an die heimatliche Donau.
Was sind schließlich schon die zehn Tage Fahrt über unaussprechliche Straßen, mit abgerackerten Pferden und fluchenden, aus fauligen Mündern stinkenden Kutschern. Zwar hatte er ein hehres Ziel vor Augen, eine Illusion eher, die sich eben, unter all dem Pomp verflüchtigen will. Ein zögerlicher Schritt schon in Richtung Portal -
„Enchanté, mon cher, absolument enchanté!“ Ein lächerlich dünnes Stimmchen zwingt ihn, sich

umzuwenden – und da steht er schon, der russische Edelmann à la mode, eine Lächerlichkeit aus dem Pariser Journal, irgend ein Großonkel des Stiefvaters, ansässig hier seit Jahrzehnten und so beglückt, den weitläufig Verwandten aus dem fernen Österreich nun endlich in die Arme schließen zu können.

„Hatten Sie eine gute Reise, die Kutschen heutzutage sind ja so comfortable!" Hans verzichtet auf gegenteiliges Klagen, sein Gegenüber lässt ihm auch gar keine Zeit.

„Mein lieber Gans, ich darf Sie doch so nennen, bien venu à Petersburg!"

Hans hat etwas an Farbe verloren, mit Unbehagen wird ihm gerade bewusst, dass die Russen, bedauerlicher sprachlicher Defekt, ein „H" immer in „G" zu verwandeln trachten, die nächsten Wochen wird er wohl als „Gans" durch diese noble Gesellschaft stolpern müssen, eine schöne Ergänzung zum bäuerlichen Hasenpelz.

„Mein lieber Gans, es ist mir eine ganz besondere Honneur, Sie in unsere Kreise einführen zu dürfen, die beste Gelegenheit auch, den von Ihnen und von uns allen so verehrten Dichter zu treffen, die Sonne unserer vaterländischen Literatur".

Hans belebt sich wieder, ja, dieser Sonne ist er schon lange nachgejagt, jetzt, endlich unter russischem Himmel, hofft er ihr zu begegnen, sich an ihren Strahlen zu wärmen, ihren Glanz vielleicht ein ganz klein wenig einfangen zu können für die eigene Schreibstube. Möge ihm Puschkin doch die Feder führen!

Schon packt ihn der modische Kleiderständer am Arm und zieht ihn, die bescheiden schmucklose Gans, hinein

in den Saal.
Ein unbeschreibliches Odeur schlägt ihm entgegen: schweißige Leiber in zu eng geschnürten Korsetten und malträtierten Fracks, aufgequollene Füße in zu kleinen Schühchen und fettstinkenden Stiefeln, zerrinnende Schminke und abbröckelnder Puder, nachlässig gewaschene Unterwäsche. Verräterische Prisen galanter Treffen bahnen sich den Weg unter den vielschichtigen Röcken hervor, eben noch vom Kavalier hinter den schweren Brokatvorhängen auf der Balustrade verführt, jetzt wieder zurück am glatten Parkett!
Doch hinter den Vorhängen, den schwer bestickten, nisten auch die Kloaken, aus dem Verborgenen versenden sie ihre eindringlichen Duftnoten an jedermann, gewinnen den Wettkampf mit den Wolken allerlei teuren Parfums, französisch, naturellement, die über allem schweben, sich in den Falten der schon feucht geschwitzten Roben festsetzen und eine neue Nuance ihrer selbst kreieren. Was für ein Bouquet!
Der Ball von Fürst Meschtscherskij ist schon seit Stunden im Gange.
Das Orchester im blumengeschmückten Halbstock gibt artig ein Menuett zum Besten, Dames et Messieurs halten sich possierlich an den Händen, nach vor, zurück, nach vor, zurück, ganz wie es dem Tanzmeister beliebt, nach vor, zurück. Schnell noch ein Rendezvous flüsternd vereinbart, bevor man den nächsten an der Hand hat, ein zierlicher Knicks, eine stramme Verbeugung : „Madame vous êtes ravissante!“ - ein liebliches Erröten, lange geübtes Beugen des

entzückend geschmückten Köpfchens, ein bravourös geglückter Augenaufschlag, vor, zurück, vor, zurück und Drehung, das ist schon unser fünfundzwanzigster Ball diese Saison!
Busen wogen, geschickt und einladend drapiert mit allerlei schimmernden Kostbarkeiten, Bracelets klirren an Handgelenken, Finger starren vor funkelnder Kleinode, Orden klirren, Sporen rasseln, alles dreht sich, schwenkt von links nach rechts und zurück, das adelige Russland bewegt sich, kommt dabei ,wie einst der Wiener Kongress, nicht vom Fleck.
Der Hof gefällt sich, genügt sich selbst und findet en passant immer wieder neue, doch altbewährte Spielchen!
Das Orchester hält inne, die Menge flaniert, endlich Zeit für Tratsch und Bosheiten, endlich die Möglichkeit sich der lang aufgestauten Galle zu entledigen, ihr Gift abzulassen, das sich in Bächen nun reichlich durch die Wandelgänge ergießt.
Hans ist fasziniert, seit seinem Besuch zu Hause, in Maria Theresias großartigem Tierpark, hat er solch absonderliche Exemplare nicht gesehen:
aristokratisch gelangweilte Löwen, elegant schleichende Tiger, gutmütig brummige Bären, Affen aller Art, toll bunte Papageien, Rad schlagende Pfaue, kokette Flamingos, bös züngelnde Schlangen, dümmlich gurrende Ziertauben, fett daher watschelnde Pinguine, schnatternde Kanarienvögel und so manches Trampeltier und Kamel. Das also ist die Entourage auch der verehrten Dichtersonne! Scheint sie womöglich hier, in diesem bizarr ausstaffierten, eitlen Tiergehege?

Kein Platz für Fragen: jetzt geht's an die Etikette der Präsentation: einer um den anderen defiliert vorbei, artige Verbeugung, dezentes Lächeln, stetige Nonchalance: Graf so und so, enchanté, Fürst von irgendwer, très agréable, Kammerherr so wie so, bien venu, Botschafter von und zu... Völlig verwirrt ist Hans von den vielen russischen Namen, all diese -witschs , -jews und -offs, schwer wird er die sich merken können. Titel und Namen der verführerischsten Schönheiten, die in sein Gesichtsfeld rücken, entfallen ihm sogleich.

Das gute Großonkelchen wird nicht müde, ihn jedem und jeder anzupreisen:

Der junge, hoffnungsfrohe Literat aus Wien, der Stadt unser aller Träume, keine Mühen hat er gescheut, um den weiten Weg nach der prächtigsten aller Städte, nach Sankt Petersburg zu wagen! Aber nein, nicht nur der Paläste und Bälle wegen ist er angereist, sein großes Vorbild, seinen Dichtergott will er endlich kennenlernen, ihm seine Verehrung zu Füßen legen, seine Bewunderung hervor stammeln. Ja, der Ruhm unseres russischen Literaten, Dichterfürst gleich Deutschlands Goethe, ist bis weit nach Europa gedrungen, man staunt, man beneidet, man neigt sich vor Russlands geistiger Größe und anerkennt seine Macht. Auch der liebe Gans aus dem Habsburgerreich hat dies erkannt und möchte profitieren von diesem Stern am Dichterhimmel, um zu lernen, ja ihn gar ins Deutsche zu übertragen und so auch in österreichischen Landen Russlands Kultur und Feinsinnigkeit zu offenbaren. So hofft er Beitrag leisten zu können zur internationalen Unsterblichkeit dieses Gestirns.

Man ist begeistert, man klatscht, das gefällt!
Nicht alle scharen sich um Hans. Manch scheeler Blick trifft ihn auch, schlecht verheimlichtes oder gar bewusst zur Schau gestelltes Misstrauen. Was will dieser Ausländer hier, was sind seine wahren Absichten, wozu die Schwierigkeiten einer solchen Reise auf sich nehmen, einer solchen Einreise ins Zarenreich, genau kontrolliert und reglementiert. Ausländer, wenn nicht gerade im leider unerlässlichen diplomatischen Corps, sind prinzipiell verdächtig, das Land soll sauber gehalten werden. Gott sei Dank gibt es ja den braven , hoch verdienten Benckendorff, der seine Polizeispitzel überall sitzen hat und Bulgakow, der wie ein Aasgeier alle Post-Ein- und-Ausgänge scharf beäugt..
Die Ankunft dieses Österreichers gerade Puschkins wegen ist weiß Gott kein Renommé, ja ganz im Gegenteil, diesen Aufwiegler und undurchsichtigen Oppositionellen mit einem Besuch zu würdigen unter schalem Vorwand literarischen Brimboriums, wirft kein gutes Licht auf ihn und die Beziehungen zum Hause Habsburg. Man wird vorsichtig sein müssen, ihn im Auge behalten, wenn nötig, Meldung erstatten über womöglich Verdächtiges. Die Staatsorgane des Zaren stehen bereit, überall.
Hans ahnt im Ballrausch nichts von all den tumben Gedanken, vielmehr hat er in diesem Zoo einen prächtig aufgezäumten Hengst entdeckt, tänzelnd, schnaubend, von jungen, deckwilligen Stuten umgeben. Wie fesch er doch ist, der junge Gardeoffizier, ganz in weiß, goldene Schulterstücke und ebensolche Tressen, ein Bild von einem Mann in seinen Zwanzigern, groß gewachsen,

schlank. Den Kopf trägt er hoch, ein akkurat gezogener Scheitel im blondgelockten Haar, ein keckes Oberlippenbärtchen, leicht aufgezwirbelt, strahlende Augen in verheißungsvollem, nicht unbedingt treuem Blau, die jeden fragen wollen „was kostet die Welt?“ um gleich selbst die Antwort hinterher zu schicken „für mich jedenfalls ist sie wohlfeil!“

Das scheint die Damenwelt zu bestätigen, die sich um ihn drängt, sie wetzen sich förmlich an ihm, hier noch lauteres Kichern, dort noch holderes Erröten, noch heftigeres Führen des Fächers als die leidige Nachbarin es tut, alles für ein kleines Mehr an Aufmerksamkeit, für ein Erhaschen seines prächtigen Lächelns, ja , vielleicht so gar für ein Wort, Beginn eines Versprechens, einer kurzen Begegnung..... All das wird sicher noch heute verschämt dem rosa gebundene Journal intime anvertraut werden, jede seiner Gesten, jeder seiner Blicke, auch wenn sie so oft von einer zur anderen wandern, jedes seiner Bonmots. Und die hat er flüssig parat, der Charmeur, der weiß, wie man Damen bezaubert, an welchen aventures der Garde man sie teilhaben lässt, welche pikanten Histörchen er ihnen zumuten kann, wie weit seine Zweideutigkeiten gehen dürfen.

„Ach, der schöne Georges!“ hört es Hans neben sich seufzen, hervorgebracht am Rande eines Deliriums. Da merkt man doch gleich den französischen Esprit, denn ein Sohn der Grande Nation ist er, diese deliziöse Erziehung, diese Eleganz, in jeder Beziehung!

Ja, was die Beziehungen anbelangt, da gehen wohl einige böse Gerüchte, das empörendste von allen aber

wohl, dass er sein großes Herz ganz und gar verschenkt haben soll, an eine, die es gar nicht annehmen darf, es im Übrigen auch gar nicht verdient!
Unglaublich wird das Gegacker um ihn, Fächerflügel schlagen wild, Federn fliegen, die Hennen balgen sich um den Lieblingshahn, der sich in aller Öffentlichkeit aber (noch) nicht entscheiden will.
Eben scheint ein Federvieh in Ohnmacht sinken zu wollen, da wendet sich Hans an den Onkel: wer ist denn nur dieser begehrte, sich gekonnt in Szene setzende, sich selbst schmeichelnde Galan? Ein Artist inkognito, ein Zirkusliebling in Galauniform, ein Bühnenkünstler ersten Ranges?
Der Onkel zeigt ein maliziöses Lächeln, verdreht die Augen: „Eh bien, Sie sehen hier den allseits beliebte Baron Georges-Charles d'Anthès, neuerdings van Heeckeren, da könnt ich Ihnen Histörchen erzählen, mein Bester........!"
Er leckt sich genüsslich über die Lippen im Vorgeschmack unerhört Skandalösem, da setzt die Mazurka ein und ein Wesen aus einer anderen Welt rückt ins Blickfeld, schwebt herbei in liebreizender Unschuld, in Weiß, ein Sträußlein Veilchen am weit geschwungenen Ausschnitt, rank hochgewachsen mit unfassbarer Wespentaille, die Haut schimmert alabastern, die überhitzte Stimmung scheint ihr nichts anzuhaben. Sie ist die Frische der Rosenknospe, die Aurora der Morgenröte in dieser stickigen Abend-gesellschaft, die Nymphe, gerade dem Meer entstiegen, die gute Fee aus dem Märchen, mehr noch, die Göttin, gekommen um angebetet zu werden.

Hans kann vor Staunen den Blick nicht wenden, da sieht er, erahnt es eher, dass auch der Herr Baron sich diesem Zauber nicht entziehen kann, ja, nicht will, schon seit geraumer Zeit fixiert er die Überirdische förmlich, verschlingt sie mit Augen, auch wenn der Tanz sie gerade weit von ihm trägt.
Mit Genugtuung beobachtet der Onkel seinen Gast: „Ja, wir haben Schönheiten hier am Hof, doch diese hier, mon ami, ist wohl eine der Allerschönsten, der Begehrtesten, die Ballkönigin schlechthin!" – und, wie ein As aus dem Ärmel zaubernd, flüstert er Hans ins Ohr: „Natalja Nikolajewna Puschkina".
Hans ist vom Donner gerührt: da hat er nun bereits quasi ein Zipfelchen des Poeten erhascht! Der also darf sich täglich und nächtlings mit solcher Schönheit umgeben, Zweifels ohne auch Quelle seiner Inspiration, jedenfalls Anlass stetiger Freude.
Er lässt den Onkel seine Überlegung wissen, der nur einen Seufzer für ihn hat: ach, ein Malheur, eine wahre Crux....doch davon später einmal.....
Und ER, wo ist nun ER? Hans will sich nicht mit dieser Spiegelung häuslichen Glücks des Meisters zufrieden geben, IHN will er sehen, den so reich Beschenkten, den so hoch Begabten, den Götterliebling selbst. Er wird doch wohl an der Seite seiner Angetrauten sich hier bewundern und vor allem beneiden lassen?
Abermals kann der Onkel ein Seufzen nicht unterdrücken: Puschkin? Der schmollt und grollt, sitzt wahrscheinlich zu Hause und verbeißt sich zum tausendsten Mal in diese Briefe.
Welche Briefe? „Ja, das ist eine lange Geschichte und

bereitet uns allen hier Kopfzerbrechen und böse Vorahnungen“.
Hans möchte am liebsten an Ort und Stelle alles wissen, alles, was ihm den Dichter näherbringen könnte, da tritt ein pompöser Edelmann heran und bittet den Onkel um ein Wort. Mit einer gemurmelten Entschuldigung – Geschäft, Affaire, Intrige.... entfernen sich beide.
Hans steht steif und unbeholfen da, mit brennender Neugier im Herzen, ein lächerliches Pünktchen im gleißenden Ballgeschehen, doch nicht lächerlich genug, um nicht genau im Auge behalten zu werden, Fremdkörper unter gestochen scharfer russischer Lupe.

04 DIE STADT

„Wolken jagen, Wolken kreisen..... trüb ist der Himmel, trüb die Nacht......“
Nicht aus dem Kopf wollen ihm die Verse Puschkins, niedergeschrieben wie für diesen Abend, für diesen Spaziergang, der ihn gedankenversunken an die Ufer der Newa geführt hat.
Mächtig türmen sich die Eisschollen des Flusses auf, hin und wieder gespenstig in milchiges Mondlicht getaucht, wenn die Wolkendecke, gerade in Fetzen gerissen, für Momente erlaubt, den Blicken ihr eisiges Szenario zu enthüllen.
Der Winter hat die Stadt fest im Griff, mit all seinem Zauber, mit all seinen Schrecken auch.
„.....ein unsichtbares Wesen, der Mond, beleuchtet den treibenden Schnee......der Sturm verhüllt den Himmel mit Nebel...bald beginnt er wie ein Tier zu heulen, bald zu weinen wie ein Kind....“
Weinen könnte auch Hans, vor Kälte, her geweht hat es ihn aus der Stadt, der vergnügungssüchtigen, bis hier ans Ufer, nun blickt er gebannt auf das großartige, das prunkvolle Panorama, das Petersburg ihm gerade hier zu bieten hat. Auf ragt die gewaltige Kuppel der Admiralität, mit ihrer goldenen Nadel sticht sie in den Himmel, stets soll er ihrer gewärtig sein, der Schönsten der Schönen. Die stolze Stadt an der mächtigen Newa, mit all ihren Inseln und Brücken, den verschwiegenen Kanälen, den unzähligen Prunkpalästen, den südlich

anmutenden Gärten, den dunklen, verwinkelten Innenhöfen, den Geheimgängen, diese Stadt mit französischem Raffinement und italienischer Grandezza, Fenster zur europäischen Welt.
An diesem steht er nun, lässt sich berauschen von Größe und Vielfalt, ein Rausch, in den sich allerdings eine gewisse Bitterkeit mischen will. Es ist wohl das Wissen um den Preis all dieser Schönheit, sorglos hingenommen, weil entrichtet von unzähligen Zwangsarbeitern und Häftlingen, die für dieses Ringen um westliche Anerkennung nicht selten ihr Leben lassen mussten. Hat denn nicht etwa allein die Vergoldung der 26 Meter hohen Kuppel der Isaak-Kathedrale 80 Menschenopfer gefordert?
Für Zar Peter freilich war kein Preis, kein Opfer zu groß, vielleicht wird er ja gerade deshalb „der Große“ genannt, denkt Hans bitter bei sich.
Erbaut ist all die Pracht um ihn herum letztlich auf unzähligen Leibern von verhungerten, zu Tode geschundenen Leibeigenen und Häftlingen, gnadenlos angetrieben zu nur dem einen, höchsten Zweck, eine Metropole aus dem Boden zu stampfen, die Paris oder Wien in nichts nach stünde.
Nein, davon hat der Genius Russischer Dichtung allerdings nichts geschrieben, Hans sind nur seine poetischen Lobpreisungen zu Ehren des Zaren bekannt, sein schwärmerisches „...Ich lieb' dich, Schöpfung Peters, deine gestrenge, einheitliche Pracht......der Newa königliche Macht......wie Russland stolz und unbezwungen......“
Gerne würde Hans ja den Dichter fragen, wie denn

gerade er, Unterstützer des Volkes und der Rechtlosen, diese blutige Vergangenheit außer Acht lassen kann und dem Erbauer Petersburg nur hymnische Verse widmet: „...in diesem Blicke – welche Macht! Auf dieser Stirn – welch ein Gedanke!“ Aber er wird es wohl nicht wagen, an Puschkins Genie zweifelt man nicht, man kritisiert es nicht, schon gar nicht als Ausländer! Puschkin und die Russen – eine Liebesbeziehung innigster Art.
Und doch, bei all der in ihm aufkeimenden Skepsis muss Hans sich trotzdem eingestehen, dass sein Idol die Heimsuchung der Stadt durch Überschwemmung letztlich als eine Art mythologischer Rache gesehen hatte: die Moorgötter der Newa versuchten zurück zu gewinnen, was ihnen gehörte. Nicht umsonst verfärbte sich der Himmel über der großen Stadt fahlgrün, Grund genug für das Ross des „Ehernen Reiters“, des Zaren, sich wild aufzubäumen. Mit dieser Stadt stimmte etwas nicht, sie war und bleibt suspekt.
Hoch über dem Ufer steht nun der Mond, blässlich krank, als wollte er an die schrecklichen Geschehnisse von vor etwa einem Jahr gemahnen, die den Platz rund um die Admiralität in einen wahren Scheiterhaufen verwandelten: in der Faschingswoche hatte sich der Ort in einen riesigen Jahrmarkt verwandelt, Zauberer, Dompteure, Jongleure, Akrobaten, Balalaikaspieler und Komödianten aller Art, sie alle lockten ein jubelnde Menge an, die fröhlich über die zugefrorene Newa herbei geströmt war. Doch schon nach wenigen Stunden närrischen Treibens stand eine der Zauberbuden plötzlich in Flammen, das sich vehement verbreitende Inferno verschlang viele hundert

Menschen, wer nicht verbrannte trug schwere Verletzungen davon. Der Zar selbst, so versicherte man Hans stolz, sei damals zum Löschen herbeigeeilt und hätte seine kostbare Gewandung der Gefahr des Versengens ausgesetzt. Die Gäste des Balles, auf dem er geweilt hatte, wollten ihre Lustbarkeit indes nicht abbrechen, es stand ihnen wohl nicht dafür. Nach einer spontanen Sammlung von 10 000 Rubel zu Gunsten der Hinterbliebenen tanzte man einfach weiter, tanzte eine Woche lang bis zur Folle Journée des 9. Februar. Dann aber waren die Kirchen übervoll mit all den Fastengebeten und Reuebekundungen der zu Tode erschöpften Tänzer.
„Ja, hier wahrlich ist russischer Geist, hier riecht es nach Russland!“.... Woher nur kennt er diese Zeilen? Jetzt fällt es Hans wieder ein, Puschkins „Ruslan und Ljudmila“ ist es, dieses Märchen von einem leidgeprüften Liebespaar, dem es nach unendlichen Wirren schlussendlich doch noch vergönnt ist, vereint zu sein, unrealistische Wendung in einem unbarmherzigen Land.
Nach Russland riecht es, so scheint es Hans, trotz aller Bemühungen nach Internationalität an allen Ecken und Enden der Stadt. Her geholpert hat ihn die Kutsche über die Schlaglöcher des Newski Prospekts, vorbei an all den eleganten Damen im Pelz, den Bauersfrauen, vermummt in dicke Tücher, den eiligen Laufburschen, den Läden, den Palästen, Gärten, Laternen, Klöstern, Händlern orientalischer Waren, Türmen und Türmchen, Kaufleuten, Bretterbuden, Kosaken, Apotheken, Modegeschäften, Löwen an Pforten, vorbei an

Schwärmen von Dohlen auf den goldenen Kreuzen über der Stadt, allzeit bereit, sich in Scharen zu erheben, als wollten sie der Welt berichten vom Glanz Petersburgs und seinen Ruhm weit hin tragen in aller Herren Länder. Der Mond über dem Fluss ist fort, so schnell wird er nicht wiederkehren, feiner Schnee rieselt wie Glasstaub herab, verwischt alle Spuren , setzt allem und jedem ein schützendes Häubchen auf und deckt die Stadt zur guten Nacht fest zu. Es knacken die Eisschollen leise „....Geister, scheint es haben sich versammelt auf der Schnee schimmernden Weite.....Schwarm auf Schwarm eilen die Dämonen..."
Was haben sie wohl vor mit der Stadt, was mit Russland gar?

05 DIE FAMILIE

„Nur Mut, nur Mut !“
Beruhigend klopft Sollogub Hans auf die Schulter. Der hat weiche Knie, da sie jetzt vor dem zweistöckigen Haus stehen, Nr. 12, an der winterlich gefrorenen Moika, vor dem großen Eingangstor, vor dem Klingelzug, der nur darauf wartet, betätigt zu werden. Mut hätte er sich antrinken können, ja müssen, fünf, sechs, sieben Gläser Likör hätten ihre Wirkung sicher nicht verfehlt. Doch betrunken vor den Meister treten – ein undenkbares Bubenstück!
Jetzt ist er also da, der große Moment, dem Hans bereits so lange entgegen geeifert, in Wien schon sich hinein geträumt, die Mühen der Reise kaum wahrgenommen, in Petersburg dann die letzten Tage wie im Fieber verbracht hatte.
Nun, am Ziel seiner Wünsche, ganz nahe der Erfüllung, möchte er am Liebsten umkehren, sich bei dem jungen Grafen bedanken für die Einladung, mit ihm bei Puschkin den Tee einzunehmen zu dürfen und Reiß aus nehmen, wie ein schüchterner Verehrer vor dem ersten Rendez-vous mit der Angebeteten.
Verehrer ist er ja, ein glühender, genauso wie Wladimir neben ihm, begeistert für die Dichtkunst überhaupt, im Besonderen aber für den Einen, den Genius russischer Literatur, über dessen Schwelle er nun treten soll.
Unbekümmert lacht der junge Graf, er ist kaum älter als Hans, in der Mitte der Zwanziger vielleicht und doch

vom Schicksal schon begünstigt, zum Freundeskreis seines Abgottes zählen zu dürfen. Da hat er schon energisch an der Glocke gezogen und Hans scheint es , als bräche das Schicksal nun selbst ein in seine Tage, als erhebe sich mit dem Öffnen des Tores ein großes dramatisches Gedicht, das die Handschrift des Meisters trägt, aber ein klein wenig auch die seine.
Verheißungsvoll lässt sich ein Schlurfen hören, ein Graukopf erscheint im Türspalt, der sich sogleich weit öffnet. „Ah Monsieur le Comte, bien venu!“ Die kleinen Äuglein des Alten blitzen vor Freude, aber auch vor Neugierde, die er dem ihm bislang unbekannten Gast da neben dem Grafen unverhohlen entgegenbringt.
Mühsam erklimmt er die wenigen Stufen der Treppe mit den Ankömmlingen, nimmt ihnen die Pelze ab, übergibt die Oberbekleidung einer Zofe, die sich aus ihrem tiefen Knicks kaum erheben will.
„Danke, Nikita“ ruft Sollogub ihm noch nach, dann warten sie eine Weile in dem kleinen Entrée, das Hans, vor Aufregung benommen, kaum wahrnimmt.
Endlich werden sie in den Salon gebeten und die Welt Puschkins offenbart sich Hans nun voll und ganz. Kaum zu atmen wagt er, es schwindelt ihm vor der herbeigesehnten Begegnung, die er nun am Liebsten in weite Ferne wünschte.
Seine Hoffnung scheint sich zu erfüllen, niemand zeigt sich. Der Poet aller Poeten wird doch wohl die Bettstatt noch nicht verlassen haben, nach tiefer, erschöpfender dichterischen Suche bis weit in die Nacht hinein – so flüstert er Sollugrub betreten zu. Womöglich ist ihm, zu früher Morgenstunde erst, wieder ein unvergleichliches

Gedicht aus der Feder geflossen, Zeilen von unsterblicher Schönheit, eine Kostbarkeit quasi...
Was denn, dichterisches Schaffen? Karten wird er wieder gespielt haben bis in den Morgen hinein, einige Gläschen werden sich da wohl auch dazu gesellt haben, hört Hans es an seinem Ohr wispern und verblüfft schaut er in das feixende Gesicht des Grafen, der bei passender Gelegenheit noch vielerlei Details aus dem geheimen Leben das Hausherrn zu lüften bereit scheint. Doch gerade jetzt ist nicht der opportune Moment.
Schon muss Hans bedauernd an die verabsäumten Liköre denken, da durchbricht ein Stimmlein dezent die Stille: „Madame werden so gleich erscheinen!" piepst die Zofe und entfernt sich artig in ein Nebenzimmer. Endlich findet Hans etwas Muße, den Raum unauffällig aus den Augenwinkeln zu erkunden, sogleich zieht eine schön gerahmte Zeichnung an der Wand seine Aufmerksam auf sich: Puschkin mit keckem Hut, sichtlich ein Sommerporträt, voller Hoffnung und auch irgendwie voll Leichtsinn. Ja, so in etwa hat er sich den Meister gedacht, sprühend vor Witz und Energie, vor Liebes- und Tatendrang.
Eine massive Wanduhr tickt bedächtig, jede Sekunde gemahnt Hans, seinem Ziel näher und näher zu sein. Auf einem dunklen Tischchen steht Teegeschirr bereit, dahinter geben die hohen Fenster den Blick auf einen tief verschneiten Garten frei, eine Winteridylle, draußen wie drinnen, entsprungen gleichsam aus seinen vagen Träumen in Wien.
Da – eine Tür geht auf – und herein tritt die unvergessliche Schönheit seines ersten Ballbesuches,

die Hausherrin. Wie damals scheint sie kaum den Boden zu berühren, ein Engel, niedergestiegen aus einer anderen Welt, ein überirdisches Lächeln auf den Lippen.
„Madame“ , Sollogub eilt herbei, deutet einen innigen Kuss auf das durchsichtig scheinende Händchen an, Hans bemüht sich sogleich, das selbe zu tun und gerät in die Aura betörenden, teuren Parfums.
„Mein lieber Freund aus Wien“ wird er amikal unterstützt, Hans findet aus seiner Verbeugung kaum hoch, da weist Frau Puschkina auch schon mit eleganter Handbewegung zum Tisch „Messieurs, bitte Platz zu nehmen!“
Jetzt erst bemerkt Hans, dass fast jedes der Sitzmöbel mit Papieren bedeckt ist, er zögert, da kommt ihm die Hausherrin, noch immer mit dem selben entwaffnenden Lächeln zu Hilfe „Aber bitte, keine Umstände, das sind ja nur Gedichte!“ und rafft eilig einige Blätter zusammen um sie achtlos in einen Winkel zu werfen.
Hans ist verblüfft „Nur Gedichte?“ Sind sie doch mit der Grund all seiner Anstrengungen bis hier her zu gelangen, Mittelpunkt seiner uneingeschränkten Bewunderung – und nun – auf dem Boden, in einer Ecke, unter dem Tisch?
Viel Zeit verbleibt ihm nicht sich zu wundern, Kindergeschrei erhebt sich in einem der Zimmer, da kommt auch schon ein etwa vierjähriges Mädchen an der Hand einer adretten Kinderfrau in den Salon, aufgelöst in Tränen.
„Maman, Maman, mon chat...“ Ein Kätzchen also wird vermisst, die Hausherrin erhebt sich, die Kleine zu

trösten, da flitzt der Ausreißer auch schon herbei und flüchtet sich unter den Tisch, genau in die Ecke, wo es die Manuskripte hin geweht hat, genau mitten in die Papiere hinein, die nun allesamt energisch mit Krallen und Zähnen bearbeitet werden. Entsetzt springt Hans auf, will das kleine Monster von seiner kostbaren Beute abhalten, da stiebt es schon wieder davon, verfolgt von Kind und Njanja, bejubelt von dem mehrstimmigen Kinderchor jenseits der Tür.
Anklagend blickt Hans zuerst auf die hinterlassenen Fetzen Papier, dann auf Frau Puschkina, nie hätte er gedacht, dass höchste Poesie im Heim des Dichters selbst so mit Füssen getreten würde! Doch die Dame hat ihr stetes Lächeln noch immer nicht abgelegt, es klebt ihr wie eine ewige Maske im Gesicht, verbirgt sie gar etwas dahinter? Mit einem Mal scheint Hans eine gewisse Kälte zu verspüren, die von dieser schönen Larve ausgeht, eine innere Leere unter blendender Hülle.
Und Puschkin, wo ist der Meister, der hier so in Grund und Boden Beleidigte?
„Pardonnez, Messieurs, mein Mann wird sogleich da sein, er pflegt immer ein wenig später....“
Verlegenes Schweigen füllt den Raum, Hans weiß rein nichts zu sagen, Sollogub zögert, da nimmt denn Madame die Konversation in die Hände, eine Frage scheint ihr auf den Lippen zu brennen, eine schwierige Formulierung scheint es: „....Et, Monsieur, quelle est la température à Vienne?“
Hans war auf Literatur vorbereitet, auf Kunst, russische Kultur, die Frage nach dem Klima seiner Heimatstadt

hier im Hause Puschkins macht ihn doch etwas sprachlos. Da auch er nun nach Worten ringt hätte er fast nicht gemerkt, dass plötzlich jemand den Raum betreten hat - er ist es, der sehnlich Erwartete!

Etwas ungehalten, vielleicht wegen des Kindergezeters, augenscheinlich aus dem Schlaf aufgestört, unfrisiert, in einem recht schlampigen Morgenrock .

Schnell schluckt Hans seine Betroffenheit hinunter, mit der Zeichnung an der Wand hat dieser Mann wenig zu tun, nicht keck, nicht jung, nicht hoffnungsfroh, nein, vorzeitig gealtert mit doch kaum achtunddreißig Jahren, verbitterte Züge, ein, so scheint es, vom Leben Enttäuschter!

Das also nun ist Puschkin!

Hans stottert atemlos eine Begrüßungsfloskel, es ist ihm eine ungeheure Ehre und so weiter, wie groß ihm die Ehre ist, kann der Dichter ja nicht einmal erahnen.

Der nickt nur flüchtig, die Einladung scheint ihm ganz und gar entfallen zu sein, er ist auch mit Wichtigerem beschäftigt, nämlich seine Nägel zu feilen, überlang und spitz. Wie klein er doch ist! Hans hatte ganz andere Vorstellungen gehabt, der Titan russischer Dichtung war in seiner Phantasie von auch entsprechend beeindruckendem Körperbau gewesen.

Unordentlich hängen ihm die schwarzen Locken ins Gesicht, umrahmt von einem wild wuchernden Backenbart, etwas hochmütig blicken die blauen Augen, das Einzige, das an das Bild hinter ihm gemahnt.

Puschkin folgt dem Blick des Besuchers und entdeckt die Zeichnung:

„Ja, das war vor sechs Jahren, erinnerst du dich, ma

chère, das waren noch glückliche Zeiten!"
Die so Angesprochene neigt verlegen den Kopf, er aber lässt ein bitteres Lachen hören und nimmt Platz auf dem Sessel über den Resten seiner Gedichte.
Rasch schenkt ihm seine schöne Frau Tee ein, sie ist ja so viel jünger als er, vierundzwanzig vielleicht, kann ihm sein Leben aber anscheinend dennoch nicht versüßen, wie Hans erstaunt feststellen muss.
Ungerührt unter dem rügenden Blick Nataljas feilt Puschkin weiter an seinen Krallen „Man kann durchaus ein tüchtiger Mensch sein und trotzdem auf die Schönheit seiner Nägel bedacht!" damit wirft er die Feile endlich fort und wendet sich gnädig seinem österreichischen Gast zu:
„Wie bekommt Ihnen unser Petersburger Klima, mein Bester? Sie lieben ja hoffentlich Kälte und Wind, rund um all diese Tristesse! Ich, für mein Teil fühle mich hier immer, als hätte ich Fieber, mich friert am ganzen Leib, nirgends kann ich mich erwärmen. Ungesund ist es, dieses Bärenklima, das einem jedes Jahr eine Bronchitis beschert. Meine Seele gar scheint vollends erkältet. Ach, gen Süden, gen Süden, für ein wenig Wärme nur!" Affektiert führt er die Teeschale an den Mund.
Jetzt könnte Hans den Wunsch der Hausfrau erfüllen und über das milde Wiener Wetter referieren, doch der Meister hat eine viel wichtigere Frage:
„Sie haben also tatsächlich vor, meinen 'Mozart und Salieri' ins Deutsche zu übertragen? Eh bien, Monsieur, es ist Ihnen ja wohl bekannt, dass die Premiere vor vier Jahren beileibe kein Erfolg war? Verdonnert haben sie

mich, als bloßes Vorspiel zu einem endlosen Theaterabend haben sie mich gebracht, die Zuschauer waren nicht einmal darüber informiert, sind nach und nach erst von diversen Diners eingetroffen und unter dem ganzen Gelärme und Füßescharren sind meine Verse jämmerlich untergegangen. Aber wahrscheinlich hätten diese Hohlköpfe ja ohnehin nichts verstanden, Psychologie in Blankversen! Hier zu Lande kann man das wohl keinem zumuten!
Und Sie, Monsieur, Sie also wollen sich darüber trauen?"
Nach kurzem Nachdenken hebt er theatralisch die reichlich mit Ringen geschmückte Hand gegen Himmel:
„Wem nützt es, wenn ein Mozart weiterlebt
und immer neue Höhen noch erreicht?
Wird er die Kunst denn dadurch heben? Nein,
sie fällt zurück, wenn er verschwunden ist,
er wird uns keinen Erben hinterlassen.
Was nützt er denn?"
Befriedigt über die gelungene Kostprobe seiner eigenen Verse lehnt Puschkin sich zurück. Eine gewisse Selbstgefälligkeit in seinen Worten ist nicht zu überhören.
„Sehen Sie, junger Freund, die arrogante Gilde der Literaten, ich spreche natürlich nur für unser geliebtes Russland, also diese Bruderschaft der Reimeschmiede sollte doch endlich aufhören zu flennen und immer das selbe zu quaken und das Vergangene, das Gewesenen beklagen!
Im Übrigen herrscht hierzulande die fatale Tyrannei der Mode, diese tödliche Krankheit der Russen, stets up to

date sein zu wollen. Denken Sie daran, bei Ihrer Übersetzung wie auch bei anderen Elaboraten
ihrer Schreibkunst: Mode muss es werden, Mode, dann und nur dann haben Sie sich etabliert!
Im Übrigen wird man ja hören, wie sich der 'Onegin' macht, erst neulich, im August, ist er ja in Deutschland im 'Refraktor' erschienen, haben sie die Übersetzung von Bodenstedt gelesen, nein?“
Nebenan erhebt sich begeistertes Johlen, die Kindern fordern, das „Märchen vom Goldenen Hahn“ zu hören, zum unzähligen Mal anscheinend soll die Njanja Papas Erzählung vorlesen, sicher wissen sie alle schon auswendig.
Puschkin erhebt sich, bittet Hans mit einer Handbewegung, ihm zu folgen und lässt ihn nun sein Allerheiligstes betreten, sein Arbeitszimmer, Zentrum seines Schaffens.
Hans wagt kaum zu atmen. Zunächst fällt ihm die riesige Bibliothek ins Auge, alle vier Wände des großen, rechteckigen Raumes sind von Büchern verdeckt, bis zur Decke hinauf, eine der umfangreichsten Privatbibliotheken Russlands, etwa viertausend fünfhundert, wie ihm Sollogub erzählt hat. Hans tritt an eines der Regale, liest hier Agoub, Apollodoro, Ariost, Aristophanes, dort Lord Byron, eine „Histoire de la Suisse“.....
„Es fiele mir schwer, mich auch nur von einem Einzigen trennen zu müssen“ hört er hinter sich sagen. Jetzt erst bemerkt er die Büchertrennwand, die ein dunkles Ledersofa vor Blicken der Eintretenden schützt, davor ein niedriges Pult, auf dem man auch liegend bequem

schreiben kann.
„Ich erhebe mich ungern vor Mittag“ kommt die Erklärung, „Nach der Arbeit ruhe ich gerne auf diesem neuartigen Stuhl hier, sehen Sie nur, verstellbar am Rücken und an den Beinen, großartige Arbeit meines Kunsttischlers, angefertigt erst voriges Jahr! Zu einem ebenfalls großartigen Preis!“ Der nachgeschickte Seufzer ist unüberhörbar.
Und tatsächlich, vor dem Fenster steht das praktische Möbel, sogar mobil auf kleinen Rädern, tapeziert mit feinstem roten Safianleder.
Doch Mittelpunkt des Zimmers, Zentrum des Interesses von Hans ist der mächtige Schreibtisch, übersät mit unzähligen Seiten, Entwürfen, alle eng bedeckt mit einer schrägen, kleinen Schrift. Daneben etliche Ausgaben der Literaturzeitschrift „Sowremenik“, Geistes- und zugleich Sorgenkind Puschkins, denn die Auflagenzahlen sind wesentlich geringer als erwartet, wie Hans schon aus vielerlei Gerede entnommen hat.
„Bleibt nur zu hoffen, dass mein 'Zeitgenosse' nicht dasselbe Schicksal erdulden muss wie andere gelehrte Schriften bei uns auch, kennen Sie dieses meiner Epigramme vielleicht?
„Europas Herold“, „Sohn des Vaterlandes“
sind Freunde des Popos und des Verstandes.
Puschkin grinst hämisch und Hans glaubt, nicht richtig verstanden zu haben, am liebsten würde er die Zeilen notieren, um später über sie ins Klare zu kommen.. Da bemerkt er Manuskripte, dicht beschrieben, oft Durchgestrichenes, versehen mit etlichen kleinen Zeichnungen am Rande..

„Ja, ich skizziere recht gerne, wollen Sie etwas sehen?"
Natürlich will Hans und schon holt der Dichter Einiges hervor:
Hier, ein Selbstbildnis aus der Jugendzeit mit viel zu langer Nase, da eine Karikatur lächerlicher Tanzpaare, eine Seite, verziert mit der Hinrichtung der Dekabristen, datiert 1828. „Nikolaj, der grundgütige Zar, ließ sie nicht vierteilen, sondern aus purem Erbarmen bloß aufhängen" zischt Puschkin hervor und in seinen Augen lodert ganz unverblümter Hass.
Schnell greift Hans, das Thema scheint ihm doch zu heiß, zu einem Porträt einer liebreizenden Dame, Natalja ist es jedenfalls nicht, dann zu einer Skizze, Puschkin mit Onegin zusammen am Ufer der Newa, schließlich er zu einer Selbstdarstellung hoch zu Ross im türkischen Feldzug anno 1829.
Diese letzte Zeichnung entlockt dem Dichter abermals einen Seufzer:
„Ach, unterwegs sein, reisen, auch und vor allem ins Ausland, wie es so viele meiner Kollegen tun, Eindrücke fremder Sitten, anderer Kulturen. Doch Sie kennen ja vermutlich dieses unselige Reiseverbot, wegen meiner unverhohlenen Sympathie für die Aufständischen. Der alte Zar, Aleksandr, hielt es damals für nötig, mich deswegen mit meinen zweiundzwanzig Jahren in den Kaukasus zu verbannen, drei Jahre bin ich dort festgesessen, gleichsam gefangen, die nächsten zwei dann am Land, in Michailowskoje, versauert. Also bin ich heute Kosmopolit bloß im Geiste, reise mit Hilfe meiner Bücher und Gedanken, beobachte und vergleiche und suche, meine eigenen Schlüsse zu

ziehen. Gibt es doch keinen schöneren Antrieb als die Sehnsucht. Doch manchmal glaube ich zu ersticken..."
Tief seufzend kramt Puschkin weiter in einer Kommode, um neue Zeichnungen zu finden, plötzlich hält er inne, sein Gesicht verdüstert sich zusehends. Er zieht ein schmales Bündel hervor, hält es Hans unter die Nase, fuchtelt wild damit herum: „Und davon haben Sie wohl auch schon gehört, alle Welt spricht ja darüber, als gäbe es keine anderen Tagesneuigkeiten: in den Klub der Hahnreie hat man mich aufgenommen, hier, sehen Sie, zum Vizegroßmeister und Historiographen des Ordens der Gehörnten bestellt, alles auf das Lächerlichste formuliert in gespreiztem Französisch und von geringem Geist, so gering, dass man sich anscheinend schämte, den wahren Absender zu nennen. Dafür aber verfasst auf feinstem Papier, wie es in Russland gar nicht erhältlich ist!"
Puschkin ereifert sich weiter, Sollogub hat ja gewarnt, dass das leidige Thema, wie so oft, zur Sprache kommen würde. Immer lauter wird der Dichter, solches Papier komme nur in Diplomatischen Botschaften zur Verwendung und da kenne er nur einen, der damit vertraut ist, Zugang hat und auch die nötige Impertinenz. Der Niederländer und sein dreckiger Ziehsohn, aber die beiden hätten ja keine Ahnung, was ihnen bald blüht!
Jetzt hat Puschkin gar schon Schaum vor dem Mund, seine Augäpfel sind hervorgetreten, er bleckt die Zähne, Hans wünschte, Sollogub wäre an seiner Seite. Ganz wie dieser ihm geraten hat, versucht er nun schnell sein Geschichtchen aus Wien anzubringen, denn auch dort

sind doch tatsächlich solch anonyme Verleumdungen im Umlauf gewesen, hochgestellte Persönlichkeiten wurden da in den Schmutz gezogen. Keiner jedoch nahm sie so richtig ernst, manch einer empfand sie sogar als witzig, blutige Rache, so wie Puschkin es vorschwebt, gab es jedenfalls nicht. Die amüsierte Wiener Gesellschaft wusste sich bald neuen Klatsch und neue pikante Gerüchte zu finden.
Puschkin zeigt sich kaum beeindruckt: „Die Ehre ist ein feines Gewebe, das sich eng an den Menschen schließt“! Sein Gewebe jedenfalls ist ein für allemal besudelt, Blut nur kann all die Flecken abwaschen.
Hans möchte das drohende Unwetter abwenden, er bemerkt eine auffällige Skulptur auf dem Schreibtisch, prächtige Bronze eines Mohren, halb nackt, in goldener Hose.
„Ein lieb gemeintes Geschenk eines Freundes, vor Jahren, wohl in Erinnerung meines Urgroßvaters“, winkt der Dichter desinteressiert ab. Gleich daneben entdeckt Hans den Gänsekiel, aus dem so viel Geniales geflossen ist, ehrfürchtig wagt er kaum, ihn zu berühren..
Puschkin lacht kurz auf:
„Der einzige Weg, einen Schriftsteller kennenzulernen, mon cher, ist der Tintenspur zu folgen, die er hinterlässt. Der Mensch, den man zu kennen glaubt, ist nur die Hülle, die Wahrheit steckt immer in der Dichtung! Da - “ , er wirft ihm ein Bündel Manuskripte hin, „ das können Sie in Ruhe studieren. Wir Dichter sind ja versessen auf Herzensergüsse, versessen, unser Inneres nach außen zu kehren. Verdammt dazu, unser ganzes Leben der

Literatur zu widmen, obwohl sie es uns nur selten dankt, verdammt, auf vielen Seiten zu leiden, zu sterben."
Verstohlen wirft Hans schon einen Blick in diesen Schatz russischer Poesie, den er da in Händen hält, das erste Blatt schon versetzt ihn abermals in nicht geringes Erstaunen:

Du, umgeben von Nepoten,
wischt den fetten, zarten Po
mit den Blicken des Despoten
nur mit weichem Kaliko.
Ich verwöhn nach Kinderweise
nicht wie du mein Sündenloch,
und mit Chwostows Ode leise,
wenn's auch weh tut, wisch ich doch.

Was hat er da gelesen, tatsächlich von des Meisters Hand? Kaum zu glauben, sogleich will ihm Mozart in den Sinn kommen, mit seinen derb vulgären Reimen. Bemüht ringt nach Worten wie „sehr gelungen", „außergewöhnlich"..... da unterbricht ihn sogleich der Verfasser der schändlichen Verse:
„Du, Mozart, bist ja deiner selbst nicht würdig", um bei Ihrem Sujet künftiger Übersetzung zu bleiben, Verehrtester" und weiter mit einem Zwinkern:
„Meine Göttlichkeit verspürt jetzt starken Hunger!"
Aus dem Schreibzimmer wird Hans höflich wieder in den Salon gewiesen, wo inzwischen der jüngste Sprössling der Familie, ein paar Monate alt, auf dem Schoß seiner schönen Mutter hoppe hoppe Reiter macht. Natalja scheint etwas aus den Fugen, streng fixiert sie Ihren eben eingetretenen Ehemann: „Sascha, der Kaschmirschal, der hübsche, mit den Fransen, hast du

ihn gesehen? Heute Abend möchte ihn für die Smirnovs anlegen, du weißt schon, der Empfang..." Ärgerliches Kopfschütteln lässt sie verstummen, ihre Zofe wird weitersuchen müssen, sicher hat Madame doch noch anderes zur Hand, um ihre Schultern zu bedecken..
Hans dankt höflich für die Einladung, am Essen teilzunehmen, Sollogub wird Gesellschaft leisten, er hingegen möchte mit den Manuskripten Puschkins eilig heim und sich allein in diesen Schatz vertiefen, „....der Tintenspur des Dichters folgen, um ihn wirklich kennen zu lernen."
Ganz unerwartet geleitet ihn der Hausherr bis zum Tor, im Flur stolpert Hans über eine Reihe von Spazierstöcken und einer mit schwerem eisernen Knauf fällt ihm unsanft auf den Fuß. „Ja, sehen Sie, das ist so zu sagen mein Übungsgerät um die Hand zu ertüchtigen, damit sie gegebener Weise nicht mit der Pistole zittert!"
Damit klopft er ihm, hämisch feixend, auf die Schulter und flüstert ihm noch schnell, wie zum Trost zu, bevor das Tor sich schließt:

„Ich bin nicht lebensmüde,
ich lieb das Leben wie zuvor,
die Seele ist nicht kalt und trübe,
seit ihre Jugend sie verlor.."

aber lesen Sie nur, junger Freund, lesen und verstehen Sie!"
Tief Atem holt Hans jetzt, allein an der stillen Moika, nach so viel Erlebtem, Erfahrenem. Kann er es wirklich wagen, darf er es denn, den Genius russischer Sprache ins Deutsche zu pressen, die Leuchtkraft seiner Worte,

seiner Bildvorstellung, die Macht seiner Musikalität, aber auch seines Witzes in eine andere Sprache umzusetzen?
Verzagen möchte er, hier und jetzt, während drinnen im Haus sich der Dichter zum Essen setzt, Zofe Liza weiter nach einem Umhang kramt, Natalja sich erwartungsvoll aufputzt und die Kinder das Kätzchen zu Tode liebkosen.
Noch einmal, bevor er sich auf den Heimweg macht, wirft Hans kurz einen Blick auf die Mappe des Meisters, hervor lugt ein Blatt „Erinnerung", er zieht es hervor:

„.........Mein Leben lese ich mit Abscheu und voll Scham,
vergieße bittre, heiße Reuetränen
und fluche mir entsetzt in abgrundtiefem Gram,
doch keine Schuld werd' abwaschen ich können."

Fürwahr, der einzige Weg, einen Dichter wirklich kennenzulernen ist, der Tintenspur zu folgen, die er hinterlässt ...

06 FREUNDINNEN

Ein Stück Stoff wandert von Hand zu Hand:
Gut gelungen!
Ganz entzückend!
Très mignon!
Drei artig frisierte Köpfe beugen sich über eine hübsch gefertigte Stickerei, schlanke, gepflegte Finger, jeglicher Arbeit fremd, außer der des zeitweiligen Stickens, prüfen Art und Qualität des Textils, das, wenn zu Ende gebracht, ein reizendes Täschchen sein wird, unerlässliches Utensil jeder Dame von Welt.
Und Damen von Welt sind es, die sich hier eingefunden haben und der wöchentlichen Einladung zum trauten Beisammensein mit Handarbeitshintergrund gefolgt sind, ausgesprochen , wie immer, von Dolly, Gattin des Österreichischen Botschafters, schon seit Jahren in dieser Funktion in Sankt Petersburg.
Ihre beiden besten Freundinnen weilen also heute wieder bei ihr, ausgestattet mit Nadel und bunten Fäden, Utensilien einer eher mechanischen als tatsächlich nützlichen Tätigkeit, unabdingbare Unterstützung weiblicher Mitteilsamkeit. Zu ihren Füßen kauert ein schwarz gelockter Romeo, nein, leider kein schmachtender Verehrer, sondern ein allzu harmloser Rassepudel, der ebenfalls Wert auf gesellschaftlichen Umgang legt.
Natürlich könnte sich Dolly auch der Vorbereitung einer ihrer regelmäßigen Salons widmen, schließlich ist ihr

Interesse für Literatur, Philosophie, Religion, ja sogar für Politik weithin bekannt und spült daher immer wieder außergewöhnliche Persönlichkeiten an die Pforte ihres Heims. Aber auch geistige Ergüsse wollen bisweilen unterbrochen werden, hatten doch die letzten Wochen soviel Aufregendes zu bieten, vor allem für sie , die sie als scharfe Beobachterin der Gesellschaftsszene gilt. Elena und Julia, die beiden Lieben, gieren förmlich nach Neuigkeiten und sind selbst ja auch stets brisante Informatinnen.

Eifrig führen sie die Nadeln, die Fäden: goldene, rote, grüne, silberne Ornamente nehmen im Stickrahmen Form an, die Damen wetteifern in Phantasie und Ausführung, der Tee in den Tassen kühlt ab, so sehr ist man bei der Sache.

„Der Ball von neulich war aber auch prächtig, Graf Woronzow hatte persönlich eingeladen, quel honneur!“

„Und, habt ihr gesehen, Puschkin war da, sogar mit seiner Frau, eine Seltenheit doch in den letzten Wochen. Er lässt sich ja fast nie mehr blicken und wenn, dann nur zum Ärgernis aller. Gräfin Stroganowa hat sich am letzten Silvesterball richtig erschrocken, man konnte es sehen, sie hatte doch tatsächlich Angst vor ihm, mon Dieu!“

Romeo knurrt und dreht sich im Kreis, gegen den ihm ganz ähnlich schwarz Gelockten scheint auch er misstrauisch.

„Romeo, couche-toi!“

Die ganze Gesellschaft echauffiert sich nun gebührlich über ihn, den Dichter nämlich, hat der denn den Verstand verloren? Andauernd spielt er sich auf wegen

irgendwelcher kompromittierender Briefe, schneidet furchterregende Grimassen, schäumt wie ein wilder Stier, an Nataljas Stelle würde man sich tatsächlich fürchten, mit ihm nach Hause zu gehen!
„Die ganze Misere hat er sich aber doch selbst zu zuschreiben, auch er nimmt es mit der ehelichen Treue nicht so genau, wie man hört."
„An seinem Charakter ist dennoch nicht allzu viel auszusetzen, weil er, entre nous, vermutlich gar keinen besitzt!"
Oh là là!,...... Das amüsiert, jedes Bonmot entzückt die arbeitsame Runde, auch Romeo hat sich übermütig ein Knäuel Garn geschnappt.
Leider hat man ja viel zu wenige Details vernommen, die sich jetzt so vorzüglich bei der Stickarbeit ein- um- und verarbeiten ließen. Schildert der heiß Diskutierte doch angeblich jedem, der ihm nur ein wenig Aufmerksamkeit schenkt, und das werden in letzter Zeit immer weniger, die ganze angebliche Niedertracht der beiden Herren Heeckeren und das Leid, das ihm von denselben angetan wird.
Ach, und die schöne Natalja, dieser ewige Zankapfel! Dieses Kleid neulich, dieses honigfarbene, ausladende! Was das wohl gekostet haben muss?
Ein Vermögen jedenfalls! Woher ihr Mann bloß das Geld nimmt, sein „Sowremenik" verkauft sich ja gar nicht so gut, wie er immer und überall lamentiert!
Und, wie pikant, auch D' Anthès war bei den Wonzorows zugegen, mit dieser hässlichen Ekaterina!
Die ist doch glatt vier Jahre älter als er! Und dieser Kosename, „Koko", absolut lächerlich für eine plumpe

Person wie sie, nur die feine Erziehung gebietet, den Ausdruck „Trampel" nicht in den Mund zu nehmen!
Glück hat sie ja, mit neunundzwanzig noch solch einen Mann an sich zu binden, wie kommt das bloß?
Autsch, Dolly hat sich gestochen, ein Tropfen Blut droht ihre Arbeit zu verderben, Romeo spielt sich sogleich als Beschützer auf.
„Couche-toi!"
Es tropft das Blut der Gräfin Ficquelmont , weniger vom Finger, als vielmehr von ihrem Herzen, war sie selbst es doch, die damals, vor schon mehr als sechs Jahren, diesem D'Anthès Zutritt bei Hof verschaffte. Eine unverzeihliche Dummheit, wie sich jetzt herausstellt, sogleich war die Kaiserin beeindruckt von seinem Auftreten und was er mit der Puschkina anstellte, weiß man ja.
Überhaupt und immer wieder, diese Natalja! Kein gutes Haar kann Dolly an ihr lassen. Hübsch ist sie ja, das muss sie der mehr als zehn Jahre Jüngeren zugestehen, eine schöne Person, schlank, gut gewachsen, das Gesicht einer Madonna. Aber gerade da hat Puschkin sich wohl keinen Dienst erwiesen, neben ihr fällt seine Hässlichkeit noch deutlicher ins Gewicht, seiner kleinen, gedrungenen Gestalt bleibt jede Eleganz verwehrt und die Physiognomie – „ Wahrlich eine Mischung zwischen Affen und Tiger, das hat meine Mutter einmal so formuliert!" Schallendes Gelächter schüttelt die Handarbeitsrunde. Gut gesprochen, genau so ist es! Von einem Bankett wird ja auch berichtet, bei dem Puschkin, ganz Witzbold, auf einen Ring von D'Anthès hinwies mit der Bemerkung,

der trüge wohl das Konterfei eines Affen am Finger. Mit der gewandten Antwort des Franzosen hatte er wohl nicht gerechnet: Schaut her, ist das nicht eher ein Bild von Puschkin? Spott und Häme sollen sich damals über den Dichter ergossen haben.
Dolly hat sich in offensichtlichen Zorn geredet.
Elena staunt: warum denn diese Hitzigkeit? Stand sie ihm denn etwa nicht auch ungebührlich nahe? Hat der Dichter doch selbst äußerst pikante Schilderungen seiner Zweisamkeit mit der guten Dolly einem Freund höchst vertraulich mitgeteilt, so vertraulich, dass es bis heute bei Hof die Runde macht!
Anzügliches, laut überschäumendes Gelächter, die Freundinnen sind in ihrem Element, wo kann man sonst noch so freizügig über die verbotenen Dinge des Lebens plaudern?
Dolly errötet, vor Ärger, vor Scham? Diese alten Geschichten, sie will sich kaum erinnern, doch die beiden anderen, die lästige Handarbeit vollends vergessend, möchten ihrem Gedächtnis bereitwillig nachhelfen, zu gerne, liebste Dolly, hören wir die Geschichte wieder und wieder!
Ja, Gräfin Dorothea, vormals von Thiessenhausen, damals eine Dame von untadeligem Ruf, war also, wie so viele andere auch, von Puschkin hingerissen und ließ ihren Gefühlen und Trieben freien Lauf. Etwaige mangelnde Schönheit seinerseits schob sie beiseite, Genie ist immer attraktiv und Liebe macht ja bekanntlich blind.
Puschkin war darum zu einem Rendezvous in den Ficquelmont'schen Palast geeilt, allerdings zu früh und

hatte sich, man stelle sich vor, unter dem Diwan versteckt. Als Dolly schließlich nach Hause kam und leise im Salon nach ihm rief, kam er unter dem Möbelstück hervorgekrochen, sie führte ihn ins Schlafzimmer und zog die Gardinen zu.
Hier würde Dolly gerne ihre Erzählung enden lassen, doch die Wollust der Phantasie hat sich der beiden anderen bemächtigt, sie sind nicht zu halten, weiter, nur weiter!
Eh bien: vor dem Kamin lag ein prächtiges Bärenfell, das zu allerlei Vergnügungen und Verzückungen einlud......mit Parfum übergossen und, pardon, völlig nackt schliefen die beiden schließlich erschöpft ein.
Die Freundinnen erfasst süßer Schwindel, die Mieder werden zu eng – mehr, mehr!
Heller Tag also war es schon, als der Haushofmeister bereits diskret, aber eindringlich an der Tür klopfte. Dolly war einer Ohnmacht nahe, wie sie heute beteuert und mit Frohlocken stellen die Freundinnen fest: sie ist es eben gerade, wieder bei der Vorstellung, dass doch im Nebensalon arglos ihr Karl Ludwig schlief! Eine gewiefte Zofe schließlich manövrierte Puschkin auf Zehenspitzen durch das Schlafgemach des Ehemanns, der in dem Moment zwar hochschreckte, doch hinter seinem Paravant von der Bediensteten beschwichtigt werden konnte. Puschkin, der Draufgänger in Liebesdingen, kam wieder einmal heil davon, was ihm dann auch tausend Rubel Schweigegeld für den Haushofmeister wert war.
Entzückt klatschen die Freundinnen in die Hände, was für ein Spaß, Romeo jedoch lässt sich lautstark hören,

quasi ein Protest: das hätte er seinem lieben Frauchen gar nicht zugetraut. Wäre er damals zugegen gewesen, er hätte diesen Eindringlich tüchtig verbellt.
Das denkt auch Dolly und dankt dem Himmel, unbeschadet aus dieser Affaire entkommen zu sein, damals und auch bei anderen Gelegenheiten, denn die siebenundzwanzig Jahre Altersunterschied zu ihrem Gemahl erweisen sich doch bisweilen als Problem, für beide.
„Silence, Romeo, silence!"
Doch in jedem Fall sind Puschkins Aktivitäten und vor allem seine Indiskretion empörend! Selbst sensibel und weinerlich, was seine eigene familiäre Misere anbelangt, schert er sich keinen Deut um die Ehre seiner Geliebten. Man denke nur an diese Madame Anna Kern, einst bloß von fern Angebetete, über die er brieflich einen Freund informierte, sie endlich – Dolly will das grobe, so gar nicht poetische Wort, das er da gebrauchte, nicht in den Mund nehmen – sie also endlich und „mit Gottes Hilfe" zu einer seiner zahlreichen Mätressen gemacht zu haben. Pfui und abermals pfui!
Genauso war er ja schließlich auch mit ihrer eigenen Mutter verfahren, zugegeben, eine peinliche Sache: die bereits vierundfünfzig jährige Elizaweta war ihm schon lange Zeit zugetan gewesen und schickte ihm fast täglich Billets mit exaltiertem Inhalt auf die er ironisch gelassen zu reagieren pflegte. Bis er sich veranlasst sah, sie öffentlich als „nackte Liza, altes Wahrzeichen der Österreichischen Botschaft" zu diffamieren und sie endgültig in den Salons lächerlich machte.

Beschämt kommt Dolly der Brief ihrer Mutter an den so sehr Angebeteten in den Sinn, den Puschkin der verblüfften Tochter einmal bei einem tête à tête unter die Nase hielt, geschrieben anlässlich seiner Vermählung mit Natalja:
„...von nun an werden mein Herz und meine innigsten Gedanken ein unergründliches Rätsel für Sie bleiben....zwischen mir und Ihnen wird ein Ozean sein, doch früher oder später werden Sie in mir eine Freundin finden....“
Diese schwülstigen Zeilen sind Dolly heute noch Wort für Wort erinnerlich, nicht zuletzt, weil Puschkin sich vor Lachen kaum halten konnte. Wie hatte er doch für sich so trefflich einst formuliert? “Je weniger wir eine Frau lieben, desto mehr gefallen wir ihr!“ Filou!
Auch die Freundinnen zeigen sich reichlich erheitert:
„Wisst ihr denn auch, man erzählt sich, er, dieser grenzenlos eifersüchtige und misstrauische Tyrann, der soll sich einst mit Kerzenruß den Mund geschwärzt haben, um dann Natalja zu küssen. Dann verließ er das Zimmer, nur um kurze Zeit später wiederzukommen und zu sehen, ob sein Gast auch Ruß im Gesicht hätte, augenscheinlich von einer zu intimen Nähe zu seiner Frau.“
„Und, wie ging das Ganze aus?“
Ach, man weiß es nicht so genau, womöglich alles bloß Gerüchte, die jedoch von Puschkin selbst und seinem Betragen immer und immer wieder genährt werden. Diese Liste aber, dieses berüchtigte Don Juan-Register, das existiert doch nun wohl tatsächlich, schon vor acht Jahren von ihm verfasst und aufs Genaueste weiter

geführt, Aufstellung all seiner Amouren, versehen mit etlichen selbst gekritzelten Portrais der betreffenden Damen, auch Dollys Mutter hatte die Ehre. Ehefrau Natalja taucht da ebenfalls auf, als eine von vielen, auf Platz 113, wie man hört und nicht einmal als Letzte!
Was finden wohl all die Damen an dem kleingewachsenen, nicht gerade wohlgeratenen Dichter? Vielleicht ist es ja sein afrikanisches Temperament, dem er in gewissen Stunden freien Lauf lässt, rätseln die Freundinnen scheinheilig. Dolly sollte die Antwort wissen, schweigt aber geflissentlich, sehr zu Enttäuschung der aufgekratzten Runde. Da hätte man sich doch etwas mehr erwartet!
Im Übrigen muss Puschkin sich ja zwangsläufig für einen unwiderstehlichen Tausendsassa halten mit all seinen amourösen Trophäen, oder sind es etwa doch nur Angebereien, platonische Schwärmereien?
Dolly will es hoffen, um nicht gänzlich unterzugehen in diesem Meer von Liebschaften, Elena und Julia sind im Begriff, darüber streitig zu werden. Vollends vergessen sind aber nun die schönen Handarbeiten, da man sich wieder Natalja zuwendet, dieser Schönsten der Schönen, der man am liebsten mit den Sticknadeln die Augen ausstechen möchte. Frischer Tee wird gereicht, auch er wird abkühlen in den feinen Gläsern, die Damen verbrennen sich lieber den Mund am heißesten Thema der Saison.
Jedenfalls ist sie von den drei Gontscharow-Schwestern die Ansehnlichste, da ist man sich einig, auch wenn sie etwas schielt, „Silberblick“ nennen das die Herren hingerissen! Und dieses eigenartig fuchsfarbene Haar!

Dolly weiß es wieder einmal ganz genau:
„Eine Schönheit zwar, doch kokett und ohne Seele, völlig kalt, die sich einzig für ihr Tanzvergnügen begeistern kann! Obwohl umworben von aller Welt, vorzüglich der männlichen, hält sie doch immer den Kopf geneigt, habt ihr es noch nie bemerkt, als wollte sie sagen: seht her, ich leide! Und auf der Stirn stets diesen schmerzhaften Ausdruck, der für ihre Zukunft nichts Gutes erwarten lässt."
Die beiden anderen sind sprachlos: da hat also wieder diese „florentinische Sibylle" aus ihrer Freundin gesprochen, als die sie schon am Wiener Hof bekannt gewesen war. Welt- und Menschenkenntnis werden sie womöglich auch jetzt nicht trügen!
Der erste Schritt zum Puschkin'schen Unglück wäre ja übrigens schon getan: Diese unsäglichen anonymen Briefe, Dollys Mutter hat sogar persönlich einen erhalten: der Dichter feierlich in den Orden der Gehörnten aufgenommen! Er, der anderen stets gerne und oft die Hörner aufsetzte, nun trägt er sie selbst und das vor aller Welt!
Romeo winselt, was gäbe er doch für eine Hundedame, treu oder nicht!
„Romeo, silence donc!"
Wer mögen bloß die Verfasser sein? D'Anthès und sein feiner Adoptivvater, literarische Konkurrenten, politische Feinde oder etwa doch nur dumme, dahergelaufenen Buben? Jedenfalls zieht die Affaire weite Kreise, es soll sogar Duellforderungen geben, der Zar ist informiert und besorgt, wie es scheint. Mon Dieu, wie aufregend! Den Damen schaudert's. Im Übrigen soll Aleksandr

Sergejewitsch erst voriges Jahr, ausgerechnet am Silvesterball, einer Freundin anvertraut haben, dass er eigentlich den Tod suche! Une catastrophe!
Das Gespräch versickert, die mühsam gestalteten Täschchen erscheinen plötzlich nichts weiter als bizarre Stofffetzchen, grau, nutzlos und schon vor der Zeit abgegriffen. Puschkin gegen D'Anthès, oder vielleicht gar Puschkin gegen Heeckeren, nein, der ist ja im Diplomatischen Dienst und darum nicht satisfaktionsfähig, wie Dolly die anderen aufklärt.
Wer auch immer, er hat sich vor dem Dichter in Acht zu nehmen, bekannt als guter Schütze und zum Äußersten bereit. Wenn nur dem charmanten Georges nichts zustößt, seufzen Elena und Julia im Duett, Dolly aber fühlt sich, ganz wie ihre Mutter, dem Poeten noch immer tief verbunden.
Gott schütze beide!
Romeo hat endlich der Schlaf überkommen, im Traum zuckt er mit den Pfoten, auch er scheint einen Feind zu jagen.

07 AM SCHREIBTISCH

Angriffslustig fegt eisiger Luftzug ins Arbeitszimmer und wirbelt die Papiere auf dem voll belegten Schreibtisch mutwillig hoch, jagt sie um das Möbel herum. Ärgerlich tappt Aleksandr den vielen Seiten nach – Nikita hat schon wieder vergessen die Fenster zu schließen, der alte Diener wird zusehends unaufmerksam, abgearbeitet und verbraucht während schon so vieler Jahre bei ihm, treu stets und bedingungslos ergeben dem Dichtergenie.

Ungeschickt sammelt er das in alle Richtungen Verstreute auf, könnte er sie doch nur vernachlässigen, einfach vergessen diese Notizen, sie vergällen ihm das Leben tagtäglich. Auflistungen seiner Schulden sind es, an denen er sitzt, wieder und wieder , mit jedem Mal bedrohlicher und unausweichlicher. Täglich grinst ihm seine finanzielle Katastrophe entgegen, eine Lawine, die ihn immer wieder aufs Neue unter sich begräbt.

Was hilft ihm da ewiges Grübeln, was die Einsicht, dass seine Misere letztlich mit seiner Eheschließung vor sechs Jahren ihren Lauf nahm: von den 40 000 Rubel, für die er sein Gut Kistenevo verpfändet hatte und die hernach gleich zu 38 000 zusammenschmolzen waren auf Grund von Schuldentilgungen, musste er auf der Stelle seiner Schwiegermutter 11 000 Rubel für die Mitgift seiner Braut und Ausrichtung der Hochzeit bereit stellen. Alles für ihn heute törichte Entscheidungen. Schlussendlich waren ihm ganze 17 000 zum Leben

verblieben, überall hatten sich neue Schuldenrückstände aufgetan, rasch war da schon der Grundstein gelegt zu seinem Unglück.
Die kümmerlichen 5000 jährlich im kaiserlichen Dienst, für diese jämmerliche Aktenkrämerei helfen da nicht weiter, zumal er für seine Dienstbekleidung, diese lächerliche Hanswurst-Uniform eines Kammerjunkers auch noch auf zu kommen hat, genau genommen gleich für drei Scheußlichkeiten: den Alltagsfrack, dunkelgrün mit schwarzem Samtstehkragen, der zwickt und zwackt, dafür das pompöse Monogramm der Kaiserlichen Hoheit auf den Goldknöpfen, allein das schon ein kleines Vermögen. Dazu ein Galaanzug und ein hässlicher Frack mit ganz besonders lachhaftem Schnitt. Aleksandr hatte sich anfangs standhaft geweigert, für solchen Schnickschnack selbst aufzukommen, wie immer fehlten die nötigen Rubel. Beschämend eigentlich, dass die Smirnows sich dann veranlasst sahen, dem armen Poeten die Galauniform zu zahlen. Wie oft schon hat er nicht schon Krankheit oder andere Unpässlichkeiten vorgetäuscht um nicht in der läppischen Tracht öffentlich erscheinen zu müssen.
Wie viel Hoffnungen hatte er doch noch vor zwei Jahren auf seinen „Sowremenik“, gesetzt, Literaturzeitschrift, die all die literarischen Größen das Landes vereint. Quelle reichen Geldsegens sollte sie werden, 60 000 hatte er sich erhofft, doch der „Zeitgenosse“ erweist sich bislang bei Weitem nicht als solch goldenes Ei, der schleppende Verkauf reicht ja nicht einmal zur Deckung der Papier- und Druckkosten. Da hätte er doch besser das Angebot des Verlegers Smirdins angenommen, der

15 000 Rubel bieten wollte, wenn Puschkin, der Konkurrent sich zurück zöge.
Mein Gott, Geld, immer wieder Geld. All diese naiven Träume vom schnellen Reichtum und die bittere Erkenntnis der völligen Unfähigkeit, mit Finanzen und Zeit umgehen zu können, dieser ewige Kreislauf falscher Entscheidungen und bitterer Reue. „Geld, Geld, das ist die Hauptsache, schick mir Geld und ich werde dir ein Dankeschön sagen!" - wie oft hatte er das nun schon Freunden geschrieben, sie mit seinen finanziellen Hilferufen belästigt! Erst vor zwei Jahren war er gezwungen, 30 000 Rubel aus der Privatschatulle des Zaren aufzunehmen, welch peinliche Situation gerade bei seinem zwiespältigen Verhältnis zu dem Staatsobersten und zu den Mächtigen überhaupt.
Doch wie sollte er sonst den Mietzins aufbringen, die Wohnung an der Moika, so nahe am Newski Prospekt ist teure Adresse, 1075 Rubel verlangt ihm die Fürstin Wolkonskaja alle vier Monate dafür ab, hinzu die Bediensteten finanzieren, die Köchin, den Kutscher, das Kindermädchen, die Zofe, den Diener, die Modistin, schließlich die Pferde, jeden Monat Zahlungsforderungen, denen er nicht gewachsen ist. Hier, ein Mahnschreiben des Buchhändlers Bellizard, da eine Schuldenauflistung des Apothekers Bruns, auch der Weinhändler Raoult ist nicht mehr gewillt, noch länger zuzuwarten. Und für den komfortablen Sessel auf dem es sich so gut vor dem Fenster ruhen lässt hat sein Tischler Gambs auch noch keinen Rubel gesehen.
Kredite muss er aufnehmen, erst neulich wieder an die 100 000 Rubel, Wucherzinsen akzeptieren, die er

niemals wird zurück zahlen können. Wohl an die 30 000 Rubel im Jahr muss er veranschlagen für all den nötigen und auch unnötigen Lebensunterhalt. Oder ist es etwa mehr? Den Überblick hat er längst verloren, nie haben ihn Finanzen interessiert, ein guter Verwalter war er nie. All das raubt ihm längst schon den Schlaf, die Kraft, die Inspiration..

„Die Zeit geht dahin und wie lange habe ich schon nichts mehr zustande gebracht, keine einzige Zeile? Statt dessen muss ich mir den Kopf zerbrechen wie die Familie durch zu bringen, woher das leidige Geld nehmen, Monat für Monat, Geld, Geld, Geld. Und nichts geschrieben, nichts, nichts, nichts!"

Aufgestützt auf den Schreibtisch, seit langem Brachland seiner Literatur, vergräbt Aleksandr das erhitzte Gesicht in den Händen.Seit sechs Jahren nun schon dieser entwürdigende Abstieg, bald könnte man ihn tatsächlich als bloßen Höfling betrachten, wie es manche ja bereits spöttisch verlauten lassen.

Freilich, es sind nicht nur die Lebenskosten, die ihn in den Untergang treiben, er weiß es selbst nur zu genau, es sind zu einem guten Teil auch seine Spielschulden, für die er schon bald seinen gesamten Haushalt wird versetzen müssen, seine verdammte Spielleidenschaft, die ihn an den Rand des Ruins treibt.

Was kümmert es ihn da, dass Natalja ihren unnützen Fransenschal nicht finden kann, auch der hat schon längst den Weg in die Pfandleihe gefunden, freilich für reichlich wenig Geld.

Überhaupt ist es ja auch gerade sie, die eine Menge des Budgets verschlingt, diese eitle Ziertaube, die sich

andauernd bei ihren fast täglichen Festivitäten in neuen, teuren Roben bewundern lassen will. Dieses pompöse Honigfarbene, diesjährige Sensation bei Hof, hat ihn doch glatt tausend Rubel gekostet und mit ihren Erfolgsmeldungen hat sie ihm dann tagelang die Ohren voll geschnattert.
Ach, seine Tascha, hätte er nur gewusst, was da alles auf ihn zukommen würde, vielleicht hätte er doch anders überlegt, hätte nicht so stur auf dieser Heirat insistiert.
Auf dem Moskauer Debütatinnen-Ball in der Wintersaison 28/29, da hatte er sie zum ersten Mal gesehen, ihre berückende Schönheit, ihre entzückende Schüchternheit damals hatte ihm sofort den Verstand geraubt und zu einem schnellen Entschluss hinreißen lassen. Zweimal gar musste er um ihre Hand anhalten, die grässliche Mutter befand die Tochter mit ihren sechzehn Jahren noch zu jung und zu etwas ganz Besonderem bestimmt, jedenfalls nicht zur Gattin eines mittellosen Literaten, Natalja selbst erschien völlig unbedarft und in keinerlei Kenntnis seines dichterisches Schaffens. Eines überlangen, reichlich schmalzigen Briefes bedurfte es, mit allerlei Beteuerungen, sein ganzes freies, an Eskapaden reiches Leben bedingungslos für die Liebe seines Lebens opfern zu wollen, um die Kälte der alten Gontscharowa zu brechen und Verlobung feiern zu können.
Da konnte er sie also endlich zum Altar führen, seine „Madonna mit dem Silberblick", heute freilich würde er sie nur schlicht als „schielend" bezeichnen und kurzsichtig noch dazu, obgleich sie ihre Galane bei den diversen Festivitäten recht gut schon von Weitem zu

erkennen weiß.
Wenn er bedenkt, welch schlechter Start in diese Ehe damals! Seufzend erinnert er sich des eiskalten Moskauer Februarmorgens, an dem mitten während der Zeremonie in der Himmelfahrt-Christi-Kirche plötzlich Kreuz und Evangelium vom Pult fielen, als wollten sie in letzter Minute noch protestieren, hernach erlosch auch noch seine Kerze wie in verzweifelter Verweigerung. Da musste man gar nicht so abergläubisch wie er sein, um das alles als schlechtes Omen zu erkennen.
Was hatte er sich doch alles vom bürgerlichen Leben erwartet, was alles sich vorgenommen! Hatte er denn tatsächlich geglaubt, sein Ideal sei eine brave Ehefrau, sein sehnlichster Wunsch ein klein wenig Frieden und eine Schüssel Suppe? Dachte er denn wirklich, die Wandlung zum schlichten russischen Biedermann , fett und glücklich, könnte so einfach von statten gehen? Ach, seine Verliebtheit war herzzerreißend, trug aber schon den Keim alles erdenklichen Unheils in sich, das ist ihm heute klar. Einsperren hätte er sie sollen, Tascha, dieses eitle Gänschen, verstecken in der dunkelsten Kammer des abgelegensten Landhauses in der tiefsten Provinz, hätte er nur geahnt, wohin all diese lächerlichen Hofbälle führen würden mit all den servilen, schleimigen Hofuntertanen, herum scharwenzelnd unter dem stechenden Blick eines kaiserlichen Oberlumpen, allesamt ohne Rückgrat, ohne Charakter, das Hirn umnebelt von Liebeshändel und Hurerei. Aufseufzend lässt er den Kopf auf die Schreibplatte sinken, einzig legitimer und denkbarer Platz für einen Geist wie den

seinen.
Nun hat er zu Hause ein leichtsinniges Plappermaul, im Nacken eine geldgierige, herrschsüchtige Schwiegermutter, einzig der Umzug nach Sankt Petersburg konnte wenigstens den endlosen Querelen mit der Gontscharow-Familie ein Ende bereiten, dem Redefluss Nataljas allerdings nicht.
Heute weiß Aleksandr: das Erscheinen seiner Frau bei Hof und all die ihr dort entgegengebrachte zweifelhafte Aufmerksamkeit waren der Grundstein für sein tiefes Unglück, für die ungeheure Schande, die er heute ertragen muss.
Ja, zweifelsohne, seine Frau ist groß in Mode, bei der Garde angefangen bis in die höchsten Kreise und alle zerreißen sich das Maul darüber und bringen sogar Briefe in Umlauf, damit nur ja ein jeder informiert sei über die Demütigung des großen Dichters.
Verdient er denn überhaupt diese Bezeichnung noch – seit Anfang November hat er keine Zeile mehr geschrieben, nichts ist ihm aus der Feder geflossen, sein Gehirn nur mit bösen Gedanken, Vermutungen, Beschuldigungen vergiftet. Wie sehr täte ihm der Balsam der Leichtgläubigkeit wohl, die Leichtigkeit seiner frühen Jahre.
Doch Natalja, dieses laut tönende Wörterbuch, in ihrem unendlichen Mitteilungsbedürfnis zwitschert sie ihm unermüdlich vor, über neue Verehrer, aufregende Eroberungen, jedes Kompliment im Detail, lässt sich von der Zofe immer wieder neue billets doux aushändigen, übergibt ihr, hingerissen von zweifelhaften Liebesbekundungen ihrerseits galante Antwortbriefchen, dreht

und wendet sich vor dem Spiegel, verliebt in die eigene Attraktivität und die begeisterte Reaktion der Gesellschaft, besessen von ihrem Triumph.
Dass sie auch Mutter ist, vierfache gar, die kleine Tascha ist gerade sieben Monate alt, schert sie wenig, sie denkt nur an eines: ihr Tanzvergnügen. Tanzen muss sie einfach, immerfort, wie ein Hamster, der unermüdlich und hirnlos in seinem Rad sich halb tot läuft.
Wie oft ist Aleksandr nicht schon deswegen in Wut geraten! Für seine Dichtkunst zeigt sie nicht das geringste Interesse, nennt sie schlichtweg langweilig zwischen zwei Besuchen der Modistin und Hutanproben. Da ist es schon auch zu etlichen Handgreiflichkeiten gekommen, ja manchmal sogar scheut sich die liebliche Natalja nicht, ihr zartes Händchen gegen ihn zu erheben. Zwar konnte er anfangs, lachend noch niederschreiben „Teppiche und Frauen gehören geklopft“, doch eine grobe Auseinandersetzung vor drei Jahren war dann womöglich gar Ursache für eine Fehlgeburt. Gott Lob konnte der Hausarzt Nataljas Leben gerade noch retten, hatte jedoch gewisse Verdächtigungen hinsichtlich Handgreiflichkeiten geäußert. Zum Glück galt in der Öffentlichkeit jedoch ihr Leichtsinn, im siebten Monat noch auf einer Karnevalsveranstaltung unentwegt getanzt zu haben, als eigentlicher und einziger Grund des Unglücks, denn Aleksandr, damals gerade von einer Reise heimgekehrt, musste die Ohnmächtige nach Hause befördern und machte sich die heftigsten Vorwürfe, nicht selbst beim Ball anwesend gewesen zu sein.

Natalja nahm ja auf ihre Schwangerschaften nie Rücksicht, schnürte sich stets zu eng, um ihrer berühmten Wespentaille gerecht zu werden und versäumte nicht eine Vergnügung bei Hof. Kein Wunder, dass er, mit all seinen anderen Sorgen, aufbrausend, launisch, ja manchmal eben sogar gewalttätig war.
Mühsam erhebt er sich, ein alter, erschöpfter Mann in den besten Jahren, aus dem Sessel, tappt zum Fenster und wirft einen trüben Blick in den winterlich verzauberten Garten.
Von Frieden hatte er geträumt, nun herrscht Krieg. Den Dienst wollte er quittieren, erschöpft und der Ruhe bedürftig wie er war, aufs Land ziehen, nach Michailowskoje, arbeiten in der dörflichen Stille, dem aufwendigen Leben in Petersburg, das ihn an seine finanziellen Grenzen brachte, entfliehen. Dieser Pomp hier, diese Pracht, Geist und Beschränktheit, Eitelkeit und Neid, Intrige, üble Nachrede, diese ganze Infamie!
Mit Wehmut denkt er jetzt an Boldino, diese schönste und wohl kreativste Phase seines Lebens. Lang ist das schon her, vor sieben Jahren, im September, brach er damals von Moskau aus auf, eigentlich nur in der Absicht, das ererbte Familiengut in Besitz zu nehmen. Große Erwartungen hatte er sich da wieder einmal gemacht, auf 80 000 Rubel immerhin wurde das Dorf Kistenevo geschätzt, Geld, das er gleich dringend zu einem Teil verpfänden wollte, schließlich war er damals beseelt von der Hoffnung auf eine baldige Heirat mit Natalja. Nur ihr wollte er gehören, niemals eine andere heiraten, so hatte er Einfaltspinsel, wie er sich noch gut erinnert, leidenschaftlich in einem Brief beteuert.

Noch ahnte er nicht, dass bald ganz Russland von der Cholera heimgesucht würde und die Quarantänebestimmungen ihm den Weg zurück nach Moskau versperren sollten. Zweimal versuchte er zwar, sich nach Moskau zurück durch zu schlagen, zweimal wurde seine Kutsche an der Heimfahrt gehindert.
Doch letztlich was für ein Glück! Vier Monate war er nun am Land eingesperrt, seine Lebenspläne zwar arg durcheinandergebracht, seine Schaffenskraft jedoch zur höchsten Blüte gediehen.
Ach, dieses bescheidene Gutshaus, Regen und Schnee tapfer trotzend, abgeschnitten von jeglichem Verkehr durch knietiefen Morast, er bis Mittag im Bett, schreibend, immer wieder inspiriert, getrieben auf den höchsten Gipfel seiner Kunst. Endlich konnte er seinen, schon fünf Jahre vorher begonnenen „Onegin" zu Ende bringen, endlich fand er Stoff für seine Einaktdramen, endlich Zeit für Gedanken, denen er sich nur hier, in der Abgeschiedenheit Boldinos ernsthaft widmen konnte.
Immer wieder hatte sich ihm ja die Frage nach Kunst, dem künstlerisch Schaffenden gestellt, jetzt brach sich seine Gedankenwelt ungestüm ihre Bahn, nahm Mozart und Salieri als Beispiel des Neides in der Kunst. Sätze, wie er sie damals niederschrieb: „Der Neid ist die Schwester des Wettstreites, er ist also von guten Eltern" würde er heute wohl nicht mehr so formulieren, da er nun selbst in die Maschinerie der Neidgesellschaft geraten ist.
Wie war er doch beschäftigt in Boldino mit zahlreichen Gedichten, aber noch viel mehr mit seinem „Steinernen Gast", niedergeschrieben wie im Rausch, aber, wie so

oft auch im Rausch der Liebe. Verlobt zwar seit kurzem und, wie er glaubte, aus aufrichtiger Liebe, hatte er doch gleichzeitig leidenschaftliche Gefühle zu einer schönen Polin entwickelt, um so heftiger, als diese stolze Karolina seinem Werben so gar nicht nicht nachgeben wollte. Früher oder später würde er alles aufgeben und ihr zu Füssen fallen müssen, so beteuerte er, völlig ungeübt mit Zurückweisungen umzugehen.
Wie hätte sich wohl sein Leben, sein ganzes Schaffen seitdem verändert, wäre es zu einer ernsthaften Verbindung mit dieser ausnehmend schönen und klugen Frau gekommen........ so sinniert er jetzt, wiederum über seinen unbezahlten Rechnungen brütend, wie viel Leid hätte er sich erspart! Insgeheim ahnt er jedoch, dass es ihm wohl nie vergönnt gewesen wäre, eine Frau an seiner Seite glücklich zu machen, nicht Natalja und keine andere auch, viel zu groß ist doch seine erotische Vielseitigkeit, sein Abenteurertum, das er ganz mit seinem „Don Juan" teilt, dem er schließlich seine eigene Seele und seine Begehrlichkeiten eingehaucht hat.
„Genug hab ich geliebt", diese Zeilen hat er zwar niedergeschrieben, vom Herzen waren sie ihm aber nicht gekommen.
Rundum die Cholera im Nacken fand er dort in Boldino dennoch sogleich Trost und Gefallen an Fevronija, leibeigenem Bauernmädchen, so heftig von ihm begehrt, dass sein Diener tatsächlich glaubte, er wolle sie heiraten. Aber auch etliche Gutsherrinnen samt Töchter in der Umgebung fühlten sich angezogen, offiziell wegen tiefschürfender Diskussionen mit ihm über das Schicksal Onegins und Tatjanas in seinem

Roman– kurzum – Boldino wurde für ihn die Zeit köstlichster Erinnerungen, vor allem aber Erfahrung höchsten Schöpfertums.
Das alles war nun also letztlich der Cholera geschuldet, fast wünscht er sie sich heute zurück, jedenfalls jene Abgeschiedenheit, jene Ferne von der Welt, damals noch nicht so offensichtlich feindlich gegen ihn gerichtet. Heute wünschte er mit Freuden Cholera und Pest gleichzeitig vielen an den Hals, den zahlreichen Feinden, den Neidern, all denjenigen, die ihn der Lächerlichkeit preisgeben wollen.
Beispielsweise diese infame Wiedergutmachung jetzt , getarnt als Hochzeit eines wüsten Ehebrechers mit einem wenig reizvollen, dafür hoffnungslos verliebten jungen Mädchen, wahrscheinlich gar nicht mehr unberührt, eingefädelt von einem widerlichen Kuppler in Gestalt eines zweifelhaft liebenden Adoptivvaters. Dies alles Mittel zum Zweck, auf dass sich der missratene Sohn ganz offiziell und in aller Ruhe der wunderschönen Natalja als nunmehriger Anverwandter wieder nähern könne und somit allen bösen Gerüchten zunächst der Wind aus den Segeln genommen werde. Dieser französische Niemand, Kombination aus fehlender Bildung und aufdringlichem Pseudo-Esprit, unbedeutend in moralischer wie intellektueller Hinsicht, natürlicher Feind jedes künstlerischen Empfindens!
Futter bietet das alles allemal der tratschsüchtigen Hofgesellschaft, diese Puschkinsche Szenerie: er mit seinen öffentlichen Wutanfällen, der Franzose mit seinen aufdringlichen Prahlereien, Natalja, deren Ängste ihr ins Gesicht geschrieben stehen, die hurtig vermählte

Schwester Ekaterina, deren eifersüchtige Blicke töten wollen. Die naive Schwägerin war wohl schon längst aus ihren rosa Wolken in die harte Realität geplumpst, er musste mit der seinen ebenfalls Tag für Tag und alleine zurechtkommen.

Was nimmt es da Wunder, dass er oft unkonzentriert, launisch und aufbrausend erscheint, ihm, trotz aller zärtlichen Gefühle den Kindern gegenüber, oft gar die Hand ausrutscht, ja so gar die Kleinste bisweilen Klapse abbekommt.

Und jetzt auch noch dieser Österreicher, der da plump in seine Familie eindringt mit dem diffusen Anliegen, seinem „Salieri" eine Übersetzung zumuten zu wollen! Zu jung, literarisch unerfahren, im Russischen zu unsicher, ein Vagabund in Sachen Dichtung, der sich gerne den Namen Puschkin ans Revier heften würde. Nichts da, ein paar seiner Manuskripte hat er ihm wohltätig wie Brosamen hingestreut, mag er sich daran verschlucken, dem Genie Puschkin wird er wohl kaum auf die Spur kommen. In Oper oder Theater ihn begleiten, das darf das Bürschchen ja vielleicht einmal . Oder auch zu einem der geselligen Abende im Spielsalon: dieses frisch importierte, ausländische Gesicht der Menge präsentieren, das könnte wohl ganz dem mitteleuropäischen Geschmack entsprechen..

Da hockt er also an seinem Schreibtisch, unfruchtbares Terrain seit Monaten. Die Zeit geht dahin, nicht eine Zeile ist entstanden. Wie auch, worüber denkt er denn nach – wovon er und seine Familie leben sollen! Geld, Geld, Geld, da ist er wieder beim wichtigsten Thema seines Lebens, bei dem einen Wort, das seine

Korrespondenzen, das ihn beherrscht..
Wann hat er denn das letzte Mal Begeisterung verspürt, wann war er zuletzt selbst eins geworden mit seinem Werk? Ewig ist es her, schmerzlich erinnert er sich dieser Zeit voll überschäumenden Schaffens, kurz nach der Vollendung des „Onegin“, als er nach der abschließenden Lektüre sich nicht enthalten konnte, sehr zum Gaudium der Anwesenden begeistert auszurufen :
„Oh ja, Puschkin, oh ja, du Hundesohn!“. Da loderte sie noch, die Flamme des Schöpferischen, heute ist ihm nur der Hundesohn geblieben, ohne Saft und Kraft, hoffnungslos herumschnüffelnd in wertlosem Abfall.
Und überall regen sich neue Literaten, voll in der Blüte ihrer Schaffenskraft, ihn zwar preisend als ihr einziges Vorbild, alle aber von ihm schöpfend in dem Glauben, es vielleicht doch noch besser machen zu können.
Blöd genug war er da gewesen, diesem immerzu mürrischen Gogol noch Ratschläge zu geben, allein sein Name schon eine Lächerlichkeit, eine „Schellente“ als Poet sozusagen, also diesem Federvieh für seinen „Revisor“, auf die Sprünge zu helfen, bei seinen „Toten Seelen“ Initiator zu sein! Ohne seine Inspiration hätte dieser halb Wahnsinnige vermutlich nie eine vernünftige Zeile geschrieben, welche Torheit allein, eine Nase durch die Petersburger Straßen zu schicken und daraus eine ganze Erzählung zu machen! Einzig seine ewigen „hol's der Teufel!“, „zum Teufel auch!“ konnte bei einer jungen Leserschaft punkten, welch hohes Niveau! Und Lermontow, ein Hitzkopf wie er selbst, genierte sich doch nicht, mit „Wadim“ den Pugatschow-Aufstand aus

seiner „Hauptmannstochter" praktisch abzukupfern.
Alle, alle ahmen ihn nach, sprachlich wie inhaltlich, da gibt es ja auch noch diesen angeblich so begabten jungen Turgenjew, Literaturstudent in Petersburg, der auch glaubt, dazu berufen zu sein, Gedichte zu veröffentlichen, natürlich entwickelt aus dem Stil Puschkins, aus seinem Genie. An all die anderen, ihm noch nicht bekannten Epigonen mag er gar nicht denken, die sich überheblich den Kranz seiner Poesie ins Haar flechten, auf seiner Lyra spielen werden bis sie in Scherben fällt!
Höhnisch grinst ihn die Mohrenfigur, großer Tischaufsatz vor ihm, an, einst Geschenk eines Freundes, der ihm lächelnd einen „Vorfahren" bringen wollte, worüber er sich damals noch freuen konnte.
Ja, sie beide haben wohl das gleiche Temperament, ähnliches Schicksal.
Nicht umsonst hat er in einer seiner Erzählung dem Mohren, der vom Zaren protegiert wurde und glänzende Karriere machte, genau wie sein eigener Urgroßvater unter Peter dem Großen, eine unglückliche Liebe zugeschrieben. Am Ende wusste er allerdings gar nicht wie die Geschichte zu Ende zu bringen und ließ sie einfach unvollendet. Wohin sein eigenes Schicksal ihn führt ist genau so ungewiss, fest steht nur, Mohr bleibt Mohr.
So stieren sie also einander an: beide aus völlig verschiedenem Material, Aleksandr unerhört zerbrechlich, mit bereits gefährlich vielen Schrammen und Rissen. Wahrlich, nichts Menschliches ist ihm fremd. Längst weiß er, zwei Arten von gehörnten

Ehemännern gibt es: die einen, die tatsächlich hintergangen sind und die wissen, wie sie sich zu verhalten haben und die anderen, deren üble Nachrede von bösen Menschen geschürt wird und deren Fall demnach verzwickter ist. Verdammt, zu den letzteren zählt er sich selbst.

Was hatte er sich doch abgemüht mit Natalja, diesem augenscheinlich so prachtvollen Geschöpf, unangefochtene Königin von ganz Sankt Petersburg, heimlicher Traum zahlloser Männer, Zielscheibe des Neides ebenso vieler Frauen, ihr eine gewisse Provinzhaftigkeit, ja sogar Vulgärheit, auszutreiben. Wie oft hatte er sie ermahnt, den Freundinnen nicht die Verehrer abspenstig zu machen, nicht mit reichen Gutsbesitzern zu flirten, sich nicht lauthals und öffentlich mit Eroberungen zu brüsten, nicht drittklassige Salons aufzusuchen, nicht im Hause adeliger Damen zweifelhaften Rufs zu tanzen. Da konnte er ihr schon Grobheiten an den Kopf werfen, wenn er sie etwa neulich mit einer läufigen Hündin verglich, denen die Hunde, schwanzwedelnd nachlaufen um ihr Geschlecht zu beschnüffeln.

Wie oft hatte er sie ermahnt, Rücksicht auf ihn zu nehmen, seinen unumgänglichen Problemen nicht noch die überflüssigen der Eifersucht hinzu zu fügen.

„Hüte die Ehre von Jugend an“ hatte er seiner „Hauptmannstochter“ voran gestellt, das gilt für Natalja wie für ihn:nun sind beide befleckt, beschädigt, sichtbar für jedermann.

Und da hat sie doch noch die Stirn, um irgendeinen Schal zu jammern, den Haushalt zu beklagen, den sie

nicht wisse, wie weiter zu führen, als wäre sie die einzige, der es an Geld mangelt.
Bald schon wird ihn sein Weg wieder zum Pfandleiher Schischkin führen, er denkt da an das Tafelsilber, einzig Wertvolles noch im Hause Puschkin, an dem sich ja doch keiner mehr erfreuen mag.
Zwei Pistolen wird es wohl wert sein.

08 DER SPIELER

Schon bereut Hans seine Zusage, mitgekommen zu sein.
Zögerlich nimmt er die breiten Stufen zu dem eindrucksvollen Palais irgend eines Fürsten, Grafen oder Barons, immer bedacht, den dahin eilenden Puschkin nicht aus den Augen zu verlieren. Der stürmt schon vorbei an dem gravitätischen Portier, der strenge Wache hält am prächtigen Portal und Hans den Eintritt verwehren möchte. Nein, nein, er ist in Begleitung des Dichters hier, zum ersten Mal und wahrscheinlich auch zum letzten.
Unbarmherzig wird er von dem Livrierten taxiert. Es ist sein armseliges Hasenfellchen, an dem der Blick des Bediensteten spöttisch hängenbleibt, genau jenes Bekleidungsstück, dessentwegen Hans eigentlich hier ist. Der bitteren Petersburger Kälte vermag es keinesfalls zu trotzen, das österreichische Karnickel verliert täglich den Kampf gegen den russischen Bären. Die landesübliche vornehme Oberbekleidung wie Zobel, Nerz oder wenigstens Waschbär erwies sich für Hans bislang als unerschwinglich und der Vorschlag gewitzter Freunde, Puschkin doch einmal, ganz unverbindlich natürlich, an den Spieltisch zu begleiten, um vielleicht hernach ein hübsches Sümmchen nach Hause tragen zu können schien Hans einleuchtend, ja geradezu zwingend.
Dem entgegen steht allerdings die Tatsache, noch nie

ein Kartenspiel in der Hand gehabt zu haben, doch gerade dieser Umstand könnte sich ja als vorteilhaft erweisen, nämlich das Glück des Anfängers, Fortunas Mitleid mit einem gänzlich Unbedarften.
So lebt eine vage Hoffnung in Hans, als er sich nun endlich am Zerberus, gleichsam am Tor zur Hölle, vorbei zwängen darf und zunächst einmal einige Fegefeuer durchschreitet am Weg zum Zentrum allen bösen Geschehens.
Einige arme Seelen, vornehmlich Generäle und andere Militärs darstellend, haben sich da in erlesen ausgestatteten Salons um diverse Tischchen postiert, tief in ihre Karten versunken, vor sich Likör oder Brandy, umwallt von gewaltigen Wolken Pfeifen- und Zigarrenrauchs. Einige jüngere Leute lümmeln auf kostbar bezogenen Sofas, schlürfen Eis, diskutieren gedämpft oder dösen einfach vor sich hin. Vielleicht schöpfen sie Atem für ein neues, gewinnbringendes Spiel, wie Hans vermutet, für einen neuen großen Coup, den er ja auch für sich selbst erhofft.
Doch noch ist das Ziel aller Begehrlichkeit nicht erreicht, weiter geht es, durch andere, vornehme Örtlichkeiten, bis sich endlich der Ort der Verheißung auftut, Paradies und Hölle zugleich.
Hier ist er also nun, der viel gepriesene, viel gefürchtete Spielsalon des Grafen. Wie magisch erhebt sich im Zentrum der lange grüne Spieltisch, neben nervös flackernden Kandelabern kleben wie Motten etwa zwanzig Gestalten, unfähig loszukommen, erstarrt förmlich in fiebriger Erwartung. Mehrfach verwischte Kreidespuren durchkreuzen die Tischplatte, zeugen von

unbeholfenem, teils unredlichem Bemühen, auf-aufgelistetes Pech doch noch heimlich zum Guten zu wenden.
Kaum hat Puschkin mit Hans den Raum betreten erhebt sich heftiges Geschrei, ein begeistertes Willkommen. Nein, der Dichter ist hier wahrlich kein Unbekannter. Wie zur Begrüßung wirft er übermütig eine Unmenge Goldmünzen in die Luft, ja, er verfügt wieder über Geld, unwichtig woher auch, ja, er ist zurück im Schoß seiner Familie, verschmolzen mit ihr, mit ihr ausgeliefert dem Schicksal auf Gedeih und Verderben.
Man jubelt, man taumelt auf ihn zu, „bravo", heftige Umarmungen wollen ihn fast erdrücken, der Ruf nach Champagner wird laut und schon eilen die schön betressten Lakaien und schaffen herbei, soviel sich tragen lässt. Die ersten Flaschen sind es nicht, wie Hans, schon leicht benebelt, feststellen kann. Eine ganze Armee von Bouteillen umsteht den Tisch, lagert unter ihm, sicherlich auch mitverantwortlich für die ausgelassene Stimmung. Besoffen ist man klarer im Kopf für das Spiel, sensibler für dessen Verlauf, besoffen lässt es sich leichter zu Grunde gehen!
Ganz dem Anlass entsprechend hebt einer das Glas und versucht sich im Rezitieren:
„Und wird es herbstlich und regnerisch
verbringt man die Nächte am Kartentisch
schwinden Wochen und Monate hin
folgen einander ohne Inhalt und Sinn
das Leben ist Spiel!"
Grölend fallen die anderen mit ein: das Leben ist Spiel, ist Spiel!

Und darum auf, wir wollen uns ihm stellen, wollen sehen, was es diesmal für uns bereit hält!
Und der junge, schweigsame Mann in Puschkins Begleitung? Mon Dieu, ein Neuling, ein blutiger Anfänger, wie entzückend, kommen Sie doch, Monsieur, Sie müssen sich neben mich setzen, Sie bringen mir sicher Glück, so was kann ich gerade gut gebrauchen!
Hans zwängt sich zwischen zwei Spieler, nein, nein, er möchte nur kiebitzen, eine halbe Stunde höchstens, dann ist er fort!
Man lacht, auch hier ist der Weg zur Hölle mit guten Vorsätzen gepflastert, nicht einer von uns, der das nicht weiß aus eigener, bitterer Erfahrung, Nacht für Nacht, Spiel für Spiel.
Jetzt wird es ernst, Hans kann es spüren, wie sich die Konzentration um ihn herum verdichtet. Die Luft steht, vor Tabakqualm, vor Erregung, vor Schweiß, vor Verzweiflung, vor höllischer Lust aber auch, das Schicksal zu zwingen. Am Tisch liegen etwa dreißig Karten, der Hausherr, grau, schnauzbärtig und griesgrämig hinter seiner enormen Pfeife verschanzt, hält die Bank. Berge von gebündelten Banknoten, unzählige Goldmünzen vor sich, die darauf warten, in Windeseile den Besitzer zu wechseln.
Attention! Einer nach dem anderen setzt eine Karte, entschlossen werden die Einsätze erhöht, man geht in Lauerposition, fahle Gesichter, denen all die vertanen Nächte am Spieltisch eingeschrieben sind, beugen sich über das grüne Tuch, Abenteurer, verzweifelte Hasardeure, jeder haltlos seiner Obsession ausgeliefert.
Legen Sie auf! Biete paroli, auf contra, ich erhöhe,

attendez, ich verdopple, vierfacher Einsatz, so tönt es um Hans durch dicke blaue Qualmwolken, ihm tränen die Augen, vom Spiel versteht er nichts. Er kann nur erkennen, wie Geld hin und her wandert, hin und her, als könnte das Schicksal sich nicht entscheiden.

Eine Partie ist zu Ende, schon werden die Karten neu gemischt, neues Spiel, neues Glück!

Plötzlich springt jemand auf in kindischer Freude, küsst eine Karte, Puschkin ist es, er hat plötzlich die Hände wieder voll Münzen – der Glückspilz! Das muss gefeiert werden, bevor eine neue Bank aufgelegt wird und sich alles wenden kann! Hoch, hoch, das Leben ist Spiel! Die Laune ist plötzlich bestens, schlüpfrige Lieder werden angestimmt, Arbeit und Ehrlichkeit, das sind uns Weibermärchen! Und verzückt, schon leicht in Alkohollaune, steuert der Dichter auch seine eigenen Verse bei:

„Ich hatte einst ein Liebchen, seht
und habe gern mit ihr gespielt
und ihr doch nicht den Kopf verdreht -
ich habe nie so hoch gezielt."

Tosenden Applaus für solche Anzüglichkeiten zur späten Stunde darf er kassieren. Ja, dieser connaisseur, in der Liebe und im Spiel, da kennt er sich aus. Der also Gefeierte wollte sicher noch einige seiner lockeren Reime zum Besten geben, würde nicht der Hausherr auf Fortsetzung des Spieles drängen, sicherlich auch in der Absicht, seinen eigenen nennenswerten Verlust baldigst herein zu bringen.

Und wieder nimmt man Platz und wieder steigt das Fieber, glasige Augen stieren auf Hoffnung verheißende Blätter, Verlust, Gewinn, Verlust, Gewinn.

Zu wiederholtem Male wird Hans aufgefordert, sich doch endlich auch zu beteiligen, mit einer kleinen Summe , versteht sich, gar nicht der Rede Wert. Und bloß immer die goldene Regel befolgen: nie mehr setzten, als eben gewonnen.
Da hockt ihm doch schon ein kleines Teufelchen im Nacken, erinnert ihn an seinen unzureichenden Hasen und die, wenn auch vage Möglichkeit eines herrschaftlichen Pelzes – und flugs hat er ein paar Münzen gesetzt, die innerhalb einer Sekunde bereits an den Bankhalter wandern. Groß ist sein Entsetzten, größer aber die Versuchung, den ach so kleinen Verlust gleich wieder wett zu machen, was kann schon geschehen, wenn alles schief geht könnte er seinen Hasen allemal versetzen. Und siehe da, Fortuna, gerührt wohl durch Naivität und den bescheidenen Einsatz, lächelt ihm zu und ein kleines Häuflein Münzen, wie durch ein Wunder, türmt sich mit einem Mal vor ihm auf. Das reicht nun wohl bestenfalls für ein Wühlmausfell, trotzdem erhebt er sich entschlossen, leicht angewidert und berauscht von Alkohol, Tabak und all den Ausdünstungen um ihn herum, rafft seinen geringen Besitz an sich und möchte die Runde verlassen, er hat genug gesehen.
Man ist erstaunt, ja bestürzt über diese, allen Anwesenden unbekannte Willenskraft, hier völlig fehl am Platz, gerade jetzt, wo es erst richtig interessant wird: die höchste Bank aller Zeiten wird aufgelegt, tausende Rubel, das sollte er erleben, das sollte er probieren.
Zögerlich bleibt Hans stehen, schon hat er die Hand an der Stuhllehne, da rückt, wie durch Nebel, Puschkin am

anderen Ende des Spieltisches in sein Blickfeld. Der hat, so scheint es, die neue Bank verloren, und eine zweite aufgelegt. Mit blutunterlaufenen Augen stiert er auf sein Blatt, bleckt erregt die Zähne, wie ein wildes Tier entschlossen zum Angriff. Allez, die nächste!
Der Graf deckt sein Blatt auf. Eine Königin starrt ihm entgegen. Und eine Pik-Neun. Auf Puschkins Stirn glitzern Schweißtropfen, verdammt, das ging ja schnell, die Pik-Neun, die bringt immer Unglück! Fragend wirft ihm der Hausherr einen Blick zu, Puschkin nickt, ja, eine vierte Bank. Er hat Kredit bei Freunden, sie sind es gewohnt, seit vielen Jahren, ihm unter die Arme zu greifen. Puschkins Spielschulden sind legendär.
Und vornehm lässig, als wäre es ein Pappenstiel, als wäre bisher nichts geschehen, legt er neuerlich eine ungeheure Summe auf.
Wünschen Sie ein Blatt? Ihr Einsatz? Man gustiert mit übertriebener Langsamkeit, die Spannung am Tisch wird unerträglich, die Nervosität lässt sich mit Händen greifen. Neue Zigarren werden mit unsicheren Händen angezündet, jemand pfeift, wie aus Verzweiflung, einige Töne eines Gassenhauers, ein anderer beißt sich die Lippen wund.
Puschkin hat, so scheint es, die Fähigkeit zur Selbstbestimmung völlig eingebüßt, liefert sich blind dem Zufall aus, wie einem unkalkulierbaren Liebesabenteuer, das, wie so oft, im Desaster enden kann.
Jetzt bräuchte er eine Gräfin, wie die aus seiner „Pique Dame“, das Schicksal seines Helden Hermann, durch die Drei, die Sieben und das As in den Wahnsinn getrieben, steht ihm freilich jetzt nicht vor Augen. Sacré

bleu, nur dieses Wissen um die verdammten „tri karti“, die zwingend das Spielglück bringen, das bräuchte er dringend. Aber seine „Pique Dame“ ist letztlich doch nur Symbol heimlicher Rachsucht und die ist beim Spiel nicht dienlich .

„Meine drei Karten sind Berechnung, Selbstbeherrschung und Fleiß“, ruft er wie zum Trotz triumphierend in die Runde, erntet wieder gefällige Zustimmung und belohnt sich selbst mit einem großen Schluck Champagner. Dann gustiert er und muss eine Karte kaufen, bekommt zu seiner Karo-Vier eine Pik drei. Herr Gott, „tri karti, tri karti!“ Der Graf deckt auf, auch er hat eine Sieben. Zerstreut streicht er einige Blätter glatt, die in der Hektik des Spiels wohl ganz versehentlich gezinkt wurden, ruft aber schließlich doch nach neuen Karten. Man kauft, setzt, deckt auf, kauft wieder, setzt, immer tiefer rutscht Puschkin in die Schuld, nun muss es sich aber doch wenden, ganz sicher – doch was ist sicher - nur der Tod!

Sieben, nein, Puschkin kauft nichts, der Hausherr fragt auch nicht danach, deckt seelenruhig seine Karte auf, Acht. Er ist hinter dem stetig anwachsenden Geldberg kaum mehr zu sehen.

Jemand schüttelt wütend den Kopf, rückt demonstrativ den Sessel und geht, nun hat der Graf eine Pik-Sieben und Puschkin neuen Kredit, den letzten für heute, ganz sicher.

Endlich hat er eine Acht – der Hausherr deckt auf . Wieder die Neun.

Hans glaubt, in Puschkins Augen den Wahnsinn auflodern zu sehen, endgültigen Verlust jeder Realität. Wie

viel hat er schon verloren, der Dichter weiß es wohl selber nicht. Was soll's auch, Pech im Spiel, Glück in der Liebe, auch Letzteres könnte er gut gebrauchen!
Nein, das kann Hans nicht länger ertragen, der Genius russischer Literatur, sein Abgott und Vorbild inmitten all dieses Irrsinns, dieser Spekulationssucht und Geldgier! Er will jetzt fort, samt seinem alten, ehrlichen Hasen, er muss nicht Zeuge dieses Dramas werden, nicht dieses und nicht anderer, die sich heute Nacht noch bitter vollenden werden.
Kaum einer schaut auf, als er sich leise entfernt, nur Puschkins flimmernder Blick folgt ihm kurz, dann ist er wieder verstrickt in seiner Orientierungslosigkeit........
„tri karti.....“
Die anderen Salons haben sich bereits geleert, das Mondlicht, das schräg durch die hohen Fenster fällt, taucht die verlassenen Tische und Stühle in ein gespenstisches Weiß, Leichentücher über vorzeitig Hingeschiedenen, Selbstmörder aus Spielleidenschaft, gequälte Seelen, verbannt zu ewigen Höllenqualen.
Draußen liegt noch die Nacht über der Stadt, sanft und verheißungsvoll beginnt sich aber schon der Himmelsrand zu erhellen, neues Spiel, neues Glück.
Einsam und frierend steht Hans auf der vereisten Straße, wie einer schweren Krankheit entronnen, einer, die gewöhnlich den Tod bedeutet. Endlich erbarmt sich eine heruntergekommene Mietdroschke mitleidig seiner. Die wenigen Münzen, heute am Spieltisch gewonnen, klimpern wie Blutgeld in seiner Tasche.
Das Leben ist Spiel!

09 DER HERRSCHER

Schwer ächzt das gute Mütterchen unter dem gestrengen Vater. Fest hält er es umfangen, hat es eisern im Griff, auf dass es sich ihm nie entwinden möge. Russland braucht sie, diese starke Hand, so meint er, der gute Zar Nikolaj, zumal eben jetzt, wo es überall im Lande brodelt. Aber nicht der gute alte Borscht ist es, der da auf heimischen Herden köchelt, nein, man ruft nach der dünnen Suppe der Revolution, an der sich gar schon so mancher verschluckt hat.

Auch diese Aufständler aus dem 25iger Jahr haben sich damals ordentlich ihr Maul verbrannt, als sie ihn , den Neuen auf dem Thron, ganz einfach nicht anerkennen wollten. War es denn etwa seine Schuld, dass das Schicksal für ihn entschieden hatte? Was musste sich auch der Bruder Hals über Kopf von seiner untadeligen Prinzessin scheiden lassen und irgendeine polnische Gräfin ehelichen, völlig unpassend für einen Romanow-Holstein-Gottorp, ja skandalös! Und dann, zwei Jahre später, die unerwartete Wendung: Konstantin, in Warschau und Liebesglück, verzichtet auf die Nachfolge, sichtlich erleichtert, dieses monströse Reich nicht mehr am Hals zu haben. Doch leider dankt er klamm heimlich ab, nicht einmal er, der kleine Bruder, war eingeweiht worden und musste so mit einem Mal die Last der Zarenkrone tragen.

Da stand er nun , der junge Nikolaj, mit nichts als seiner streng militärischen Erziehung und sollte ganz plötzlich

den Monarchen geben, Herrscher über 128 Millionen! Aber er hat es dann auch allen gezeigt, er, der stramme Militär von altem Format , ein Imperator, der weiß, was Disziplin ist und kann:
Ein Exempel statuieren, gleich zu Anfang, diesen Aufstand am Senatsplatz niederknüppeln, sein erster Schachzug damals, genial und erfolgreich! Da glaubten doch einige Einfaltspinsel gegen das Regime, jetzt uneingeschränkt seines, protestieren zu müssen und den Eid auf ihn verweigern zu können: Autokratie! Polizeiwillkür! Zensur! Leibeigenschaft! Was haben die doch alle gezetert, gar eine Republik gefordert, diese Umstürzler mit ihrer westlichen Halbbildung! Aber die hat ihnen auch nichts genützt, aufhängen lassen hat er die Anführer, den Rest, immerhin an die 600 Subjekte, abtransportieren lassen nach dem fernen Irkutsk, ins unwirtliche Sibirien, wo sie nun ihr Leben lang genug Zeit, wenn auch nicht Muße haben werden, über Gehorsam und Ehrerbietung nachzusinnen. Denn das Geschlecht der Romanows ist ein ewiges, ein paar tausend Aufwiegler können da die Geschichte nicht verbiegen. Vorsorglich hat er dann auch gleich Philosophie, bislang verzichtbares Lehrfach an den Universitäten seines Reiches, eliminiert und samt dem Unterricht in „Logik“ aus dem Lehrplan der Gymnasien streichen lassen, weitsichtig wie er ist, der gute Monarch!
In einem ist er jedenfalls bestätigt worden: Stärke muss er zeigen, eiserne Durchsetzungskraft und Willen: keine verderblichen Einflüsse mehr aus dem Westen, keiner mehr rein ins Land, aber auch keiner mehr raus, nicht

ohne sein Wissen, ohne seine Kontrolle. Ohnehin drängt alles mögliche Pack herein, die unvermeidliche Diplomatie samt Sekretären, Personal, Köchen, Schneidern, Sprach- und Etikette-Lehrern, Tanzmeistern und all dem anderen Gesindel dubioser Provenienz, denen auch bereits zu Ohren gekommen ist, dass in seinem Reich der Rubel locker rollt und schon so mancher Habenichts auf heiligem russischem Boden sein Glück gemacht hat, falls nicht gleich an Ort und Stelle verspielt oder versoffen.
Da braucht es scharfe Augen, überall. Gottlob hat er ja seine hohen Offiziere um sich, beste und auch einzige Freunde. Niemand anderer kommt ihm nahe. Bürokratie, Heer, Geheimpolizei, das sind seine drei Säulen, seine ehernen Prinzipien für alle Zeit.
Schmunzeln muss er, da ihm ein Bonmot eines seiner Polizeiorgane, oder war es der Chef selbst, dieser schlaue Benckendorff, in den Sinn kommt: in diesem Staat kann keiner niesen, ohne dass es in der nächsten Stunde dem Herrscher gemeldet wird.
Recht so, jeder Schnupfen bedarf gezielter Kontrolle, zumal er sich ja bekanntlich als ansteckend erweist. Überwachung immer und überall, er, Zar Nikolaj als gestrenger Schutzherr der alten monarchischen Ordnung, so sieht er sich am Liebsten, so präsentiert er sich gern! Er ist nur Gott verantwortlich und mit dem steht er sich gut: jeden Tag vor den Ikonen Gebete herunter murmeln, tausend Mal sich bücken und bekreuzigen bis der Rücken schmerzt, das muss genügen. Der Herr ist auf seiner Seite. Amen.
Und wo im Übrigen käme das Land denn hin ohne

seine Leibeigenen, diese liebe, alte russische Tradition, wie sollte denn der Adel wohl weiter existieren ohne sie und gut noch dazu? Fest sind die Muschiki unters Joch gespannt, brav schuften die dreißig Millionen für Zar und Vaterland, das sind doch Werte, weit über der viel zitierten sogenannten Freiheit, in Mode gekommene jämmerliche Worthülse. Napoleon, dieser verhasste Eindringling, hatte ihnen damals gar die Befreiung von der Leibeigenschaft versprochen, wenn sie nur mit seinen Truppen kooperieren würden, aber auf seine Bauern ist Verlass, die haben dem Franzosen nicht vertraut, konnten die Flugzettel zum Teil ja auch nicht einmal lesen.

Nikolaj weiß genau: seine Leibeigenen wollen gar nicht frei sein, was sollten sie denn auch anfangen mit dieser obskuren Freiheit, sie, die nichts erlernt haben, nichts anderes kennen als das Joch und die Knute? Ein Hoch auf das Fehlen jeglicher Bildung, die abträglich bloß für Ruhe und Ordnung! Russland und Revolution, das reimt sich nicht. Wer wie er die Geschichte kennt, vornehmlich die der Romanows, der weiß, dass es in diesem Land nie zu einer ernsthaften Umwälzung kommen wird, da verbürgt er sich mit seinem großen Namen!

Die Menge der Juden im Reich allerdings, dieser Zersetzer der zaristischen Ordnung, die bereitet ihm, wenn auch geringes, Kopfzerbrechen. Doch auch da hat er bereits eine patente Lösung bereit:

wenn sie sich schon nicht den zahlreichen, gut gemeinten Bekehrungsversuchen beugen wollen, dann sollen ihre stinkingen Söhne doch wenigstens für

fünfundzwanzig Jahre Dienst für seine Majestät verpflichtet werden! Unmittelbar unter die kaiserliche Kandare spannen, das ist unmittelbares Ziel, noch besser aber, weil auch billiger, allesamt vertreiben, all diese Beschnittenen, ihre dreckigen Schtettel niederbrennen, damit ihnen die Lust am jüdischen Rechtsverdrehen ein für alle Mal vergeht. Ein für alle Mal, für immer und ewig! Ja, die Macht, stets will sie behütet sein und streng beobachtet, damit das liebe Mütterchen auch ruhig schlafen kann. Der gute Zar steht ja Wache. In seinen besten Jahren ist er jetzt, gerade einmal vierzig und elf Jahre schon absoluter Herrscher!
Für Nachkommenschaft hat er reichlich gesorgt, stolz blickt er auf seine sieben Kinder, Aleksandr wird seine Nachfolge antreten, getreu in seine großen Fußstapfen steigen, dem wohl geratenen Zarjewitsch braucht seine Sorge nicht zu gelten.
Doch was hat er eigentlich noch mit seiner Frau zu schaffen, sie hängt ihm an wie ein nasser Sack, von Anfang an schwächlich, immer dahin kränkelnd, am Herzen laborierend. Gut möglich, dass da die neun Geburten, zwei davon tot, zu viel für sie waren, so dass die Ärzte schließlich jegliche Anstrengungen streng untersagt haben und damit auch jede sexuelle Aktivität! Und das ausgerechnet ihm! Was sollte er denn sonst schon mit ihr anfangen? Im Bett hielt sie wenigstens den Mund, ihre leise, heisere Stimme ist ihm immer schon auf die Nerven gegangen, mit ihrem ewigen „Niki, Niki“, Zeichen wohl ihrer unerschütterlichen Liebe, da konnte er sie betrügen soviel er wollte....
Und worüber auch hätte er sich mit ihr unterhalten

können: über ihre Leidenschaft für Schmuck etwa, über ihr Faible für Ballveranstaltungen und deren angemessene Roben, über ihre weiteren, höchst oberflächlichen Interessen? Charlotte hat ihm einfach nichts zu bieten. Heilige Mutterschaft und bisweilige Vergnügungen des Hofes, die allein stehen ihr zu. Unverständlich, warum er sich damals überhaupt zu einer Ehe mit dieser Preußin hat überreden lassen, sie war natürlich, wen sollte es verwundern, sogleich für ihn entflammt und die Russen hatten ja immer schon eine Vorliebe für Deutschland, vor allem wenn es um Diplomatie ging und um politische Heiratsstrategien. Also ist auch er, Zar Nikolaj bedauernswertes Opfer für Frieden und Vaterland.
Einziger Trost waren und sind ihm seine Mätressen, gutes Recht jedes russischen Monarchen von Alters her. Gerne nimmt er sich da seinen Vater zum Vorbild, den unvergessenen Zar Aleksandr. Der tat sich schließlich damals, am Wiener Kongress vor allem durch intensives Interesse an der Damenwelt hervor, durchwanderte, ganz internationaler Staatsmann, eine Vielzahl von Betten und stach damit sogar den Fürsten Metternich aus, was ihm doch einen gewissen Platz in der Weltgeschichte sichern dürfte. Und Nikolajs Mutter, hat sie es damals etwa gewagt, sich zu beklagen, wohl wissend, was eine Zariza Russland schuldig ist?
Alte Traditionen wollen gepflegt werden, darum ist ihm die aktuelle Favoritin, diese kleine Hofdame Varvara, ein solcher Sonnenschein, sechzehn Jahre jünger ist sie als Charlotte, das macht sich doch gleich besser an der Seite Seiner Majestät!

Und er, ist er denn nicht ein Bild von einem Mann? Schneidig, imposant, strotzend vor Manneskraft, stets in Siegerpose, Liebling der Porträtisten: energisches Kinn, Denkerstirn. Der Herrscher ist ihm ins Gesicht geschrieben, ein rechter Held, ein Prinzipus wie einst der große Peter. Schlicht, ein Eroberer, auch von Frauenherzen.

Vor allem an ein ganz besonderes Herz denkt er da, nein, keine Dame der kaiserlichen Entourage, keines der zahlreichen „Frejlinas“ rund um Charlotte, nein. Und eben dies ist ja sein Problem, das sich mehr und mehr zur Katastrophe aufzublähen scheint und ihm die Tage vergällt.

Nie hätte er solche Komplikationen vorausgeahnt, ungewohnte Schwierigkeiten eines sorglosen Liebhabers höchsten Ranges. Er erinnert sich noch genau, es war 1831, bei einem Maskenfest: da war sie, zum ersten Mal in der Petersburger Gesellschaft, ein blutjunges Wesen von überirdischer Schönheit, betörende Fee aus einem romantischen Märchen, verkleidet als Psyche, so schwebte sie über das Parkett, die anmutige Kopfhaltung, die zierliche Figur, all das erweckte in ihm heftige, schon so lange nicht mehr gekannte Gefühle, er musste sie kennenlernen, ihr näherkommen, sie besitzen.

Der erste Schritt: sie, trotz Enttäuschung manch anderer Schönheiten, zur Ballkönigin zu küren, der zweite: Namen, Herkunft, sozialen Stand zu erfragen. Und da offenbarte es sich schon, sein künftiges Schlamassel: verheiratet und noch dazu mit diesem, vom Volke so geliebten, weil aufrührerischen Dichterling, diesem

Puschkin, dem er aus guten Gründen gar nicht gut gesonnen ist und ab nun umso weniger gewogen, gewissermaßen also ein Feind!
An diese Affaire hieß es also vorsichtig herangehen, der Zar öffentlich mit der Puschkina, das täte niemandem gut, vor allem ihm selbst nicht, möchte er doch die Untertanen, die ohnehin murrenden, nicht noch zusätzlich mit solchen Lappalien gegen sich aufbringen.
Diese Lappalie aber ließ sich, wie voraus zu sehen, zunächst einmal gut an, die junge Schönheit erwies sich geblendet, geschmeichelt, ein selbstverliebtes Kanarienvögelchen, berauscht durch die Gunst des Höchsten, ein possierliches Geschöpfchen, das man allerdings vor der überschäumenden Eifersucht des Dichtergatten zu schützen hatte.
Wie schön eigentlich, es ging also gegen Puschkin, Zarengegner und Volksverbündeter. Jetzt konnte er ihn nicht nur durch strenge Zensur erniedrigen, sondern auch in sein Privatleben hinein patzen. Mais discrétion, s'il vous plait, absolument discrétion!
Zum ersten Mal verspürte Nikolaj Vergnügen an der bei Hofe so beliebten und so üblichen Intrige! Es galt dieses Abenteuer klug zu vertuschen, der Puschkina einen anderen zur Seite stellen, der ihr Avancen macht, den Skandal auf sich lenkt, dem Herrscher aber nicht etwa in die Quere kommt und etwa selbst die Suppe löffeln möchte. Hier darf der verliebte Monarch, Gott sei's gedankt, an seinem Hof aus dem Vollen schöpfen: Individuen jeglichen Genres kann man hier begegnen, käuflich für alles, offen für zwielichtige Händel jeder Art. Da ist doch beispielsweise dieser niederländische Baron

mit seinem französischen Adoptivsohn, beide eindeutig in skandalösem Verhältnis zu einander, die dreckigen Hofspatzen pfeifen es genüsslich von allen Dächern. Der Alte freilich ist nicht zu gebrauchen, ein allseits bekanntes Schandmaul zwar und mit Sicherheit zu allem bereit, der Junge aber gibt, wie man hört und sieht in der Gesellschaft mit Erfolg den charmanten und gewandten Galan und ist treuer Abonnent weiblicher Bühnenkunst, vor allen hinter den Theaterkulissen. Fast kommt Nikolaj ins Schwärmen: Georges d'Anthès van Heeckeren und Natalja Puschkina, was für ein schönes Paar, das müsste sogar der Ehemann selbst eingestehen!

Doch was ist der beste Plan nütze, wenn man den Verlauf der Ereignisse nicht dauernd selbst steuern kann und sogar Polizeispitzel in diesem Fall ausnahmsweise nicht immer die Möglichkeit haben einzugreifen können. Denn D'Anthès,dieser Schmierenkomödiant, hat es nun, so scheint es, maßlos mit seiner Rolle übertrieben, weiß den Unterschied nicht mehr zwischen Spiel und Realität. Der Hof kennt keine anderen Klatschgeschichten mehr und sogar Briefe sollen heimlich von Hand zu Hand wandern, die Puschkin öffentlich zum Hahnrei erklären. Wenn Nikolaj nur wüsste, welche Rotzbuben da dahinter stecken, die Ohren würde er ihnen lang ziehen bis hin nach Sibirien, denn der rasende Poet hat schon zum Duell gefordert, eine seiner üblichen Marotten zwar, trotzdem, speziell in diesem delikaten Fall nicht tolerierbar.

Hier also ist monarchischer Weitblick gefordert, obwohl der Gedanke an einen, möglicherweise im Duell zu Tode gekommenen aufmüpfigen Dichter Nikolaj für einen Moment gar nicht so übel erscheint. Zwei Probleme auf einen Schlag vom Halse geschafft! Darüber wäre es wert weiter nachzusinnen. Doch halt, hat er nicht selbst Duelle immer wieder als barbarisch gegeißelt, sie bei Todesstrafe verbieten lassen? Eine zu voreilige Entscheidung, kaum zu revidieren jetzt!

Soll doch dieser Reimeschmied seinen Zorn in hehre Verse gießen, wie er es früher mit all seinen Liebesnöten tat und die Welt mit gefühlvollen Zeilen überschwemmte. Was will er denn zur Waffe greifen statt zum Federkiel! Unverständlich, diese Schreiberlinge! Jetzt muss er also handeln, muss sie sich vor knöpfen, alle beide, den übereifrigen Hanswurst und den blutrünstigen Racheengel, der nicht ahnt, wer ihm da tatsächlich Hörner aufgesetzt hat. Solcherlei verzwickte Geschichten sind sonst nur in den französischen Komödien, vornehmlich bei Molière zu finden und nun sieht er, der Zar, sich selbst mit einem Mal als Initiator solcher Possen.

Auch mit Natalja wird er ein Wörtchen reden müssen. Vorsichtiger soll sie sein, dieses eitle Gänschen und sich dreister Schmeicheleien eindeutig erwehren, ihren Gatten abkühlen und wieder auf die ihm gemäßen Bahnen zurückführen. Vielleicht schaut ja dann auch noch der ein oder andere Reim heraus, jeder wäre Nikolaj recht, nur nichts Politisches, da käme man ja wieder in die Bredouille! Aber, wie man hört, hat sich der Dichter ja ausgeschrieben.

10 LITERARISCHER ZIRKEL

„Enchantée, Messieurs, enchantée et bienvenu!"
So herzlich ist Hans in letzter Zeit selten empfangen worden. Die Dame, nicht mehr ganz jung, die ihn so freundlich willkommen heißt, ist Sofia Karamzina, die hier im Haus ihres verstorbenen Vaters an der Fontanka fast allabendlich die Pforten öffnet für berühmte Literaten, neue Talente, ehemalige Freunde des Historikers, aber auch für Diplomaten, ausländische Reisende, Offiziere, Beamte, kurz für eine muntere Gesellschaft, die sich hier, Gott Lob ganz ohne Etikette, versammeln kann.
Puschkin hat ihm im voraus versichert, dass hier seine Lieblingsadresse in Petersburg sei und der Dichter ist auch sicher der eigentliche Grund dieses begeisterten Empfanges, wieder durfte er ihn begleiten, wie so oft erst zu vorgerückter Stunde, da die Konversation allerorts schon voll im Gange ist.
Ein großer Lüster erhellt einen schlichten Raum, Ottomane und zahlreiche schon etwas verschlissene Stühle sind geschickt zu Gruppen platziert, unermüdlich summt der Samowar und die Gastgeberin verteilt eifrig Tee und einfache Schwarzbrotscheiben mit Bauernbutter bestrichen.
Gemütlich ist es hier, auch wenn sich viel zu viele Personen in diesem roten Salon zusammendrängen. Sie alle scheinen gebildet, weltgewandt, geistreich, mit guten Umgangsformen, interessiert an Literatur, Musik,

Theater, an den neuesten politischen Entwicklungen im Ausland, an philosophischen Strömungen und – natürlich an Puschkin, ihrem Abgott heimischer Literatur. Da wundert es Hans nicht, dass sie gleich beim Eintreten umringt sind von einer Schar begeisterter Bewunderer, die vor allem eines wollen, dem Meister zu seinem neuesten Wurf, der „Hauptmannstochter" gratulieren! Dreieinhalb Jahre Arbeit – und nun dieses Resultat! Diese Schlichtheit! Diese Sublimität des Geschmacks! Gerade in der heutigen Zeit der Angeberei und des überhitzten Engagements! Bravo!
Einer schwenkt die letzte Nummer des „Sowremenik", in der die Erzählung gerade erschienen ist: Da, hört nur, wie großartig, wie geschickt formuliert, nicht zuletzt auch angesichts der Zensur des Zaren:
„....Gott behüte uns vor einer russischen Revolution, die immer unsinnig und erbarmungslos sein wird! Menschen, die in Russland umstürzlerische Ideen in die Tat umzusetzen suchen, sind entweder zu jung und unerfahren, um den Charakter unseres Volkes zu kennen, oder so unmenschlich, dass sie das Leben anderer für nichts achten, ja selbst das eigne für mehr oder weniger wertlos halten...." Die Bravo-Rufe wollen nicht enden.
Oder hier:
"....wenn ich mir die jetzige milde Regierungsweise des Kaisers Aleksandr vor Augen halte, so kann ich nicht umhin, mich über die schnellen Fortschritte der Aufklärung und Menschlichkeit zu wundern. Jugendlicher Leser! Lerne daraus, dass alle Reformen des öffentlichen Lebens nur dann wirklich gut und von

Dauer sind, wenn Sie die Sitten des Volkes zu bessern bestrebt sind und ohne gewaltsame Erschütterung vor sich gehen!"
Tosender Applaus, so etwas muss Zar Nikolaj, Sohn eben dieses Aleksandrs, doch gefallen, ihn besänftigen in seinem andauernden Argwohn dem Dichter gegenüber!
„Ich schreibe für mich, drucken lasse ich für Geld" gibt Puschkin selbstbewusst von sich, manche könnten ihn sicher arrogant nennen und tun es auch. Aber nicht in diesem Zirkel.
Allein schon das Motto seiner Geschichte: „Wahre deine Ehre von Jugend auf"!
„Exzellent!"
Ganz kurz tritt da plötzlich betretenes Schweigen ein, zu sehr rufen doch diese Worte jene unglückseligen Briefe ins Gedächtnis, von denen auch einige bei den hier Anwesenden angekommen sind, von nichts möchte man weniger reden als von diesen Verleumdungen hier, schon gar nicht in diesem Zirkel.
Rasch wird Tee gereicht und das Thema auf den „Zeitgenossen" gelenkt, auch kein gerade erfreuliches , denn, wie jeder hier weiß, hat die Zeitschrift weniger als ein Viertel der geplanten 2500 Abonnenten und erweist sich mehr und mehr als finanzielle Katastrophe. Puschkin hatte da wohl zu sehr auf den Erfolg von Qualität gesetzt!
„Die russische Literatur zu säubern heißt Nachttöpfe putzen und von der Polizei abhängig zu sein. Der Teufel soll sie holen! Mein Blut verwandelt sich in Galle!" poltert Puschkin los, begleitet vom Beifall des Auditoriums.

Wahrlich, allzu lange war man in minderwertigen Nachahmungen englischer und französischer Romane getümpelt, halbblind und peinlich bedacht auf Normen und Schablonen.
„Hoch Puschkin, Erneuerer, Befreier, Genie!"
Gedankenverloren blickt die Gastgeberin in die wild gestikulierende Runde. Wahrscheinlich haben sie es bereits vergessen, ihr Vater war bis vor mehr als dreißig Jahren Herausgeber des „Westnik Ewropu" und dieser „Bote nach Europa" schließlich Vorbild für alle künftigen russischen Literaturjournale.
Vielleicht weiß ja Hans noch nicht, dass er es war, der den „Nowi Slog", den neuen Stil für eine moderne Prosasprache geschaffen hat, auf der Puschkin dann meisterlich seinen eigenen literarischen aufgebaut hat, ereifert sich Sophie. Nein, Hans wusste es nicht, wie so vieles nicht über dieses Riesenreich, seine Gesellschaft, seine Kultur.
„Und, unser Tschaadajew ist nun wohl endgültig kaltgestellt, abgeschoben in eine Irrenanstalt, sein 'Erster Philosophischer Brief' war nun doch wohl zu starker Tobak, Russland als eine Lücke in der moralischen Weltordnung zu bezeichnen! Man denke nur!" wirft jemand in die Runde.
Da muss auch Puschkin beipflichten: „Weit entfernt bin ich davon, von allem begeistert zu sein, was ich um mich herum so sehe! Als Literat fühle ich mich gereizt, als Mensch mit Vorurteilen beleidigt – aber, liebe Freunde, trotzdem schwöre ich bei meiner Ehre, dass ich um nichts in der Welt mein Vaterland wechseln oder eine andere Geschichte haben möchte als eben die

Geschichte unserer Vorfahren, so wie sie Gott uns gegeben hat!“ Rasche, eifrig gemurmelte Zustimmung der Zuhörerschaft verbreitet sich im Raum. Der Meister wird es schon wissen, der Meister ist Vorbild, in jeder Weise.

„Freilich können dieses Fehlen einer öffentlichen Meinung, diese verdammte Gleichgültigkeit gegenüber jeder Pflicht, Gerechtigkeit und Wahrheit, diese zynische Verachtung menschlichen Denkens und menschlicher Würde einen schon zur Verzweiflung bringen!“

Puschkin hat sich in Rage geredet, frenetische Hoch- und Bravorufe ringsum, auch Hans kann sich der Begeisterung nicht enthalten, da wendet sich der Dichter mit einem Mal direkt an ihn „Ja, bisweilen verachte auch ich mein Vaterland, aber es gefällt mir ganz und gar nicht, wenn es ein Fremder tut.“

Das heftig nickende Auditorium ruft Hans in Erinnerung, hier nur Gast in fremdem Land zu sein. Fast hätte er ja den ihm gebührenden Platz vergessen.

„Und was gibt es Neues, was hat unser Literat in Planung?“ Man hängt an Puschkins Lippen, mancher wohl auch geübt in allzu menschlichen Kunst der Schmeichelei.

„Ach“ ruft dieser theatralisch aus, ganz Komödiant,

„Die Öffentlichkeit tut ja so, als wenn er ihr gehöre, der Dichter, zu ihrem Nutzen und Vergnügen geboren sei. Dabei ist ihm selbst sein Beruf und die Bezeichnung, die man ihm gibt und mit der er ein für allemal gebrandmarkt ist, am aller bittersten, ganz und gar unausstehlich! Ist er einmal schweigsam, in sich gekehrt wegen Geldsorgen, oder bekümmert wegen einer

Krankheit – gleich ertönt, begleitet von einem blöden Lächeln immer die selbe blöde Frage: Nicht wahr, Sie sind gerade dabei, ein Gedicht zu schreiben? All diese Zudringlichkeiten, diese Fragen, wie können sie einen anekeln. Aber was soll ich denn tun? Ich habe nun einmal das Pech, ein öffentlicher Mann zu sein und das ist, wie Sie alle wissen, schlimmer, als eine öffentliche Dirne zu sein!"

Lachen begleitet seine Klage, ja, unser Genie weiß seine Worte trefflich zu setzen, doch nun rasch zu anderen Themen, fast hätte man ja vergessen, wie heftig der Dichter auf all die Infamie der letzten Wochen reagiert hat und sich zur Zeit wohl in einer Schaffenskrise befinden muss!

Schnell wird die Situation gerettet und eine Diskussion angezettelt, wer denn nun das größere deutsche Dichtergenie sein, Goethe oder doch dieser Schiller?

Von dem Geheimrat geht ja die Mär, er hätte, unzufrieden mit seinen Nieren, die Worte geäußert „wenn mir doch Gott eine von den gesunden Russen-Nieren schenken wollte, die zu Austerlitz gefallen sind!"

Das erntet Heiterkeit, auch in Deutschland weiß man also russische Qualität zu schätzen!

Da sogar Puschkin schmunzelt, legt man gleich noch eine Anekdote aus heimischen Landen nach, wer würde sich da besser eignen, als Katharina die Große und ihr ungeheurer Männerkonsum, mindestens zwanzig ihrer Liebhaber sind im historischen Gedächtnis geblieben, allesamt von ihr angestachelt, ihren Mann unter die Erde zu bringen. Am aller Bemerkenswertesten allerdings ihre Zähheit, all die Intrigen am Zarenhof zu überstehen, eine Tatsache, die Puschkin einen tiefen Seufzer entlockt. Darüber hinweg kann ihm kein Witz behilflich sein.

In allen Ecken wachsen nun vielerlei Dialoge aus dem allgemeinen Gemurmel.

„Haben Sie schon Hugos „Lucrécia Borgia“gelesen?“

„Ich beschäftige mich zur Zeit mit der Lektüre von Prosper Mérimée, unglaublich mutig, nach der Juli-Revolution sich dem neuen Bürger-König Louis-Philippe anzuschließen! Ein wahres Vorbild für jeden Freidenker, französisch oder russisch!“

„Der Adel gehört abgeschafft, die Monarchie überhaupt, diese Quelle jeglicher russischen Unzulänglichkeit“ lässt sich ein Graf hören und Puschkin, ungeachtet seines eigenen alten Adels, stimmt heftig zu:

“Die Mehrheit der Stimmen gilt es, auf seiner Seite zu haben, die Mehrheit! Also beleidigt mir die Dummköpfe nicht!“

Bitteres Lachen, ja, das wird schwierig in Zeiten wie diesen!

Da treffen neue Gäste ein, rasch werden weitere abgewetzte Polstermöbel aus dem Nebenzimmer geholt, Sitzgruppen neu gestellt, Tassen mit dampfendem Tee gefüllt, damit sich die Konversation neu belebe unter den bald sechzig Anwesenden.

Ein hoch gewachsener Mensch wagt sich nun zu Puschkin, „Turgenjew“ stellt er sich vor, seit drei Jahren Student der Literatur in Sankt Petersburg, mit ausgeprägtem Interesse für Hegel und glühender Verehrer des Meisters. Er hätte da einige wenige Gedichte, Erstlingswerke sozusagen, wenn der Meister

vielleicht geruhen wolle, einen Blick darauf zu werfen, ob er wohl etwas Begabung darin entdecken könnte?
Der winkt ab: „Talent? Besser wäre es, sich damit eine Unterhose anzufertigen!“
Kennt denn der Herr Literaturstudent übrigens dieses eben von ihm zitierte Wäsche-Epigramm zu seinen „Ägyptischen Nächten?“
„Freilich, freilich“ beeilt sich Turgenew zu murmeln und lässt alle Hoffnung fahren.
„Ja, recht skeptisch bin ich all den jungen Talenten gegenüber wohl, diesen neuen Publikumslieblingen, deren hübsche Verse manchmal ja sogar Gedanken enthalten“ setzt Puschkin höhnisch nach und schlägt den verwirrten Bittsteller vollends in die Flucht.
Alles bloß Plagiate, Nachäffungen seiner eigenen unnachahmlichen Naturbeschreibungen, seiner tief empfundenen Gefühlswelt .
Selten genug lässt er sich herbei, solch einen hoffnungsvoll aufgehenden Stern zu unterstützen. Jenen jungen Mann etwas eigenartigen Aussehens zum Beispiel, der die ganze Zeit schon bewegungslos am Kamin lehnt und Hans schon ins Auge gestochen ist: klein und krumm gewachsen, lange, spitze Nase, krankhaft schlechte Haut, beäugt er mürrisch die Szene und hat noch keinerlei Äußerung getan „Gogol, Nikolaj Wassiljewitsch“, klärt Hans ein Sitznachbar auf, Puschkin soll ihn sogar zu einer Komödie angeregt haben mit dem Sujet des typisch russischen Beamten, nachdem er selbst, auf einer Reise nach Orenburg einmal für einen Postaufseher, ein andermal in einem Gasthof in Nischni-Nowgorod gar für einen Revisor

gehalten worden war. Nach letzterem hat Gogol dann auch sein Stück benannt, erst kürzlich ist seine Erzählung „Die Nase“ erschienen und vor zwei Jahren schon „Aufzeichnungen eines Wahnsinnigen“, die man ihm gut und gerne abnimmt, wenn man ihn so ansieht.
Der enttäuschte Turgenjew, sich wenigstens in der Philosophie sattelfest wähnend, referiert gerade über Hegel, diesen deutschen Giganten des Geistes: Logik, Dialektik, Natur- und Geschichtsphilosophie „ Das Wahre ist das Ganze“ ruft er euphorisch aus. Von der Ottomane gegenüber preist man hingegen Schopenhauer „Die Welt als Wille und Vorstellung“, ein anderer hält die russische Philosophie dagegen, Radischtschew, Aufklärer, Gegner der Leibeigenschaft.
„Und was hat ihm das hierzulande gebracht? Veröffentlichungsverbot, Verbannung, schließlich Selbstmord mit dreiundfünfzig Jahren!“
„Ja, da bin ich ganz d'accord mit Ihnen: unsere großen Geister werden geschmäht, in Nervenheilanstalten verbracht oder wandern aus besserer Einsicht lieber gleich aus, vorzüglich nach Europa, wie Fürst Putjatin, wenn Sie sich erinnern, dieser geniale Denker und Erfinder, der sich dann nicht einmal in russischer Erde begraben ließ und für ewig in Dresden geblieben ist.“
„Für uns ist es wohl immer dort am Schönsten, wo wir nicht sind!“
„Aber erzählen Sie uns doch, Monsieur Gans, erzählen Sie uns von Ihrer Österreichischen Heimat, diesem glanzvollen Mittelpunkt europäischer Kultur!“
Plötzlich steht Hans im Brennpunkt des Interesses, sehr wohl ist ihm dabei nicht.

Da greift Puschkin hilfreich ein „ Der junge Mann hier hat viel vor, er möchte meinen 'Mozart' übersetzen, unsere Literatur ins Ausland tragen. Die Übersetzer sind ja quasi die Relais-Pferde der Bildung, also achtet mir gut auf das edle Ross!"
Hört, hört, tönt es von überall her, ein Literat mehr also in unseren Kreisen, ein zweiter Bodenstedt quasi, der erst kürzlich mit dem „Onegin" in Deutschland heraus gekommen ist! Sogar der hässliche Gogol hat sich jetzt einen Sessel gegriffen und rückt näher, fremden Ländern gilt ja, wie man hört, sein besonderes Interesse.
Hans beginnt also zu erzählen, zögerlich zuerst, dann immer flüssiger, die Begeisterung treibt ihn an, als Beispiel neuen Österreichischen Theaters möchte er vor allem von einem jungen Schriftsteller berichten, Johann Nestroy, der eine Zauberposse herausgebracht hat, mit Musik, die in Wien sehr gefällt. „Der böse Geist Lumpazivagabundus" hat er sie genannt, in der eine gute Fee, Fortuna, drei arme , lockere Gesellen, in Wien würde man sie „Hallodri" nennen, erwählt für Reichtum und Glück. Doch von den dreien ergreift nur einer die Chance, anständig zu werden, sesshaft mit Weib und Haus, die beiden anderen verprassen ihren Lotteriegewinn und führen weiter ein Landstreicherleben. Am Ende aber wendet sich alles doch noch zum Besten, schließlich handelt es sich ja um ein Märchen, die Fee Amorosa greift ein und auch sie haben bald eine Frau gefunden und sind solid geworden!
Man klatscht hingerissen, ja, das gefällt! Ein Zaubermärchen und aus dem aufgeklärten Westen, ganz

entzückend! Besonders hierzulande hält ja nichts die Menschen davon ab, an alles zu glauben, was nur in etwa geheimnisvoll oder legendär anmutet: Gespenster, böse Blicke, eine schwarze Katze, die Fluch verheißt, die Macht des Kaffeesatzes, die Wahrheit , die sich in den Karten offenbart....

Puschkin lächelt, das ist auch ihm nicht fremd, wie oft hat er schon über seinen eigenen Aberglauben den Kopf geschüttelt und trotzdem nicht über seinen Schatten springen können. „Im Prinzip möchte ich ja nicht abergläubisch erscheinen, aber wenn wir heute Freitag den 13. hätten, dann wäre ich doch lieber ein andermal wieder gekommen!"

Vielstimmiges, verständnisvolles Lachen antwortet ihm, Gott Lob ist heute nicht Freitag und schon gar nicht der 13. und so kann man den Dichter ungewohnt entspannt und friedlich erleben, die letzten Male erschien er so fiebrig, niedergedrückt, so qualvoll erregt, er, der doch immer so gerne gelacht hatte. Vielleicht hat sich ja auch seiner eine Fortuna erbarmt oder eine Amorosa und die bösen Gewitterwolken über ihm vertrieben!

Nun möchte man sich bei Hans aber revanchieren für die hübsche Geschichte: die Gesellschaft wird in den Nebensalon gebeten, an dessen Prunkstück, einem riesigen Lichtenthal-Flügel, schon ein Herr mit kräftigem Backenbart Platz genommen hat. Er wendet sich zu Hans „Pour vous, für Sie, Monsieur" und nach kurzer Konzentration und Lockerung der Fingergelenke zaubert er aus den Tasten eine muntere kleine Melodie, die an ein hurtiges kleines Bächlein erinnert: Schubert, Franz Schubert ist es, „Die Forelle", die da im winterlichen

Sankt Petersburg in einer gemütlich warmen Wohnung dahinplätschert, Hans ist gerührt. Und gleich noch ein Stück will man für ihn zum Besten geben:
Er erkennt das „Heideröslein“ und, ermuntert von den andächtig lauschenden Zuhörern, beginnt er, leise zwar und etwas neben den Noten, den Text zu singen, so fremdländisch hier für die Ohren des Publikums
„ Sah ein Knab' ein Röslein stehn, Röslein auf der Heiden....“
Wie schön, wie wunderschön! Hans fühlt sich angekommen, angenommen, die große russische Seele hat sich heute auch für ihn geöffnet, das Mütterchen hat ihn an ihre Brust genommen, ihm ihre Wärme abgegeben, ihn liebkost.
Frischer Tee schimmert gülden in den Tassen, die neueste Polonaise Schumanns wird intoniert, die Menschen sprechen weiter, über die schönen Künste, über Beethoven und seine Oper „Leonore“, den neuesten Hugo „Préface de Cromwell“, über Politik, über Europa, den Imperialismus und warum man sich hier immer noch so missverstanden und minderwertig fühlt, letztlich noch immer abgeurteilt als „Barbaren“.
Hans weiß es selber nicht.

11 DER BITTSTELLER

„Ich beschließe, Ihnen selbst zu schreiben; zuvor hatte ich Natalja Nikolajewna gebeten, erhielt aber bis heute keine Nachricht. Schicken Sie, ich bitte Sie inständig, meine Komödie bald zurück, welche ich Ihnen mitgebracht hatte und machen Sie wenigstens flüchtig Ihre hauptsächlichen Bemerkungen dazu.
Ich sitze ohne Geld und entschieden ohne jegliche Mittel, ich muss sie den Schauspielern zum Spielen geben, was gewöhnlich mindestens zwei Monate vorher geschieht. Seien Sie so gut, schicken Sie sie mir bald, ich habe keine Außenposten außer den 600 Rubel.
Ich habe mit den „Toten Seelen“ angefangen. Das Sujet hat sich zu einem Riesenroman ausgeweitet und wird, scheint mir, sehr komisch. Ich möchte in diesem Roman ganz Russland zumindest von einer Seite her vorführen.
Tun Sie mir den Gefallen, geben Sie mir irgendein Sujet, ob komisch oder nicht, nur: eine echt russische Anekdote. Im Nu wird eine Komödie von fünf Akten da sein und ich schwöre, sie wird komischer sein als der Teufel.
Mein Geist und mein Magen hungern gleichermaßen.
Wenn Sie mit Uranow sprechen und die Rede auf mich kommt, so sagen Sie, Sie seien bei mir gewesen und hätten mich kaum noch lebendig vorgefunden. Tadeln Sie mich bei dieser Gelegenheit gehörig dafür, dass ich hier wohne und mich nicht schleunigst aus der Stadt davon machen. Sagen Sie, die Ärzte hätten mich

geheißen, augenblicklich abzureisen, mit einem Hinweis darauf, dass es sehr wohl in einem Monat endgültig mit mir aus sein könnte. Ich glaube, das wäre nicht ganz nutzlos.
Ich schicke Ihnen auch den „Morgen des Beamten“. Senden Sie ihn, wenn Sie können, noch heute oder morgen früh an den Zensor, da morgen Sitzung ist.
Und holen Sie aus der Druckerei den Aufsatz über die Zeitschriftenliteratur.
Wir sind beide sehr schlampige Menschen und haben vergessen, dass hier noch vieles von dem bei mir verbliebenen Rest eingefügt werden muss. Ich bitte Sie, es so zu machen, dass zuerst die Szene kommt, danach das über die Literatur.“

N. Gogol

Wütend schüttelt Aleksandr den Kopf: Vielleicht noch Wünsche, oder besser, Befehle, mon cher Monsieur le Poète?
Ungeheuerlich, diese Jugend! Wer glaubt er denn, wer er ist, dieser Nikolaj Wassiljewitsch, hergelaufen aus einem Ukrainischen Landgut, kürzlich erst etwas Nennenswertes niedergeschrieben und schon die Nase hoch im Olymp der Literatur! Glaubt wohl gar, dem Dichtergott selbst dort nonchalant auf die Schulter klopfen zu können, ihn zu seinem Komplizen, ja Werkzeug machen zu können! An ihn gehängt hat er sich, hat stets gewusst, seine Freundlichkeit und Gastfreundschaft weidlich auszunutzen. Jahre lang ist

er um ihm herum geschwänzelt, hat ihm nach dem Mund geredet, gar manche Intimität nicht gescheut, dieser kleine, schlaue Ukrainer, der im Stande ist einen zu berauben, noch ehe man um Hilfe rufen kann!
Schon ärgert es Aleksandr, dem Bürschchen immer wieder Anstellungen in der Stadt verschafft zu haben, als Privatlehrer, die er dann nie fähig war, länger zu behalten. Lustig gemacht haben sie sich überall über diesen Kasper, eine lächerliche Figur genannt, dazu sein geckenhaftes Auftreten, alles samt geschmacklos, da kann ihm Aleksandr freilich auch nicht weiter helfen.
Geholfen hat er ihm allerdings doch, Grund seiner heutigen Verärgerung, geholfen bei gar manchen literarischen Vorhaben. Warum bloß hat er ihm seine Ideen gespendet, seine Kreativität geliehen für diese „Toten Seelen", von denen noch kein Mensch weiß, wie sie sich machen werden und leider auch für den „Revisor", der erst kürzlich hier im Theater aufgeführt wurde, mit beachtlichem Erfolg sogar. Nirgends wurde hierbei natürlich der Name Puschkin erwähnt, ohne den der stolze Verfasser vermutlich keine Zeile zu Papier gebracht hätte.
Auch reut ihn sein Artikel im „Sowremenik": viel zu nachsichtig hat er da Gogols „Abende auf dem Vorwerk bei Dikanka" besprochen, die „frischen Bilder der kleinrussischen Natur" angepriesen und das ganze Werk als ein russisches Buch dargestellt, das zum Lachen anregt wie schon lange nicht.
Gott Lob hat er dann wenigstens, ganz nebenbei „die Unausgeglichenheit und Fehlerhaftigkeit des Stils des jungen Autors" erwähnt, „die Zusammenhanglosigkeit

und Unwahrscheinlichkeit einiger Erzählungen.“ Und dass er sich erlaubt hat, in seiner Person als Herausgeber einen Artikel des ungestümen Jungspunds eigenmächtig etwas zurecht zu stutzen hat jenen wohl vollends aus der Fassung gebracht.
Vieles aus dieser ukrainischen Feder entspringt doch letztlich bloß derber Komödiantik und simplem Lokalkolorit, diese rührenden Idyllen, die die städtische Intelligenz augenscheinlich zu entzücken vermögen. „Unter Tränen der Trauer und der Rührung“ , wie Aleksandr es leider allzu wohlwollend in seiner Rezension ausgedrückt hat.
Ja, die Zukunft der russischen Literatur wird wohl diesen lärmenden Hanswurstiaden gehören, den aufgeblasenen Grotesken, dem schrillen Lachen unter geheuchelten frommen Tränen. Lächeln, Liebreiz, Leichtigkeit werden schwinden, ein Genie, wie er eines ist, ein zweiter Puschkin, wird wohl lange nicht mehr die russische Dichtkunst adeln.
Mit Genugtuung nimmt Aleksandr in seinem bequemen Lehnsessel am Fenster Platz, hüllt sich genüsslich in das englische Plaid, den Blick in den winterlichen Garten gerichtet.
„Ein Denkmal, nicht von Hand gemacht, hab ich errichtet....“

12 DIE AUDIENZ

Zögerlich steht der Dichter vor der gewaltigen, goldbeschlagenen Tür, Tor zum Allerheiligsten. Dahinter der Imperator, Lenker aller russischen Geschicke, auch des seinen.
Was möchte Nikolaj wohl , warum die Mühe, ihn her zu zitieren aus seinen Gefilden der Poesie? Er will ihm nicht trauen, trotz all des kaiserlichen Wohlwollens, dieses trügerischen Scheins. Vor allem aber möchte er nicht abhängig sein, von niemandem und schon gar nicht von dieser Majestät.
So hat er es auch schon zu Papier gebracht „Bei niemand in der Schuld, der eigenen Person ein guter Diener sein, vor Mächten, vor Livréen nicht beugen seinen Hals“ Das ist bis heute seine feste Überzeugung und hat ihm bei dem da hinter der Tür sicherlich keine Sympathien eingebracht. Frei möchte er sein, kann aber keinen Schritt außerhalb des Landes tun, fest sitzt er im Heiligen Russland, kraft einer kaiserlichen umsichtigen Entscheidung. Immer wieder fühlt er, wie die Minister des Zaren ihm heimlich über die Schulter schauen, Graf Nesselrode und Benckendorff, diese Bluthunde von allerhöchsten Gnaden ihn bespitzeln, dienstbeflissen genaueste Meldung erstatten.
Trotzdem, nein, gerade darum muss er dem Allgewaltigen gefallen, jedes Wort, jeden Schritt abwägen, sein Schicksal und das seiner Familie steht auf dem Spiel. Vor allem aber seine literarische Zukunft. Hat

sich nicht neulich erst sein verehrter Mentor Tschaadajew in seinen „Philosphischen Briefen“ öffentlich über die kulturelle Unfähigkeit des Landes empört und war wenig später für geisteskrank erklärt worden? Den Rest seines Lebens wird er im Narrenturm verbringen, diese Zukunft wünscht sich Puschkin keinesfalls, Gott verhüte, dass auch ihn der Wahnsinn packt, ganz nach oberstem Gutdünken.
Ohne Zweifel nicht wieder gutzumachender Fehler, sich so offenkundig sofort zu den Aufständischen vom Dezember 31 zu bekennen, wenn er auch selbst nicht mit dabei war. Wenn der großmächtige Zar bloß wüsste, was damals seiner Anreise nach Petersburg im Wege gestanden war: ein Hase hatte mehrmals den Weg des Abergläubischen gekreuzt, kein gutes Omen für ein wichtiges Unterfangen, wie er befand. Ein Karnickel also hatte Geschichte geschrieben, auch die Puschkins und seiner Rettung.
Doch wenigstens seine "Hauptmannstochter" müsste Gnade finden in den boshaft misstrauischen Augen der Obrigkeit, mit Bedacht hat er schließlich Bemerkungen wie " Gott hüte uns vor einer russischen Revolution, die immer unsinnig und erbarmungslos sein wird" gesetzt, einen größeren Gefallen kann er dem Autokraten einfach nicht erweisen.
An der Kandare hat ihn Nikolaj jedenfalls, der immer wieder so gütige Geldgeber, in der Gewissheit, ihn durch großzügige Zuwendungen mehr und mehr knebeln zu können. 45000 Rubel Darlehen hat er ihm abermals gewährt, möglichst schnell möchte er das vom Leibe haben, aber wie nur, bei all seiner Schuldenlast,

der "Zeitgenosse" kostet ihn mehr als er einnimmt und der Regent weiß um seine ewige finanzielle Misere.
Demütigend ist das, genau so wie der lächerliche Aufzug, in dem er da warten muss: diese verhasste Kammerjunkeruniform, dieses grässlich Grün, einem Mistkäfer ähnlich, ihn zu nichts anderem als zu einem Höfling abstempelnd und zu einem geringen noch dazu! Achtzehnjährigen Grünschnäbeln kommt dieser Titel vielleicht zu, er aber, mit seinen Verdiensten, seiner Popularität müsste schon längst im Range eines Kammerherrn sein.
Bittere Gedanken sind es, die den Dichter quälen, am Bittersten aber der an seine Frau. Nie wird er sich über ihr Verhältnis zum Machthaber im Klaren sein können. Verliebt in sie ist der ja ganz offensichtlich und der kleinste Wink würde vermutlich genügen und Nataljas Gefallsucht unendlich schmeicheln, genauso wie es sich ja auch mit D'Anthès verhält, diesem auffallenden und auffälligen Schönling von ebensolcher Unbedeutendheit. Ach, wohl tausend unfreundliche Attribute ließen sich für diesen Lackaffen ersinnen!
Zusehends wütend wird Aleksandr: Feinde, wohin er schaut, wem kann er noch vertrauen, wem sich öffnen? Die Zeit hockt bleiern über dem Eingang zum Audienzsaal, diesem Höllenschlund, keine Bewegung, Stillstand, Symbol des Russischen Reiches.
Drinnen brütet der Herr aller Dinge an seinem vergoldeten Schreibtisch.
Wie also umgehen mit diesem Puschkin? Geschickt jeden Verdacht vermeiden, ablenken, verharmlosen. Leicht wird das nicht, ist er doch gewohnt, einfach

Befehle zu erteilen, keine Rücksichten walten zu lassen. Das hier ist nicht sein Terrain. Seine Stärken sind andere.
Am Liebsten würde er das Bürschchen ja abohrfeigen: hat er ihm, seinem Zaren, doch glatt freimütig bekannt, er hätte damals in den Reihen der glücklosen Aufständischen sehr wahrscheinlich auch mitgekämpft, war aber eben leider gerade nicht in Sankt Petersburg. Dabei war jedem bekannt, dass sich der Poet in ominöse Geheimzirkel hatte verstricken lassen, Verschwörungen gegen angebliche zaristische Bespitzelung, alle mit dem Ziel zur Revolte, allesamt gegen die Staatsmacht gerichtet.
Und bei der Enthüllung der Aleksandr-Säule auf dem Schlossplatz vor zwei Jahren, diesem Prunkstück zu Ehren des glorreichen Zarenvaters, höchstes Denkmal der Welt und Zeuge von Russlands Ruhm, da ätzte der Dichter doch öffentlich, eine Kirche samt Schule wäre wohl besser gewesen, die Aufschrift am Sockel könnten die Bauern dieses Landes ohnehin lange Zeit noch nicht entziffern. Als ob Russland Bildung fürs Volk bräuchte, das sich doch besser auf Feld und Flur abarbeiten soll!
Politik den Herrschenden, den Dichtern die Poesie, das muss auch für Puschkin gelten. Eine seiner anstößigen Zeilen, gewissentlich Nikolaj ins Ohr geträufelt von seinen Schnüfflern, klingt ihm ganz besonders im Ohr, eine, die vom Hochmut dieses Menschen zeugt:
„Ob Macht, ob Gunst – ich lass mich nicht in Pflichten zwängen und diene weder Volk noch Reich!“
Davon träumt er also, der Schreiberling! Darum hat ihm der gute Landesvater ja auch zeigen müssen, wo sein

eigentlicher Platz ist: als Kammerjunker, nichts mehr als ein kleiner Höfling, stets zu Diensten der Majestät. Und gleiches gilt auch für seine Frau, ebenfalls zu Diensten, wenn auch anderer Art und nicht so öffentlich wie ihr Dichtergemahl. Stetige Wachsamkeit und Kontrolle, insbesondere für Puschkin, kein Entkommen. Und Tschaadajew, dieser Netzbeschmutzer, möge ihm als Warnung dienen: mit seinen üblen sogenannten "philosophischen" Briefen, gerichtet an jedermann, hat er ins Leere getroffen. Nicht umsonst hat man den unbequemen Kritiker nicht ins Gefängnis geschickt, sondern in die Irrenanstalt. Wer an Russland und seiner Führung zweifelt kann seiner Sinne nicht mächtig sein. Die Botschaft ist doch wohl angekommen!
Ohnehin ist dieser Puschkin ein rechter Taugenichts, Geld verbraucht er en masse, Frauen auch, wie man hört. Doch das Volk feiert ihn nun einmal, „Seele der russischen Literatur“ nennt es ihn schwärmerisch, Sonne vaterländischer Dichtung. Da ist man freilich gut beraten, ihm seine Feder zu lenken, für das Wohl des Landes und für das eigene. Mon Dieu, was der wohl so alles zusammen schmieren würde, gäbe es da nicht die gute alte kaiserliche Zensur, jede Zeile beschnüffelnd, jede Seite blutrot mit Streichungen überziehend oder gänzlich vernichtend!
In finanziellen Angelegenheiten des Hauses Puschkin möchte er sich allerdings nicht knausrig zeigen, jede Abhängigkeit kann ihm nur recht sein und seine Pläne weiter voran treiben.
Doch auch die Entourage des Poeten will scharf beobachtet sein: hat sich da nicht erst kürzlich ein

vermeintlicher Österreichischer Literat eingeschlichen? Die kaiserlichen Zuträger sind jedenfalls informiert, instruiert und nötigenfalls auch alarmiert, die feisten Habsburger sollen nicht ungeniert in fremde Töpfe schielen können, ohne sich nicht gehörig die Finger zu verbrennen.
Jetzt baut sich Nikolaj imposant hinter seinem Schreibtisch auf, ein leichtes Stöhnen entringt sich dezent seinen Lippen, zu schneidig doch ist er neulich vom feurigen Pferd abgesessen, jugendlich, wie er ist, die alte Hüfte will ihm das aber partout nicht verzeihen. Doch seine Geste gelingt ihm, Gott Lob, wie immer , schwungvoll und großartig: Aleksandr Sergejewitsch Puschkin möge eintreten, der Zar hat etwas Zeit für ihn übrig.
Da stehen sie nun einander gegenüber, hier der Eroberer mit Heldenbrust, dort der drahtige kleine Revoluzzer, hier ein akkurater Obenlippenbart, dort ein wilder Backenbart, Gebieter gegen Widerborst, Geliebter gegen Ehemann. Hämisch drängt sich dem Monarchen das Bild eines Affens auf und zum Affen macht er sein Gegenüber ja schon seit geraumer Zeit.
Gekonnt sendet Nikolaj einstweilen ein gönnerhaftes Lächeln aus, doch seine zinngrauen Augen, von vielen zu Recht gefürchtet, blicken ungnädig. Mit diesem Winzling muss er immer erst warm werden, kein Wunder, dass der nie gerne neben Natalja steht, ist er doch, sogar samt Zylinder, kaum größer als sie. Unerklärlich, was Frauen an ihm finden, er Nikolaj, kaum drei Jahre älter, kann es nicht nachvollziehen. Es muss wohl dieses vererbte afrikanische Temperament sein,

die Mohren stehen, scheint es, bei Hof wieder hoch im Kurs.
Allein dieses nachlässige Äußere, wer weiß, aus welchen Laken er sich erst heraus gewälzt hat, so zerrauft und zerknittert wie er ist. Und immer das falsche Schuhwerk, einmal grobe Stiefel statt Lack, dann wieder bloß Straßengaloschen, wie um zu beweisen, dass er, der erhabene Poet, sich um keinerlei Etikette zu scheren braucht.
Doch glättet Nikolaj jetzt die umwölkte Stirn, nähert sich mit großer Pose seinem Gegenüber:
"Puschkin, mon cher", wie freut er sich doch, ihn zu sehen! Zu aller erst und vor allem möchte er ihm gratulieren zum jüngsten Ouevre „Die Hauptmannstochter“, ganz exzellent, wie er hört. Puschkin, aus der tiefen Verbeugung wieder aufgetaucht, freut sich auch, "Merci, Votre Majesté" und ist sich bewusst, dass die Zensur bereits jedes Wort seiner Erzählung der Majestät übermittelt und anscheinend für harmlos befunden hat.
Ganz besonders bemerkenswert bemüht sich die Majestät zu befinden, dass der Dichter sich hier eines der finstersten Kapitel russischer Geschichte angenommen hat, des Aufstiegs und vor allem des Niedergangs und der Bestrafung des falschen Zaren Pugatschoff. Sein schlimmes Ende als Mahnung an alle böse Gesinnten, ein Unterstreichen der Gott gewollten Regentschaft des wahren und einzigen Zaren, der Gott gewollten Ordnung im Reich. "Sehr schön, Puschkin, sehr schön!"
Der kann sich ein Lächeln nicht verbeißen: weder

Zensur noch Zar scheinen also die Ähnlichkeiten erkannt zu haben zwischen den beschriebenen Grausamkeiten Pugatschoffs und dem Vorgehen des aktuellen Herrschers gegen die Dekabristen. Puschkin bringt das freilich nicht zum Staunen, hatte der Potentat doch vor Jahren schon seine absolute Ignoranz Literatur gegenüber unter Beweis gestellt und seinen "Boris Godunow" unsinnigerweise mit abstrusen Bemerkungen in roter Tinte schulmeisterlich überzogen mit der Empfehlung zu einer Umarbeitung des Stoffes in einen Roman à la Walter Scott. Der gottgewollte allerhöchste Zensor als strahlender Übervater, der seine Kindlein weise und sanft geleitet, von Katastrophe zu Katastrophe.
Nikolaj indess hat sich genug gefreut, die Lobgesänge hat er satt, er ist in ihnen auch ungeübt.
Jetzt will er endlich zur Sache kommen:
Was hat er da gehört, der Dichter, größter Schatz der Nation, hat sich zu einer Duellforderung hinreißen lassen? Er kann es nicht glauben, Puschkin will aus dem Poetenhimmel herabsteigen in die rohen Gefilde von Wut, Geifer und Kampf?
Und mit wem hat er es denn eigentlich zu tun? Diesen allseits als durchsichtigen Weiberheld verschrienen Gardeoffizier wird er doch wohl nicht ernst nehmen, diese lästige Mücke doch nicht etwa zum Elefanten machen wollen? Der schlängelt sich doch bloß durch vielerlei Liaisonen, manche vermutlich sogar bloß erdichtet, mit zweifelhaften Dämchen, alles in allem doch kein Ernst zu nehmender Grund, kein seriöser Gegner und schon gar keine Gefahr für seine Natalja.

Zugegeben, eine betörende Schönheit ist sie ja, welcher Mann wäre da nicht hingerissen und ja, auch er, Nikolaj, muss gestehen, dass er nicht unbeeindruckt geblieben ist, man ist ja schließlich ein connaisseur und auch als Imperator in diesem Punkt nur ein ganz gewöhnlicher Mann.

Puschkin fährt auf, auch der Zar hat ihr den Hof gemacht, das hat er gehört, das hat er selbst gesehen, nichts bleibt ihm verborgen. Weitere Erwägungen unerhörter Natur schluckt er im letzten Moment hinunter. Tiefstes Verständnis breitet Nikolaj nun über sein Antlitz, attention, man ist an einem delikaten Punkt, rasch wieder zurück zur Person D'Anthès! Er kann es einfach nicht glauben, dass dieser unbedarfte Jüngling in die berüchtigten Briefen, die bei Hof kursierten involviert gewesen sein soll!

Sein gutherziger Adoptivvater, Diplomat höchsten Ranges, hat ihm das selber auf Treu und Glauben versichert. Man weiß doch, wie viel Neid und Missgunst in Petersburg herrschen, da kommt solch eine Gemeinheit schon einmal vor und erledigt sich von selbst durch einfaches Ignorieren. Und es hat sich doch auch schon längst herumgesprochen, dass auch noch andere Opfer ähnlicher Schmieraktionen geworden sind, dort hat man das degoutante Papier einfach dem Feuer überantwortet, vielleicht hing ja der Haussegen noch für eine Weile schief – wir kennen ja beide die sensible Seele der Frauen – dann aber ist sicher wieder Ruhe eingekehrt, von einem Duell oder ähnlich überspitzten Reaktionen ist schließlich niemandem etwas zu Ohren gekommen!

Freilich, dieser kleine Offizier scheint ungezogen und oberflächlich, impulsiv, man weiß ja schließlich über französische Manieren Bescheid, er hat es natürlich übertrieben und vermag in seiner Armseligkeit die keusche Blüte Natalja nicht von den Schlingpflanzen der allzu willigen höfischen Damenwelt zu unterscheiden. Man bedenke aber seine Jugend, sein ungezügeltes Temperament, den lockeren Umgang im Regiment, kurz, alles Umstände, die einen Mann vom Format Puschkins doch nicht berühren, geschweige dem beleidigen könnten.

Und das Allerwichtigste: seine Frau, erhaben über jedes Getuschel, ist einfach unantastbar. Dafür kann er, Nikolaj, als Zar und auch als strenger Beobachter der guten Sitten, die Hand ins Feuer legen.

Im Übrigen hat er sich ja auch bereits erlaubt, gleichsam als väterlicher Freund, als Schutz und Schirm, unserer lieben Natalja ins Gewissen zu reden, ihr vor Augen geführt, wohin ihr unschuldiges Treiben und gutgläubiges Hinnehmen galanter Komplimente führt, wie es den unschönen Tratsch des Hofes nährt und ihren ehrenwerten Gatten kompromittieren könnte.

Dem so Angesprochenen steigt die Röte ins Gesicht: was für eine Schande, da zerreißt sich also nicht nur die gesamte Gesellschaft das Maul und zerrt seinen Namen in den Schmutz, sogar der Zar richtet, wie ein intimes Familienmitglied, das Wort mahnend an seine, vielmehr an "unsere" Frau und erdreistet sich, in seine ureigenste Privatsphäre einzugreifen! Und wo und wann denn bitte hatte er Gelegenheit dazu? Natalja, der sonst so Mitteilungsfreudigen, war jedenfalls kein Wort darüber

über die Lippen gekommen. Welche Niedertracht, wo ist bloß der Boden, in den er versinken kann, in welches Mauseloch soll er sich verkriechen samt der besudelten Gattin!
Doch nein, warum sich verstecken, flüchten vor dem Feind, der da mild säuselnd vor ihm steht, der Beschwichtiger, der Versteher, Erretter. Den sollte man fordern, zum finalen Duell, aus und vorbei, ein für allemal.
Da hat Nikolaj auch schon gewandt dieses Wort "Duell" auf den Lippen, kokett sucht er nach seiner Lieblingsformulierung „niedrige Gesinnung“, solch eine Barbarei kann und will er in Russlands friedlichen Gefilden nicht dulden, bei Todesstrafe nicht. Was redet er sich als Monarch da überhaupt so in Hitze, erst im Dezember hat er eine schwere Grippe überstanden, sich jeglichen Vergnügens, ja sogar der Puschkina enthalten, Schonung ist noch immer angesagt und für diesen traurigen Harlekin wird er seine Gesundung wohl nicht aufs Spiel setzen.
Also will er Puschkin nun, ganz umsichtiger, wenn auch schon etwas ungeduldiger Vater, ein Versprechen abnehmen, bei seiner Ehre von solchen Ideen Abstand zu nehmen, sei es dem Offizier gegenüber oder irgendeinem anderen. Sie alle sind seiner nicht würdig und auch nur der bloße Gedanke daran, dass die Sonne und Seele der russischen Literatur womöglich Schaden erleiden könnte wäre nicht seiner Familie, nicht dem gesamten russischen Volk und am wenigsten ihm, dem Zaren zumutbar.
Gut gesprochen! Selbstzufrieden reckt Nikolaj sich

nochmals zu voller Größe empor, lang soll diese Begegnung mit seiner Majestät dem Dichter schließlich in Erinnerung bleiben. Kaum hört er Puschkins gemurmelte Antwort, war es denn das geforderte Versprechen? Natürlich, was sonst, schon hebt er energisch die Hand: man gestattet, sich zu entfernen und artig buckelt sich Aleksandr rücklings zur Tür, ausgespien in eine trostlose Wirklichkeit.

13 AN DER NEWA

„Der Mond hat seinen Rundgang über die Weite des Himmels fast schon beendet. Der Winter, der unvergleichliche, hat sich ausgestreut, in Flocken hängt er an den Zweigen, Ufer und regloser Fluss sind miteinander vereint durch eine Decke aus Flaum.“ - noch immer begeistern ihn die eigenen, einst flüchtig notierten Zeilen, jedes Jahr, in ihrer immer neuer Gültigkeit.

Die Morgendämmerung war gekommen, zögerlich, lautlos.

In festlichem Silber schimmert das Eis der Newa, mit leisem Knacken durchbrechen die riesigen Schollen die Stille. Doch seine Aufmerksamkeit können sie heute nicht wecken, gebannt blickt er in das Antlitz ihm gegenüber, das er erblickt wie einst, einem magischen Kristall entsprungen. Dieses ihm so vertraute, lieb gewordene Gesicht Onegins, das sich ihm wieder einmal zeigt.

„ Die Welt entschied, dass er klug sei und charmant... und früh schon wusste er Herzen in Unruhe zu versetzen..“ so schickte er ihn dereinst hinaus in eben diese Welt, sie genau zu betrachten, Kritik zu üben auch.

Hier lehnt er also mit ihm gemeinsam an der steinernen Brüstung des Flusses, lässig aufgestützt, nonchalant, zwei Lebemänner, Dandys, die sich die Nacht um die Ohren geschlagen haben und nun, ins Gespräch

vertieft, ihre galanten Abenteuer austauschen.
Onegin mit seinem altmodischen Hut, übermütig und elegant zugleich, nur er weiß sich so zu präsentieren. Genauso hat Aleksandr sie beide gezeichnet, zwei Freunde im Gedankenaustausch, an der Newa. Gott, wie lang ist das schon her, sicher an die zwölf Jahre, als er gerade begonnen hatte, Onegin, eben seinem Kopf entsprungen, kennen zu lernen, ihm näher zu kommen, Schritt für Schritt. Nur ihm kann er sich gänzlich anvertrauen, nur ihn lässt er in die Tiefe seiner Seele blicken, nur er hört ihm wirklich zu.
Wem könnte er denn sonst so arglos seine Weltsicht offenlegen, seinen Drang, stets hinter die Fassaden blicken zu wollen, unüberbrückbare Gegensätze aufzuspüren und seine Lust, sie alsdann neben einander zu stellen, in der Kunst wie im Leben?
Der Widersprüchlichkeit seiner eigenen Existenz, seiner Stellung in der Gesellschaft, seinem ganzes Lebensdilemma trachtet er schon lange mit Onegin gemeinsam auf die Spur zu kommen.
„Mein lieber Freund, was auch suchst du in der Kunst die Problematik deines Lebens zu lösen und im Leben die Klärung deiner künstlerischen Probleme? Welch ein Irrweg!“
„In der Dichtung Mensch und im Leben Dichter, das möchte ich sein. Doch wo sind sie denn geblieben, Poesie, Schöpfertum, Menschenwürde, ich bin ein Fremder in dieser Welt! Nanu, du gähnst, Onegin?“
„Aus Gewohnheit, lieber Freund, aus Gewohnheit! Schlaftrunken vom Ball ins Bett, und morgen wird es genau wie gestern! Alles folgt nach altem Muster, die

Melancholie, diese zu tiefst russische Krankheit und der Überdruss, beide legen sich wie ein nasses Scheuertuch mir auf die Seele. Die quälende Sehnsucht nach Veränderung ist ein Vogel mit gebrochenen Flügeln, flattert auf und kommt nicht hoch. Wo ist sie hin, die feurige Erregung, wo das jugendliche, edle Streben, wo ist der Liebe stürmisches Begehren, Wissensdurst und Arbeitseifer – das schriebst du doch selbst nieder in deinem Versroman. Und Lenski, deine Figur des reinen Poeten, den du mich zu töten bestimmt hast, den lässt du müde der Grübelei über das Modewort 'Ideal' schlussendlich einschlummern. Wer gelebt und gedacht hat, der wird nicht anders können, als in seiner Seele die Menschen zu verachten."
Kaum kann Onegin ein neuerliches Gähnen unterdrücken, zu oft, zu intensiv hat er sich doch durch die Antichambres und die Salons der großen Welt gequält, von Seite zu Seite, von Vers zu Vers versucht, sich dieser zu entziehen..
Und Aleksandr kann dem Freund nichts entgegensetzen, sind es ja schließlich seine eigenen Gedanken, einst zu Papier gebracht und nun vor seinen Augen lebendig geworden.
Was sich da ständig an und um ihn drängt, Crème de la Crème von Adel und Mode, die obligaten Holzköpfe der vornehmen Gesellschaft eben, mit ihren abgedroschenen Themen harmlosen Unsinns, den Plattitüden verworrener Geister, dozierend über die Verlogenheit der Presse, über den Krieg, den Schnee, die eigene Befindlichkeit, die treulose Frau....Diese ganze Welt: ein Maskenball-Plunder bloß!

Ja, Lieben und Saufen, beide einzige Rettungsanker, die uns bleiben! Auch schon gut zehn Jahre her, dass er das, noch fröhlicheren Sinnes, in Verse fasste:
„Tags wird Liebe hold geübt,
nachts sind alle Flaschen offen,
wir sind sterblich bald besoffen,
bald sternhagelvoll verliebt."
So und nicht anders das Leben betrachten! Aber ach, Leichtsinn und Leichtfüßigkeit von damals, sie sind unwiederbringlich dahin.
„Die Moral bringt uns zum Gähnen, das Laster ist nicht nur im Roman attraktiv."
Wie müht er sich doch immer wieder ab, zu lieben, ganz und gar, doch wie Onegin auch, entkommt er keiner einzigen ihrer Qualen
„Das Herz verlangt nach Ruhe, Gleichgewicht,
es soll fortan nicht mehr entflammen und vergehen.
Genug hab ich geliebt.....".
Niemals auf Frauentreue bauen, niemals mit solch leidenschaftlichem, misstrauischem Charakter wie dem seinen sich gar in eine Ehe stürzen!
Selbst einem Dichter bliebe da wohl nicht das übliche Los erspart: die Jahre der Jugend vorbei, die Glut des Herzens erkaltet, in vielem gänzlich verändert, auf dem Lande ein glücklicher Hahnrei im wattierten Morgenrock, gut trinken, gut essen, sich langweilen, mit vierzig Podagra, dick und schließlich vollends siech werden um Schluss endlich den Geist aufzugeben zwischen Kindern, heulenden Weibern und Ärzten.
Genauso hat er es in seinem Roman beschrieben, damals weit davon entfernt, dies Schicksal dereinst auf

sich selbst beziehen zu wollen.
„Der Liebe aber sind doch alle Alter untertan!“ Darauf hat er sein ganzes Laben ausgerichtet.
Ach, die Liebe, dieses schleichende Gift, oft tückisch und verlogen, klebrig und unverdaulich, dieser Spiegel, in dem man das sieht, was nicht ist, ein Versteck, in dem man Zuflucht zu finden hofft und am Ende entblößt da steht, eine vage Erinnerung an eine andere Liebe, die Möglichkeit einer Errettung, die dann doch einem Gnadenstoß gleicht, ein scheinbar kostbares Juwel, an dem man sich in mitten der anderen Scherben bloß schneidet.
„Das Wasser, das du nicht trinken kannst lass fließen“
Ja, lass fließen, lass vorübergehen, ein Abschied kommt bestimmt.....
Wie oft konnte er sich doch wenigstens in seine Lyrik retten, sein leidenschaftliches Herz ausbluten lassen auf einem Stückchen Papier:
„...Ich habe Sie geliebt wortlos und sehnlich,
von Scheu gequält, von Eifersucht geplagt;
Ich habe Sie geliebt so wahr, so zärtlich,
wie Sie, gäb's Gott, ein andrer lieben mag.“
Leidenschaft, Ursprung allen menschlichen Leids und stärker als jede Vernunft, Aleksandr kennt sie, Onegin kennt sie und der unglückliche Lenski, Widerpart seines Romanhelden, kennt sie vollends, geht an ihr zu Grunde durch ein läppisches Duell, so will es seine Dichtung, so wird es doch nicht etwa auch das Schicksal Aleksandrs wollen!
Onegin und Lenski – Welle und Stein, Flamme und Eis, könnte doch auch er bisweilen etwas weniger brennen,

nicht vollends verbrennen und nicht wie Ikarus mit verkohlten Flügeln vom Himmel stürzen.
Unaufhaltsam nun drängt der Morgen herauf, noch gibt er dem blassen Mond etwas Raum, dem „dummen, runden Mond in einem dummen Himmel“, wie er es einmal niedergeschrieben hat, dennoch ein Himmel, der so viel weiß, doch nichts preis gibt.
„Wen soll man denn nun lieben, wem kann man vertrauen? Wer ist der Einzige, der uns nicht betrügt?
Wer nur streut keine Verleumdungen über uns aus?“
Erwartungsvoll blickt Aleksandr seinem Freund ins Gesicht, wenn einer eine Antwort weiß, dann er, nur er!
Ein weißer Sternenregen geht in fröhlichen Wirbeln nieder, letzter Gruß der Nacht, dringt ihm in die Augen, nimmt ihm die Sicht.
„Und doch – Glück ist möglich“ hört er es noch wispern, weit weg schon und auf dem Weg dorthin, wo nur die Phantasie des Dichters folgen kann – leb wohl, du seltsamer Gefährte, treues Ideal!
„Glücklich, wer in seiner Jugend jung,
glücklich, wer zur rechten Zeit reif geworden!“
Ja, überreif fühlt er sich, wie eine pralle Frucht, die sich gerade noch ein ganz klein wenig an den Ast klammert, wohl wissend, dass schon der nächste Windhauch sie in die Tiefe stürzen kann, wo sie am Boden, unbeachtet, verfaulen wird .....Wie gerne möchte er doch Onegin noch tausend Fragen stellen, doch begnügen muss er sich wohl mit den Antworten, die er in sich selbst findet.
Er wendet sich um, sieht bloß seine eigenen schneeverwehten Spuren.
Da ist niemand, der ihn zurück begleiten wird.

14 DER EMPFANG

Palais Saltykow, Quai d'Anglais: Graf Charles-Louis Ficquelmont samt Gattin geben sich die Ehre.
Weit haben sie die Pforten der Österreichischen Botschaft geöffnet für all diejenigen Auserlesenen, Adeligen oder internationalen Landesvertreter, die alljährlich ihr Antlitz von Neuem in der großen Diplomatie sonnen möchten. Man ist wohl angesehen in Russischen Landen und möchte auch dem kleinen Hänschen, auch er ja österreichischer Provenienz, etwas Schimmer vom eigenen Glanz vergönnen, den man heute , hier und jetzt verstrahlen wird. Soll er doch in heimischen Gefilden berichten können, wie großzügig, einfluss- und geistreich das Haus Habsburg hier in Sankt Petersburg vertreten wird.
Beeindruckt ist er schon, der Hans, vom Aufwand wie vom Ambiente. Reichlicher Blumenschmuck wedelt ihm ins Gesicht, kitzelt ihn im Nacken und verstellt oft die Sicht auf die blasiert gelangweilten Gesichter.
„All das ja schon an die hundert Mal erlebt, voriges Jahr war es aber besser, auch mehr Gäste! Hoffentlich nicht wieder der Champagner dieses unmöglichen Jahrgangs von damals, erinnern Sie sich?"
Um ihn herum buckelt und kratzfußt es , gemurmelte Komplimente, deren Falschheit sich trotzdem lauthals vernehmen lassen, da wird ein Patschhändchen bis zum Ellbogen geküsst, dort streifen schwulstige Lippen wie zufällig nackte Schultern um dann vielleicht schnell

zubeißen zu können, ein betagter Kavalier beugt sich devot zum Handkuss über eine aristokratische Hand, gerade lange genug, dass sich ein schleimiger Tropfen aus der Knollennase lösen kann „Madame, quel plaisir!". Hans wird herum geschoben, vorgestellt: „Voilà, unser junger Poet, Übersetzer unserer Literatur, enchanté, Monsieur Gans, enchanté!". Viele hat er ja schon hier und dort gesehen, auch Polizeichef Benckendorff, unermüdlicher Besucher ausgesuchter Bankette, Genießer, oder vielmehr Überwacher, Kontrolleur, nicht nur der angebotenen Kulinarik. Für heute hat er seine Alltagsfratze gegen eine, wie er meint, gesellschaftsfreundlichere und alltagstaugliche Larve getauscht. Wohlwollend hämisch äugt er umher, nichts und niemand entgeht ihm und auch die österreichische Gans hat er längst entdeckt und drängt dem Verdutzten sogleich seine Visitenkarte auf. Sich vorstellen gelingt ihm angeblich nur schwerlich, da ihm sein eigener Name, wie soviel anderes, andauernd entfällt. Handelt es sich jedoch um Speise und Trank, um die Haute Cuisine , um jegliche Völlerei, ist ihm sein Gedächtnis stets zu Diensten und er zaubert die fremländischsten Namen hervor. Auch heute wird man ihn sicherlich all die plats, ob russischer, französischer oder deutscher Herkunft freudig benennen hören, mit vollem Munde, versteht sich, vor oder nach einem Erstickungsanfall. Auch die Polizei hat schließlich Stil in diesem Land, vor allem aber will sie gut ernährt sein, man leistet ja auch mächtig Arbeit.

Livrierte schlängeln sich durch die schwatzend umher stehende Menge, balancieren Tablettes mit allerlei

Aperitifs über den sorgsam frisierten Köpfen. Einstweilen erst vierundzwanzig Gläser zu Bruch gegangen, noch geben sie sich ja richtig wohlerzogen, diese Abkömmlinge hoher und höchster Kreise! Wenn nur bloß bald aufgetischt wird, gar manchem steht der Appetit ins Gesicht geschrieben und der Geiferfaden der Fresslust bahnt sich schon aus gierigen Mundwinkeln seinen Weg.

Da nun, endlich: „A table, à table, zu Tisch!" Eiligst hebt ein Gescharre und Gewetze an, ein Haufen böswilliger Nager drängt und stößt sich förmlich zu den Plätzen, mit einem Schlag ist aus jedem Antlitz die vornehme Gleichgültigkeit herausgefallen. Auf geht es zur Schlacht, einige Gänge wird es zu bewältigen gelten, kein Problem für geübte, bei vielerlei Anlässen erprobte Esser. Scharfe Messer und spitze Gabeln liegen in Hülle und Fülle bereit, allons les enfants...!

Gourmands und Gourmets lassen sich nieder, um so rasch nicht wieder aufzustehen. Die Tafel strotzt vor Silber, üppigstem Porzellan, beste Grüße aus Meissen, Nymphenburg und Wien. Hans blickt verwirrt auf die Besteckbataillone, die sich ihm dartun und hofft, sich an seiner kolossalen Nachbarin in Giftgrün oder an dem hageren Habicht ihm gegenüber orientieren zu können. Lauter connaisseurs, versteht sich.

Da weht sie auch schon köstlicher Duft an, verheißungsvoll aufsteigend aus schweren Terrinen: jetzt endlich darf Hans Bekanntschaft machen mit der so viel gepriesenen Tschi, Kohlsuppe mit Rindfleisch, Schinken und Zwiebel, so weit seine unerfahrenen Geschmacksorgane feststellen können. Gleich wird die

unvermeidliche Smetana herumgereicht, die saure Sahne großzügig auf die Suppe gekleckst.
Für einige Augenblicke wird es still, einzig feine Löffel wetzen an feinem Porzellan, da und dort vermischt mit feinem Schlürfen, ein Vorspiel für noch zu erwartende Freuden.
Einstweilen geht es im Küchengewölbe gar nicht so fein einher: hektische Köche, vorwiegend französische, gefragteste Vertreter ihrer Kunst und nur mit den besten Empfehlungen dekoriert, scheuchen und dirigieren das Personal. Jetzt, wo die Suppe draußen ist muss sofort mit der Fischzubereitung angefangen werden, keine Sekunde früher, damit in Dero hochwohlgeborene Mägen nur ja absolut Frisches gelangt. Trotzdem müssen sie, zusammen mit den anderen Speisen zeitgerecht auf den Tisch, damit auch Dero hochwohlgeborene Gaumen aus der ganzen Palette der Köstlichkeiten wählen können. Diesmal darf man den Fisch gegart, gebraten und geräuchert genießen, das dauert alles, vite, vite!
Der zweite Gang ist schon vorbereitet: gekochtes und gebackenes Schweinefleisch, schön garniert mit Zwiebeln, Rindsroulade auf Kren, mit Kwas und Sahne übergossen, allez, hinaus damit!
Die Herde knistern und glühen, kein Platz ist mehr frei für all die Pfannen und Töpfe. Die Diener schwitzen, der Schweiß rinnt ihnen in die gestärkten Krägen, übers Gesicht und schließlich auf die Platten und Tablette. Keiner wird den salzigen Geschmack erahnen bei all den Gewürzen aus aller Herren Länder.
Allons y, dépêchez-vous! Vite,vite!

Sie schwanken hinaus, rutschen auf dem fettigen Boden, jetzt bloß Haltung bewahren, man repräsentiert hier schließlich hoch gepriesene Lebens- und Esskultur!
Bei Tisch hat sich die Schweigeminute längst verflüchtigt, wichtige Themen werden angeschnitten, philosophische Gedanken gewälzt:
„Diese Gräfin da von neulich, mit wem ist die liiert?"
Ach so, schon ihr vierter Liebhaber, offiziell zumindest.
Ein Herr zur Linken von Hans, errötet heftig, er weiß es besser, aus aller erster, alabasternen Frauenhand so zu sagen. Oder ist es etwa der reichlich dargebotene Wein, der ihm bereits Farbe ins Antlitz zaubert, weitgereist aus Frankreich, rot und trocken.
Ahhhh! Que c' est délicieux!
„Graf van der Bound hat wieder Unsummen verspielt" weiß eine Fistelstimme zwischen zwei Schaufeln Schweinekoteletts zu berichten, da wird ihm seine Mätresse, Sie wissen schon wer, bald abhanden kommen.
Aus Mitleid legt der Prophet noch nach, bekleckert sich mit Butter und gerösteten Brotwürfeln, spart sich aber den längst fälligen Rülpser für den nächsten Gang.
Der schwankt auch schon herein: Ente auf Pilzen, mit Trüffeln garniert, Hirn mit heißem Gemüse. Der adelige Dickwanst neben Hans starrt mit glasigen Augen den eben mit gedörrten Pflaumen und Rosinen servierten Kalbskopf an als wäre es der seine, der ihn da anglotzt. Sie haben einander erkannt, nun kann der eine den anderen sich getrost einverleiben, kräftig unterstützt durch das fünfte Glas Bordeaux.
Endlich finden auch die Piroggen auf den Tisch, diese

Fleischklößchen aus feinster Gänseleber. Gerne ruhen sie aus auf der Silberplatte, haben sie doch einen langen Weg hinter sich, extra aus Frankreich importiert, sorgsam gelagert in Gefäßen, tief in Eiswägen, äußerst empfindliches Gut, des Klimas wegen nur von Oktober bis Dezember transportabel ins Russland der Feinschmecker. Lange verweilen sie nicht auf der Tafel, gierige Hände befördern sie in gierige Mäuler, man hat ja heute sonst kaum etwas zu sich genommen.
Der Habicht gegenüber von Hans beäugt scharf die Tischszenerie, ruckt mit dem kahlen Kopf – gleich wird er wieder zupacken. Und tatsächlich krallt er sich seine Beute, das größte Stück Fleisch auf der Silberplatte, an statt sich jedoch damit stolz in die Lüfte zu erheben, lässt er seinen Fang plump in den kostbaren Seidenschoß seiner fürstlichen Nachbarin fallen. „Pardonnez-moi, Madame!" Gezeter, Gegurre, hilfreich herbeieilende Livrierte, quel malheur, eine Robe um 800 Rubel!
Die Küche dampft, die Küche brodelt, Zeit ist es für den vierten Gang. Gans, Huhn, Haselhuhn und Rebhuhn müssen noch garniert werden, Zitronen, Äpfel, Zwiebel noch immer nicht fertig geschnitten. Die Gäste werden gleich wieder Hunger bekommen, dawai, dawai!
Dieweil schäumt drinnen, in aufgeheizter Stimmung der Champagner, in funkelnden Gläser, wie es sich gehört, immer wieder prostet man sich zu „ à la vôtre, Monsieur, à la vôtre, Madame" tönt es allerseits, ein Herr zur Rechten von Hans spuckt seiner Gesprächspartnerin emphatisch ins zu tiefe Dekolleté, ein anderer entledigt sich graziös mittels Fingernagel einer widerspenstigen

Fleischflachse. Die Konversation wird heftiger, die Zungen, wenn nicht gerade vom Schlingen behindert, lösen sich.
Da spießt einer verzückt den letzten Trüffel auf „ Wie nannte die doch Puschkin: „der Luxus der jungen Jahre!“ und ein Bann scheint gebrochen: Der Zaubername, endlich, er lässt nun Tratsch und Neugier ungehemmt fließen, beim vierten Gang berauscht man sich nun hemmungslos an der Affaire schlechthin.
Habt ihr das Kleid Nataljas letztens beim Ball des Fürsten Nischgorow gesehen? Schamlos und beschämend!
Puschkin zahlt es ihr heim, der schläft mit seiner Schwägerin!
Mit welcher, oder gar mit beiden?
Die hässliche Aleksandra soll es sein!
Nicht möglich, mit der Schiel-Lise?
Der nimmt doch alles, was kommt!
Empört protestiert eine pausbäckige Dame in blassem Rosa: das wäre doch wohl eine Frechheit, so etwas zu behaupten, Puschkins Niveau bezüglich der Damenwelt so in den Schmutz ziehen zu wollen! Sie spricht da in eigenem Interesse, in melancholischer Erinnerung der einstmals heftigen Zuwendung des Dichters.
Und D'Anthès, wo ist eigentlich D'Anthès? Die von ihrem Tischnachbarn also angeredete Schönheit zuckt die Schultern. Für heute kann sie das freilich nicht wissen, fest steht, dass er gestern Stunden bei ihr zugebracht hat, samt Champagner und Austern, ganz inkognito, versteht sich.
Also vor ein paar Tagen noch war er mit der kleinen

Elena recht eng, flötet es von links.
Bleich erhebt sich da eine Papageien ähnlich geschminkte Demoiselle, wankt zur Tür. Sie allein war doch sein so oft beteuertes Ein und Alles, schlecht wird ihr gleich, von der Gänseleber, von den Pilzen, dem Fleisch, oder doch etwa vom geliebten Georges?
Dabei versäumt sie jetzt doch das Beste: das Dessert verschafft sich sein Entrée, voran der gepriesene Limburger Käse aus Belgien, reinste Kuhmilch, aber scharfer Geschmack und Geruch, attention also im Falle eines Rendezvous, vielleicht hat das Fräulein dies ja außer Acht gelassen!
Parmesan, Chester, Holländischer Käse folgen, alle geziemend mit Rotwein hinunter zu spülen.
Da muss keiner lang gebeten werden.
Nun doziert eine beleibte, dennoch nur sparsam verhüllte Dame, Mutter der österreichischen Gastgeberin, wie man Hans zuzischelt, für jeden, der es hören will oder auch nicht über die Vorzüge der platonischen Liebe vor der fleischlichen. Keinen interessieren die platten, leidenschaftslos dargebotenen Erläuterungen wirklich, jeder aber versteht, weshalb gerade sie für Askese eintritt, ja eintreten muss, da gewissermaßen von Alter und Erscheinung genötigt. Das war freilich nicht immer so, auch Madame Jelisaweta Chitrowo hat so ihre Erfahrungen mit einem gewissen Dichter hinter sich. Leider hinter sich, die Gefühle sind ihr geblieben, Gefühle, die er sichtlich nicht mehr zu erwidern willens ist, ja schlimmer noch: hat er sie doch öffentlich in einem Schmähgedicht bloßgestellt, als „nackte Eliza, spärlich bekleidetes,

betagtes Wahrzeichen der Österreichischen Botschaft", bloß weil sie sich nicht scheute, ihre zweifelsohne untadeligen Schultern ganz Petersburg zu präsentieren. Es wäre an der Zeit, den Schleier über die Vergangenheit zu legen, erfrechte er sich in Versform! Verhält sich so etwa ein Kavalier von Welt? Anderen Weibsbildern schreibt er flugs die innigsten Liebesreime ins Dekolleté und gerade sie, treueste Freundin und Vertraute seit Jahren gibt er der Lächerlichkeit preis! Feinfühligkeit und Respekt waren ja noch nie seine Sache gewesen, grober Don Juan, verstrickt andauernd in neue Affairen.
Sauer stößt ihr die gebratene Gans auf und ruft ihr sogleich die eigene Tochter ins Gedächtnis: Dolly, diese dumme Pute, entblödete sich doch nicht, ihr eigenes pikantes Verhältnis zu eben jenem Dichter, sie will sich seinen Namen gar nicht vergegenwärtigen, weiter zu tratschen, vermutlich aus Eitelkeit und um anderen Damen, auch der eigenen Mutter, eins auszuwischen. Gerade wollen die peinlichen Details Eliza wieder überwältigen, da rauscht Gott Lob das zweite Dessert herein und erweist sich als Retter von Seele und vieler überflüssigen Pfunde.
Vergessen die Liebe, platonisch oder nicht, denn auftürmen sich nun die feinsten Blätterteigkuchen, Mandelgebäck, Biskuits....... Außenminister Graf Nesselrode, auch er häufiger Gast üppiger Gelage unter dem Deckmantel der Hohen Diplomatie, weiß mit sonorer Stimme die vorzüglichen pürierten Maronen zu loben, denen er gerne gewillt war für die kulinarische Ewigkeit seinen guten Namen zu verleihen. Wenn schon

nicht als Politiker, dann doch als Gourmet möchte er in die Geschichte Eingang finden. Auch der Marasschino à la Nesselrode, in den er so gerne seine übergroße Nase hängt, wird später serviert werden, ebenfalls Kreation seines französischen Kochs, dessen Namen der Historie aber getrost entfallen kann.
Eifrig löffelt man, Eisbombe, Soufflée, Kompott, heroisch die Anzeichen beginnender Rebellion aus der Magengegend unterdrückend.
Doch vielleicht können da ja verschiedenste Sorten seltenen Obstes guten Dienst erweisen, kunstvolle Konstrukte reinster Exotik bauen sich auf und behindern den Blick auf das aus allen Nähten platzende Gegenüber. Ananas, Pfirsich, Orange, Melone, vor allem jetzt im Winter fast unerschwinglich, aus den Orangerien Moskaus flugs her befohlen oder aus dem Ausland, unentbehrliches Zeichen jeglicher Festveranstaltung für Chic und Geschmack.
„Was, es sollte Ihnen tatsächlich entgangen sein, wie D'Anthès Puschkin neulich beim Empfang des Grafen Nurinsky genannt hat 'einen Pascha à trois queues', mit drei Schwänzen, man stelle sich bloß vor!“
Wieherndes Gelächter aus triefenden Mündern macht sich breit, hysterisches Gekicher der Damen zwischen zwei saftigen Häppchen, man prustet und quiekt, ja , der mit seiner Frau und den beiden Schwägerinnen immer im Schlepptau und jeder weiß ja, was da läuft. Gar manchen hochlöblichen Herrn bei Tisch ergreift blanker Neid, so hätte man es wohl auch gerne, vorausgesetzt, dass Kraft und Vermögen ....
Ein grober Stiernacken, krebsrot im Gesicht, macht sich

lauthals erbötig, Hans die häuslichen Verhältnisse des verehrten Dichters zu erläutern. Hierfür lehnt er sich weit über die Tafel, tunkt seine Ärmel in ein Potpourri von Saucen und greift sich verschiedene Gläser und Becher zur Demonstration: da, das ist Puschkin, ein bauchiges Rotweinglas, hier, seine Frau, eine Champagnerflöte, betrügt ihn mit D'Anthès, diesem silbernen Becher dort, der wiederum betrügt schon immer Heeckeren, ein Portweinglas, Puschkin aber treibt es mit seiner Schwägerin Aleksandra, einem Wasserglas, und die..... oder wie war das noch? Geschickt schiebt der Krebs sein Spielzeug hin und her, ganz stolzer Überbringer brisanter Informationen, da gehen auch schon, unter begeistertem Beifallsklatschen, einige Requisiten zu Bruch, Symbol der Puschkin'schen Skandalverhältnisse. Erhitzte, verschwitzte Gesichter rundum, Pikanterien befeuern die Verdauung. Eine Dame fortgeschrittenen Alters schräg gegenüber von Hans reißt sich jetzt wild entschlossen das stark geblümte Brokatmieder auf, soviel Fleischeslust ist ja kaum zu ertragen, auch andere haben sich längst schon von lästiger Oberbekleidung befreit.

Vom unteren Ende der Tafel erheischt ein Furz gebieterisch Aufmerksamkeit. Boshafter Tratsch findet vehement sein Ende, doch schnell findet Betretenheit zu breitem Verständnis. Nichts Menschliches sei uns fremd, hier hat man doch immerhin den geringsten Nenner österreichisch-russischer Gemeinsamkeit gefunden. Wozu schließlich hat man sich in die Heilige Allianz bemüht, sich in diese Grundsätze christlicher Nächstenliebe mit eingeschrieben, Garant für ewigen

Frieden, auch für Preußen und Frankreich. Warum es so heilig ist, dieses Bündnis, wissen weder Hans noch die anderen so genau, aber der weise Monarch blickt ja souverän in die Zukunft, die die Unterdrückung aller bürgerlichen und nationaler Bestrebungen garantieren soll, hiermit also auch unsere harmlose Geselligkeit hier. Auf die Heiligkeit, einen Toast auf den Monarchen! Mühsam errappeln sich die feisten Hintern der Hochwohlgeborenen und der Hohen Diplomatie aus den reich verzierten Sitzen, umklammern das zum zigsten Male gefüllte Champagnerglas. Ja, das scheint der Vorzügliche noch aus dem Elferjahr zu sein, die Bouteille à sechs Rubel! Na sdorowje, soviel kostet einem russischen Bauern eine magere Kuh! Hurra, wir versaufen hier ganze Herden, auf den Beherrscher aller Russen: Vive la Monarchie, vive Zar Nikolaj!!!!

Draußen wehen andere Winde.

In den vornehmen Equipagen, jede für sich ein Kleinod, kauern die Kutscher, eng um sich gezogen die dürftige Livrée, sie schlottern in den minus zwanzig Grad des Petersburger Abends, zittern dem Ende dieses Banketts entgegen, in keinerlei Ahnung, was wohl da drinnen vor sich gehen mag. Sicher hoch wichtige Gespräche und Vereinbarungen, unerlässlich für das Vaterland und zu ihrer eigenen Sicherheit, zu ihrem Wohlergehen. Darum ist es auch nur gerecht, in jeder Unbill auszuharren, allzeit bereit, die kostbaren Herrschaften wieder sicher ins fürstliche Heim zurück zu kutschieren. Nicht auszudenken, wenn man da nicht gleich zur Stelle wäre und Dames und Messieurs etwa zwei Minuten in Eiseskälte warten ließe. Erst vorhin hat doch da Hals

über Kopf solch eine Baronesse die Botschaft verlassen, bleich und mitgenommen, vielleicht hat ihr das Essen nicht bekommen, es soll ja doch ein paar Schüsseln davon geben, wie man hört. Ihre Kutsche musste sie eiligst einholen, bevor sie im tiefen Schnee womöglich ausgeglitten wäre.
Bescheidenheit und Dienstbarkeit, die oberste Maxime des Zaren für sein Volk. Freude und Genugtuung des Dienens haben sie sich ja schon lange genug angeeignet und Rebellion oder gar Revolution traut man erst gar nicht über den Weg. Die Wohlerzogenen, gar Studierten da drinnen, sie wissen genau, was zu tun, lasst uns also nur in Ruhe weiter frieren.
In den Gemächern der Botschaft bahnt sich ein Umbruch an: ein weiterer Salon wird geöffnet, man bittet zur Pasta. Hans erschrickt, doch nicht etwa ein weiterer, diesmal italienischer Gang?
Nein, nein, sein Nachbar kann ihn beruhigen, wir sind hier ein Kulturvolk, nicht nur vertraut mit den Delikatessen internationaler Küche, nein, auch mit denen des Literatur- und Musikgenusses.
Und die Pasta, das eben ist nun die Attraktion zur Zeit in Sankt Petersburg, Giuditta Pasta beehrt sich hier zu gastieren, berühmter Sopran aus Mailand, besser noch als die viel gelobte Sontag aus Deutschland. Sie also macht uns die unendliche Freude, heute ihrer „Norma“ lauschen zu dürfen. Bellini soll seine Oper für sie allein geschrieben haben. Uns erwartet eine représentation extraordinaire!
Heftiges Goldstühle-Rücken, wer platziert sich ungezwungen neben wem, Damen müssen sich noch

rasch parfümieren, Herren sich in seidene Taschentücher schnäuzen, allen gemeinsam ist die Hoffnung, die erlesene Darbietung nicht etwa durch etwaige Verdauungsgeräusche zu stören.
Verheißungsvoll stimmt das kleine Orchester die Instrumente, begleitet von Räuspern und Husten der zu Beglückenden - und da ist sie auch schon: ganz Primadonna Assoluta, mit ihren bald vierzig Jahren noch durchaus hübsch, weil schließlich italienisch zu nennen, stellt sie sich auf in großer Opernpose und lässt ihre südländische Erscheinung zunächst einmal auf ihr Publikum wirken. Diese Russen haben ja immer schon eine tragische Sehnsucht nach Italien, dem Land aller Träume entwickelt und schon allein der Name Bellini lässt sie alle wie Himbeereis dahinschmelzen. Dass die Uraufführung vor fünf Jahren in Mailand ein Fiasko und auch später nicht eben erfolgreich war, weiß man hierzulande wahrscheinlich gar nicht. Es tut auch nichts zur Sache, die Pasta wird sie nun verzaubern mit ihrer Arie „Casta Diva".
Lyrisch, erhaben, transzendent, ihrem Ruf wird sie wahrlich gerecht, steigt in ungeahnte Höhen, schließlich muss Norma sich die Liebe zu einem Mann mit einer Anderen teilen. Das würde der anwesenden Damenwelt freilich nahe gehen, verstünde sie bloß Sprache und Inhalt, Liebesleid ist schließlich international, verbindet auch Russland mit dem Rest der Welt. Zwischen hart und lieblich wechselt die Pasta und wer nicht gerade vom Verdauungsschlaf überwältigt wird ist es von dieser höchsten Leidenschaft, vom Gipfel des Belcanto!
Nach einigen Minuten hat alles Leid ein Ende, Jubel und

Begeisterung schwappen über Giuditta zusammen samt unüberschaubaren Blumensträußen. Billets werden gezückt, vornehmlich von Herren, die sich ihrer Sinne noch mächtig wähnen und den Versuch wagen wollen, dem begnadeten Gast die Stadt und sich selbst etwas näher zu bringen.

Ein weiterer Salon öffnet sich nun bereitwillig. Der obligate Tee ist angesagt ohne den die russische Gesellschaft nicht existieren will, auch nicht ohne die unerlässliche, in kostbaren kleinen Schalen wartenden Warenje, köstliche Konfitüre und Obstmus, begleitet von entzückend dekorierter französischer Confiserie, toute à la Parisienne.

Hans sieht für sich das Ende des Abends gekommen, er fühlt sich, getreu seinem russischen Namen, wie dieses obskure Federvieh, viel zu fest gestopft, greift aber dann doch noch zum Maraschino, dem von Nesselrode als Lieblingskreation allen aufgedrängten Likör. Eigentlich sollte er schleunigst gehen, sein Magen rotiert, jede schnelle Bewegung scheint jetzt tödlich, zumindest den Gastgebern gegenüber aber sollte er noch ein höfliches Kompliment aussprechen.

Da rückt ein auffallend gekleideter Schönling in sein Blickfeld, drängt sich förmlich hinein und fixiert ihn, blinzelt ihm, scheint es, zu, ein berechnendes Lächeln auf den Kusslippen. Nun hat er sich schon geschickt neben ihn geschlängelt, eine exotische Liane, die gerne Halt finden möchte und lädt ihn, ganz Weltmann, zu einem Brandy ein. Graf XY scheint bereits eine leicht gelockerte Zunge zu haben, Wein und Champagner trüben den Blick seiner Kuhaugen.

Vertraulich legt er Hans die stark beringte Hand auf die Schulter, zieht ihn gar etwas zu sich, drängt ihm seinen hitzigen Körper förmlich auf „Pardonnez-moi, mon petit Autrichien“ glaubt Hans zu verstehen, „très mignon!“
Hans erstarrt. Ist er etwa hier mit der dezent als „asiatisches Laster“ umschriebene, delikate Freizeitgestaltung weiter Adelskreise konfrontiert, dieser Quelle gespielter Entrüstung, vor allem rund um D'Anthès und dem lüsternen Adoptivpapa? „C'est dégoutant“ kann er gerade noch hervor pressen, dann stürmt er davon, Tee- und Bonbon- Genießer ungeniert umstoßend.
„Une simple plaisanterie!“ tönt es hinter ihm her, ein harmloser Scherz, ein missverständliches Kompliment bloß, da ist er auch schon vor der noch immer hell erstrahlenden Botschaft und befleckt mit seinem Mageninhalt den untadeligen Schnee der Jännernacht.
Die Kutscher staunen: was für ein sensibles Völkchen! Waren die Speisen etwa so wenig bekömmlich?
Man selbst wüsste da schon anders zu feiern!

15 DIE SPINNE

Noch immer haftet dem Raum dieser üble, süßliche Duft an, als wollte er, zusammen mit seinem Träger die Örtlichkeit einfach nicht verlassen, beeindruckt wohl, wie dieser, von all den Insignien und Zeichen uneingeschränkter Macht, die sich hier manifestieren. Nikolaj wird anordnen müssen, kräftig zu lüften, die stinkende Schleimspur, die der Holländische Botschafter da gezogen hat, widert ihn an, diese aufdringliche Note westlichen Stils, europäischer Dekadenz.
Der Kahlkopf mit dem stechenden Blick und der scharfen Zunge, allseits unbeliebt, weil, nicht zu Unrecht, im Verdacht der Spitzelei, schlau und effizient jedoch für die russische Majestät: hat er doch da in letzter Minute einen klugen Rettungsplan erstellt, den liebesbedürftigen Imperator vor einer prekären Situation zu bewahren. Flink kam er, einer stets in Lauerposition verweilenden Spinne gleich, herbei gekrochen, um einen kunstvollen Faden zu weben, fein gesponnen und doch fest genug, um den guten Zaren nicht in Abgründe stürzen zu lassen. Ja, es gibt sie noch, diese nützlichen Kleintiere in dem großen Misthaufen am kaiserlichen Hof, in mitten des immer währenden Scharrens und Gebrummes, des Schiebens und Stoßens, der Absonderung tödlichen Giftes.
Gerne betrachtet Nikolaj ja diese seine Untertanen wie Insekten unter seiner Lupe, rastloses Ungeziefer, das sich ahnungslos seine sinnlosen Wege bahnt, stets im

Betrachtungskreis der höchsten Macht, ihr ausgesetzt auf Gedeih und Verderben.
Wie leicht könnte Nikolaj sie alle vernichten, aufspießen für eine bizarre Sammlung oder sie einfach zerdrücken mit seinem kleinen Finger bloß, diese anhänglichen Wanzen, diese lästigen Flöhe, die klebrigen Mistkäfer, die hässlichen Schaben, die fetten Schmeißfliegen. Eliminierung der Überflüssigen, allesamt niedrig und bedeutungslos!
Manches Insekt jedoch hebt sich ab von der Hässlichkeit der Masse und versucht, dem all gegenwärtigen Unrat zu entfliehen, sich frei zu strampeln vom russischen Schmutz, doch leider nur zu oft, um dem Herrscher über all diesen Unrat bösen Kummer zu bereiten.
Diese Zecke Puschkin zum Beispiel, die sich im Volkspelz festgesaugt hat und ihm das böses Gift des Aufruhrs, der Gedankenfreiheit, der Unabhängigkeit von jeglicher gütigen Führung ins Blut spritzt, Tropfen für Tropfen, mit schleichender, aber nachhaltiger Wirkung für die willigen Opfer.
Schädlinge gilt es, als guter Besteller seines wunderbaren Gartens, scharf zu beobachten, sie nie aus den Augen zu lassen und, wenn es sein muss, auszurotten, die fruchtbare russische Erde zu säubern. Ja, Nikolaj, dieser sorgsame Landwirt, lässt nur das gesunde Gemüse stehen, Unkraut soll anders wo in die Höhe schießen, auf österreichischen Äckern beispielsweise, von wo freilich auch bereits Schädlinge auf die heimische Scholle drängen, um sich flugs mit den hiesigen zu verbinden, geschickt getarnt etwa im

literarischen Gewand.
Mit Genugtuung kommt dem höchsten Gärtner da wieder sein kluges Manifest ins Gedächtnis, damals, gegen das Pack der Aufständischen am Senatsplatz, denen er die frechen Träume gerade noch rechtzeitig zugestutzt hat, wild wuchernde Träume, die zerstörerische Wirkung zeitigen könnten auf die monarchische Pflanzenwelt. Denn nur von oben, vom Zarenthron, können die vaterländischen Einrichtungen allmählich vervollkommnet werden – eine seiner glänzenden Formulierungen – um das Vaterland auf die höchste Stufe des Glücks und des Ruhmes zu stellen, die ihm die Vorsehung auserkoren hat! Wunderbare Gedanken, bravurös zu Papier gebracht, verkündet mit großer Geste.
Für einen Augenblick haben gloriose Absichten und spektakuläre Wünsche Nikolaj weg geführt aus den Niederungen seiner Insektenwelt. Doch nun will er abermals seine Gedanken auf diese nützliche Spinne Heeckeren lenken, der also ausgeheckt hat, wie den besorgten agriculteur zu retten und das putzige Marienkäferchen Natalja samt seinen höchst eigenen prächtig schillernden Goldkäfer Georges gleich mit dazu.
Der wird nun also, zum Erstaunen aller, eiligst in die Ehe geschickt mit dem blassen Wurm Ekaterina, eine recht ungleiche Verbindung, natürlich zu Lasten des Wurmes, wie man jetzt schon unschwer abschätzen kann. Das alles unter dem Anstrich des lächerlichsten Missverständnisses: nicht die liebreizende Natalja war mit all den Avancen und Liebesbriefen des heißblütigen

Offiziers gemeint, nein, quelle surprise , ihre Schwester war es, mit der es nun gilt, in den Heiligen Bund zu treten, jungfräulich oder nicht, das darf hier nicht zur Debatte stehen. Was ist die denn nun jetzt, Russin, Französin, Niederländerin? Jedenfalls ein nützliches Vehikel aus einer verfahrenen Situation.
Diese Holländer sind, wie es scheint, nicht nur begabt in der Herstellung schmackhafter Käse, der Herr Baron bezeugt Talent auf einigen Gebieten mehr. Der „Dritten Abteilung seiner Majestät höchst eigenen Kanzlei", treffliche Umschreibung für die kaiserlichen Polizei-Schnüffler, hat er dies ja schon des öfteren beweisen dürfen. Gute Worte hat der Zar wie Zuckerkörnchen allemal schon über den eitlen Botschafter gestreut, Gefälligkeiten, die keinerlei Opfer erfordern und auf erstaunlich mehr Dankbarkeit stoßen als jede echte Liebenswürdigkeit. Aber die sind Nikolaj ja ohnehin fremd.
Mon Dieu, all dieser Aufwand, all diese Raffinesse schließlich nur, um einen rasenden Poeten zu besänftigen, den Wind aus allen Segeln zu nehmen, auch aus den kaiserlichen, auf dass die rachedurstige Zecke, vollgesaugt bis zum Zerplatzen mit Gedanken böser Vergeltung, endlich abfalle vom abermaligen Vorhaben eines Duells!
Damit muss die Sache aber dann endgültig ein Ende haben, länger wünscht Nikolaj nichts mehr von dieser Affaire zu hören, seine eigene mit Natalja reicht ihm allemal und irgend wann wird er seine Insekten-sammlung sowieso wieder zur Seite legen, samt dem Marienkäferchen. Es wird ihn nicht mehr interessieren,

er wird seine Lupe auf anderes richten, gut kann er sich schön gefärbte Schmetterlinge vorstellen, ein Pfauenauge, einen geheimnisvollen Nachtfalter vielleicht, leichtfüßig, flatternd und nicht Urheber solch schwermütiger Tragödien wie er sie eben jetzt erleben muss.

Zunächst aber wird er wohl befehlen, die Fenster zu öffnen, um auch den letzten Hauch dieses Parfums zu eliminieren, das ihn unangenehm an seine Schwächen und Abhängigkeiten gemahnt.

16 NATALJA

„Mais attention, Sie tun mir ja weh!“
„Madame, pardonnez-moi!“ Erschrocken zieht die Modistin die Nadel bewehrte Hand zurück. Sie hat doch noch gar nicht mit dem Feststecken begonnen!
Was ist die Puschkina doch heute fahrig und nervös, kaum still halten kann sie!
Ja, Natalja hat schlechte Laune, jetzt steht sie schon zwei Stunden vor dem Spiegel und versucht mit allerlei Tricks, ihre Toilette etwas aufpeppen zu lassen, sie kann zum Ball der Fürstin Orlovskaja doch nicht in der selben Robe erscheinen wie vor drei Tagen schon bei den Karamzins, das Gerede wäre unerträglich und erniedrigend, als stünde sie nicht ohnehin schon zur Genüge im Fokus des allgemeinen Interesses.
Natalja muss tief seufzen unter den Händen der ungeschickten Schneiderin, was nützt es ihr schon, die Frau des „Giganten des russischen Dichtkunst“ zu sein, wie sie ihn andauernd nennen hört, lieber wäre ihr weniger gigantisch, dafür finanziell potenter. Sie soll ja schließlich auch ihren „Giganten“ repräsentieren.
Ja, andere Damen der Gesellschaft, die geben sorglos etwas Neues in Auftrag, mit einem Wink des kleinen Fingers bloß, den letzten Modeschrei, versteht sich, à la Parisienne, à l' Italienne, ihr hilft nicht einmal ein Wink der ganzen Hand. Alte Fetzen muss sie aufarbeiten lassen, ewige Anproben ertragen mit letztlich bescheidenem Resultat: hier eine neue Raffung,

da eine neue Spitzenbordüre, kleine Blumensträußchen vielleicht hier und dort und wenn es hoch kommt ein paar neue Handschuhe.
„Kein Mensch wird dieses Kleid wieder erkennen, Madame sehen wie immer bezaubernd aus", die Schneiderin schnürt das Mieder enger. „Mehr, mehr" keucht Natalja, sie will ihre berühmte Wespentaille unter allen Umständen zur Geltung bringen, auch nach vier Geburten unvergleichlich, sensationell, wie ja ihre ganze Erscheinung überhaupt.
Mit einem Knicks betritt die Zofe Liza das Ankleidezimmer, einigen Briefchen in der Hand „Für Madame" flüstert sie. Ach Gott, schon wieder diese süßlichen Billets mit Komplimenten, schwülstigen Epigrammen, Beteuerungen ewiger Verehrung. Sieh an, da bemüht sich ein Graf schon zum dritten Mal um Aufmerksamkeit und hier, der dicke General, möchte möglichst bald seine Aufwartung machen dürfen! Achtlos wirft sie die kostbar bedruckten Kärtchen zu Boden, trotz allem geschmeichelt und wie immer voll Genugtuung, dass ihre Schönheit nach wie vor solchen Anklang findet.
Das wird sie bei nächster Gelegenheit gleich ihrem Sascha erzählen, irgend jemandem muss sie doch ihre Eroberungen kund tun und sei es nur dem eigenen Ehemann, das ganze Haus soll an ihren Erfolgen teilhaben, auch seitenlange Briefe an die Familie nach Moskau kann sie füllen mit ihrem succès enorme! Freundinnen hat sie ja so gut wie keine, die gesamte Petersburger Damenwelt blickt neidisch auf sie und ihr makelloses Äußeres, das immer wieder bei Hof Furore macht und schließlich ja auch dem Ersten und Höchsten

des Staates den Kopf verdreht hat.
Sie weiß genau, was all diese Weiber hinter ihr her tuscheln, für kalt wird sie gehalten, auch für dumm, des Dichtergatten nicht würdig. Vor allem diese Dolly, diese dem österreichischen Botschafter angetraute Ziege, tut sich in Tratsch und Klatsch besonders hervor, verwechselt die hohe Diplomatie mit dem hohen Ross, auf dem sie zu sitzen glaubt. Wahrscheinlich eine der Liebhaberinnen aus früherer Zeit, die Saschas Ehe mit einer anderen letztlich bis heute nicht richtig verdaut hat.
Tatsächlich meint ja eine Vielzahl von Damen, ihren Mann besser zu kennen als sie selbst es tut, der Uschakova, dieser dummen Kuh, hat er ja all seine Eroberungen angeblich einmal ins Album eingeschrieben, weit über hundert sollen es sein, ein ganz und gar unverzeihlicher Leichtsinn. Dieser ewige Don Juan, dieser in die Jahre gekommene Romeo! Seit geraumer Zeit aber auch Othello, nimmt doch gerade er sich heraus, sie unflätig zu beschimpfen, wenn der eine oder andere glühende Verehrer zu aufdringlich wird, wenn Männer von ihr den schmachtenden Blick nicht wenden können! Was kann sie denn dafür, dass sie schon als kleines Mädchen die aller Liebreizendste war? Zu gerne erinnert sie sich der Momente, als sie damals, noch in Moskau, mit ihren zwei älteren Schwestern vor dem Spiegel stand, von beiden bewundert, von beiden beneidet und die Mutter mit Kennerblick ihr versicherte, sie dereinst exzellent zu verheiraten. Mit ihr war wahrlich Staat zu machen und das Glück der Familie.

Was für ein Pech, dann gerade auf den mittellosen Puschkin herein gefallen zu sein! Natürlich hatte es ihr geschmeichelt, gleich auf ihrem ersten Ball von ihm angesprochen worden zu sein, der Ball, auf den sie geschickt worden war wie in ein Schlachtfeld, um die bestmögliche Partie auszukundschaften, Speerspitze einer mittellosen, aber ehrgeizigen Familie.
Und dann der Heiratsantrag! Dummes Gänschen, das sie damals war, beeindruckt von der Aura des Dichternamens! Doch auch Maman wusste es nicht besser und verschenkte mit ihrer Zustimmung all die Chancen ihrer Tochter, die sie ihr immer vorgerechnet hatte.
Ein Literat also, ein Reime-Schmied! So genau hat sie ja noch gar keines seiner Gedichte gelesen, außer dem einen natürlich, das er eindeutig ihr gewidmet hat, „Madonna", wenigstens der Titel einigermaßen würdig ihrer außergewöhnlichen Erscheinung! Im Ganzen mag er ja ein recht herziges Äffchen sein, wenn er sich nur nicht immer in diese komische Kammerjunker-Uniform zwängen müsste und andauernd nervös und wütend wäre in letzter Zeit. Sich der Lächerlichkeit preis zu geben, Zielscheibe von Spott und Hohn zu werden, davon klagt er ihr Tag und Nacht die Ohren voll.
Vor allem Georges hat er im Visier, verdächtigt ihn partout, diese bösen Briefe geschrieben zu haben, alles nichts als Beweisstücke von Neid und Missgunst. Freilich, D' Anthès benimmt sich auch allzu auffällig, so öffentlich bemüht um ihre Gunst. Der attraktivste Mann und die begehrteste Frau: ein großartiges Bild, so recht geschaffen für die Öffentlichkeit. Dass sie nicht mehr frei

ist, tut da keinen Abbruch und scheint den Paradeoffizier nicht zu stören. Dafür aber Puschkin! Der tobt in Gesellschaft, macht sich zum Narren, tobt weiter zu Hause, nichts ist ihm recht, jedes Geräusch stört seinen erhabenen Geist, stets sind ihm die Kinder zu laut, zu anhänglich, zu rücksichtslos, bisweilen erhebt er sogar die Hand gegen sie, ja selbst gegen seine Frau. Müde fühlt er sich, sagt er, erschöpft, möchte nichts lieber, als den Dienst quittieren und mit der ganzen Familie aufs Land, auf sein Gut Michailskove übersiedeln. In der dörflichen Stille könnte er ganz anders arbeiten als im Trubel der Stadt, die ihn auch finanziell überfordere.
Bon Dieu, das fehlte gerade noch, nein, auf jeden Fall möchte Natalja an der Moika wohnen bleiben, zu oft schon haben sie den Wohnsitz gewechselt, erst voriges Jahr wieder und was täte sie denn in der ländlichen Einöde, allein mit Aleksandr, erschöpft als Dichter wie auch als Liebhaber. Schon vor der Heirat hätten ihr die Worte ihres verliebten Bonvivant, bei jeder Gelegenheit hervor gestammelt, Warnung genug sein müssen, sein Ideal sei fürderhin nichts mehr als eine warme Suppe, eine Frau und Familie, kurz das Bild des feisten, glücklichen, durchschnittlichen Bürgers. Puschkin und Bourgeois, einfach ridicule!
Ihr bleibt immer noch, Gott Lob, das Tanzen, ihre große Leidenschaft und einziges Interesse überhaupt. Wenn nicht gerade wieder eine lästige Schwangerschaft sie von Parkett und Gesellschaft fernhält und Puschkin nicht anderes weiß, als sie heftig zu rügen wegen ihres zu eng geschnürten Mieders. Der dicht gedrängte Festivitäten-Kalender von Sankt Petersburg bedeutet

ihr, schwanger oder nicht, Vergnügen und Pflicht, wo dürfte sie sich sonst noch in so offenkundiger Bewunderung sonnen?
Doch da kann sie sicher auf die Unterstützung des geliebten Zaren bauen, diesem energischen, von Energie strotzenden Mannsbild! Er hat sie, unverhohlen begierig aus Moskau an den Hof geholt, er wird sie so schnell auch nicht wieder entlassen.
Aber bei eben diesem Hofe braucht es eben Roben, immer reichere, immer kostspieligere, die sie sich nicht mehr beschaffen kann. Die Schreiberei bringt einfach kein Geld.
Dieses schon einmal getragene, neidvoll und argwöhnisch beäugte Ballkleid da, an dem die Schneiderin schon ewig herum tüftelt, kann sie zur Not noch mit Bändern und Schmuck aufbessern, wenn sie nur wüsste, wo der geblieben ist, womöglich beim Umzug vor einem Jahr verloren gegangen? In letzter Zeit sind immer wieder Dinge unauffindbar, ihr teurer weißer Schal mit der Fransenbordüre zum Beispiel bleibt auch verschwunden.
Die Putzmacherin ist entzückt: sie hat ein Stück Tüll um das Dekolleté drapiert und das Kleid erscheint wie neu! Natalja ist entsetzt: doch nicht ihren schönen Busen verhüllen, man könnte doch glatt meinen, sie hätte etwas zu verbergen!
Schon wieder wird sie gestört in der intensiven Betrachtung ihrer Person: schüchtern ist die Köchin eingetreten, der Lohn wäre fällig, Madame, schon seit zwei Monaten kein Geld, auch der Kutscher Saweljew und der alte Diener Kozlov klagen, auch sie haben

Familie, auch sie wissen nicht mehr, wie sich weiter einzuschränken....Und auch der Schneider Rutch wird sehr bald seine Rechnung schicken, Sie erinnern sich Madame, die Robe vor drei Monaten!
Da steht Natalja nun, halb nackt in ihrem alten Kleid von vorgestern, den Blicken des Personals preisgegeben. Es bleibt ihr nichts übrig, als die Hände zu ringen, zu vertrösten, gleich morgen, nein, besser übermorgen, spätestens nächste Woche wird ihr Mann wieder flüssig sein, Sie wissen ja, die Tantiemen, der Verleger.... alle unzuverlässig. Die Köchin weiß zwar nichts, entfernt sich aber dennoch, mit einer enttäuschten Verbeugung, es ist ja schließlich nicht das erste Mal.
Mein Gott, man wird womöglich das Tafelsilber versetzen müssen und hoffen, dass der Ertrag nicht sogleich am Spieltisch dahin schwindet.
So weit ist es gekommen und keine Menschenseele, mit der sie sich aussprechen könnte. Ihr Mann immer irgendwo, lieber bei Freunden als bei ihr, noch lieber womöglich bei neuen Eroberungen, sie ist sich gar nicht so sicher, ob nicht auch ihre eigene Schwester Aleksandra dazu gehört. Früher hat er seine Frau ja nicht einmal zu Veranstaltungen begleitet, unangenehm schien ihm sein kleiner Wuchs neben ihrer blendenden Erscheinung. Seit den Eskapaden mit D'Anthès ist das freilich anders, grimmig und bleich bewacht er sie überall und macht sie beide zum Gespött der Leute, die lüstern jeden ihrer Schritte belauern.
Und der galante Georges? Der hat doch tatsächlich dem Druck des widerlichen Heeckeren nachgegeben und sich mit ihrer Schwester verloben lassen, dieser alten,

überfälligen Jungfer, vier Jahre älter als er! Gefallen kann er ja an Ekaterina doch wohl kaum finden, aber dieses verliebte Huhn wähnt sich standhaft im Elysium der Gefühle und ist in seinem Glück blind für die Avancen, die er weiterhin ihr, seiner angebeteten Natalja macht

Vor Enttäuschung und Wut bleibt ihr die Luft weg, aber es ist das Mieder, das die Modistin nun doch zu eng geschnürt hat. Natalja ringt nach Atem, fast kommen ihr die Tränen. Contenance, nur contenance! Heute Abend wird sie wieder die Schönste sein, für alle Anbeter wie für alle Neider und die häusliche Katastrophe einfach zauberhaft weg lächeln und tanzen, tanzen, tanzen ...

17 GEORGES-CHARLES

Bekümmert betrachtet er sein Spiegelbild. Was er da sieht will ihm so gar nicht gefallen. Wo ist er bloß hin, der fesche, der schneidige Georges, dem alle Welt, vor allem die der Damen, so bereitwillig zu Füßen liegt?
Bleich und hohlwangig stiert ihm sein Gesicht entgegen. Die Spuren des Petersburger Gesellschaftslebens haben sich tief eingegraben, nicht nur in Stirn und Wangen, auch in seine Seele. Unzählige Empfänge , Theaterabende, Picknicks, Bootsfahrten, Ausflüge zu Pferd und jetzt, im Winter, endlose Ballvergnügen. All das in seiner Stumpfsinnigkeit und steten Wiederholung hat ihn müde gemacht, seine alte Lungenschwäche ihn letztlich ausgehöhlt.
Auch heute wieder muss er sich aufraffen, ein Maskenball, der vierte schon dieser Saison steht ihm bevor, zum vierten Mal ausgelassene Stimmung, abgeschmackte, lächerliche Masken, vor allem aber die Erwartung aller, der schöne, geistesgewandte, der charmante französische Offizier de Garde möge zum unzähligsten Male wieder gute Figur machen. Das erhofft, ja ersehnt sich vor allem das weibliche Publikum, dessen erklärter Favorit er ist, Liebling bejubelter Aktricen, Ehrenbürger der Kulissen zwielichtiger schmuddeliger Theater.
Das war schon vor drei Jahren so, gerne erinnert er sich daran, seine Karriere hat er schließlich der Frau des österreichischen Botschafters zu verdanken, die ihn wie

eine kostbare Beute an den Petersburger Hof verschleppte, wo sogar die Kaiserin, seiner ansichtig, ebenfalls bald reges Interesse für ihn zeigte.
All diese Sympathie- und Liebesbekundungen, wenn auch nicht immer von ihm goutiert, war er doch gezwungen, sie aufs Intensivste zu erwidern, galt es doch, jeden schädliche Verdacht von ihm und Jacob abzuwenden, der Welt zu beweisen, dass die allerorts getuschelten bösen Verdächtigungen ins Leere gingen.
Georges dreht und wendet sich trübsinnig vor dem Spiegel, dessen Prunkrahmen so gar nicht seinem kümmerlichen Konterfei entsprechen will.
Ach, der Herr Baron von Heeckeren, mit ihm hatte er einst gemeint, das große Los gezogen zu haben, jetzt ist er ihm bloß der große Klotz am Bein.
Dennoch, heute ist er froh, dem langweiligen heimatlichen Soultz entflohen zu sein und diesem unsäglichen Frankreich, das ihm keinerlei Zukunft geboten hatte.
Die schien sich ihm aufzutun, als er auf dem Weg nach Russland war, um dort sein Glück zu versuchen. Sogar ein Empfehlungsschreiben Wilhelms von Preußen an irgendeinen hohen Beamten des russischen Kriegsministeriums führte er im Gepäck, was nicht verhindern konnte, dass eine schwere Lungenentzündung ihn mitten in Deutschland plötzlich ans Bett fesselte. Der Zufall, oder die Vorsehung, führte dann diesen holländischen Gesandten, ebenfalls auf dem Weg nach Petersburg, an sein Krankenlager in einer dürftigen Herberge. Stark fiebernd nahm er ihn zunächst nicht einmal wahr, wusste nicht, dass er da seinem Schicksal

begegnete......
Fast schien es ja , als ob er ihm der Baron die zärtliche Mutter, die er so früh verloren hatte, ersetzen wollte, tatsächlich aber wünschte der, jemand ganz anderes für ihn sein. Dank Jacobs hingebungsvoller Pflege kam er wieder auf die Beine. Hingabe wurde allerdings jetzt auch von Georges verlangt, das wurde ihm schnell klar, angesichts von Krankheit und drohendem Tod jedoch damals ein wohl geringes Ansinnen.
Was hätte er denn auch ohne diesen aufmerksamen Freund angefangen, der ihn so liebevoll nach Petersburg eskortierte, schützend seine Hand über ihn hielt und wohlwollend sein Entrée ins Rampenlicht der Petersburger Salons überwachte. Verloren wäre er gewesen in der fremden, hochmütigen Stadt ohne diesen Holländer, der von vielen gefürchtet war seiner Scharfzüngigkeit wegen und des Verdachts, womöglich ein Spitzel Nesselrodes zu sein. Noch mehr aber mied man den Botschafter als selbstsüchtigen Menschen, der, stets bestrebt Zwietracht zu streuen, seinen verbotenen Lastern ungeniert frönte. Nun war Georges also selbst zu einem Teil dieser Neigungen geworden, nicht der einzige zwar, denn der Baron war nicht eben wählerisch, aber doch der Begehrteste, der Favorit sozusagen.
Wenn das der Papa in der französischen Provinz auch nur erahnt hätte! Georges steigen vor Mitleid die Tränen in die Augen, sei es um ihn selbst oder um den hintergangenen Vater. Nichts hat der sich damals gedacht, als Jacob, ganz besorgter Mäzen, aus Petersburg scheinheilig einen Briefwechsel nach Soultz

eröffnete. Bedankt hat er sich auch noch für all die seinem Sohne angediehenen Aufmerksamkeiten! In zu Herzen gehenden Briefen schilderte der Baron die Ausgesetztheit und Einsamkeit des unerfahrenen Sprösslings in einem kalten, mitleidlosen Land, so mutterseelenallein und allen Unbillen hilflos ausgeliefert. Da schöpfte der Vater auch kaum Verdacht, als Heeckeren die Stirn hatte, ihn um die Adoption des eigenen Sohnes zu bitten, ihn gleichsam freizukaufen und gegen die mageren väterlichen hundert Louisdor jährlich 80000 Rubel setzte, als Jahresrente für den ersehnten Adoptivsohn. So viel Großzügigkeit war in dem französischen Provinznest ganz unfassbar und die dort unbekannte skandalöse Beziehung hatte mit einem Male ein gesellschaftlich akzeptables Mäntelchen umgehängt bekommen.

Eingekauft hatte man ihn, wie ein Stück Vieh oder wie ein hübsches, seltenes Tierchen, das man sich etwas kosten lässt. Im Mai noch wurde der Zar über die offizielle Adoption informiert und sein Schicksal hiermit endgültig besiegelt.

Freilich, Georges durfte nicht klagen: zum guten Geld kam auch noch der gute Titel „Baron“ und beides schließlich machte ihn, den mittellos dahergelaufenen Niemand aus Frankreich mit einem Schlag zu einer respektablen Partie in hohen Kreisen der Petersburger Damen. Denn deren Kontakt galt es zu halten, da war auch der Adoptivpapa daran interessiert, je intensiver, desto besser, um nur ja nicht den ohnehin angekränkelten Ruf noch mehr zu ruinieren und dieses mühsam umgehängte Mäntelchen etwa zu beflecken.

Jetzt war er also unauflöslich mit dem Holländer verbunden, nicht gerade in der glücklichsten Weise, denn einen attraktiveren Partner hätte sich der schöne Georges für sich schon vorstellen können: von überaus schmächtiger Gestalt, ausgestattet mit ein Paar Segelohren, stechenden, hellen Augen und einem wuchtigen Backenbart in dem langen Gesicht ist der kahlköpfige Botschafter mit seinen bereits zweiundvierzig Jahren nicht eben begehrenswert. Was hilft es da schon, dass er sich überaus elegant gekleidet in der Gesellschaft zeigt, mit Bildung, Literatur- und Musikverständnis aufzufallen weiß, für Georges bleibt er der eifersüchtige, alte Mann, der ihn zwar großzügig mit Geschenken überhäuft, aber mit allen unerlaubten Mitteln der Kunst an sich gefesselt hat.
Diese ewigen Vorwürfe , die Gefühle des Adoptivsohnes seien im Gegensatz zu den eigenen nur schal und bloß leeres Geschwätz, ermüdeten Georges von Anfang an, er kann und will sie auch gar nicht mehr entkräften.
Erschöpft lässt er sich in einen Fauteuil fallen, auch um seinem ungeliebten Spiegel-Visavis nicht mehr in die Augen sehen zu müssen, das ihm keinen Trost zuzusprechen vermag.
Da sitzt er also, zusammen gesunken, ein Gardeoffizier, der vor zwei Jahren bei der Aufnahme in den Militärdienst seine zahlreichen Wissenslücken nur notdürftig mit einigem Esprit zu meistern wusste, seinen Dienst höchst schlampig versieht, immer mit Ermahnungen und Verweisen konfrontiert. Und diese ständigen Magenschmerzen, die lästige Lungenschwäche, die ihm mehr und mehr zusetzt – davon weiß bloß kaum jemand von

all denen, über die er seinen Charme täglich ausgießt.. Und das tut er ja ausgiebigst, artig auch im Auftrag Heeckerens, allen Verdacht von ihnen beiden zu lenken, hofiert die Damen mit gut gespielter Ausdauer und Leidenschaft, vor allem die verheirateten, von deren großzügiger Moral er weiß, um sich nur ja keine Verpflichtungen einzuhandeln, beglückt aber auch die schon etwas Betagteren, schmeichelt links und rechts, ein „parfait homme fatal"! Nie verdrossen, ein lustiger Bengel eben, liebenswerter Schelm, Mittelpunkt von Gesellschaften, in denen sich Damen wie Herren über seine Witze vor Lachen biegen, ein Possenreißer, ein wahrer Charmeur und vor allem, ein unermüdlicher Tänzer.
Gerade diese eine seiner vielen Qualitäten hat er in Verdacht der Grund zu sein für Heeckerens abstrus anmutendes Anliegen, sich just der tanzbesessenen, vergnügungssüchtigen Natalja Puschkina besonders anzunehmen: ihr den Hof zu machen auf Biegen und Brechen und die Aufmerksamkeit des sensationslüsternen Hofes auf sich und diese Ballschönheit zu lenken.
Die Aufgabe war leicht, zumal die Puschkina sich als geschmeicheltes und somit leichtes Opfer erwies, so dass ihn der Auftrag fast schon langweilte. Ein nettes, fein herausgeputztes Zierpüppchen, Sägespäne in Herz und Hirn, beglückt, auf einer diffusen Wolke von Komplimenten schweben zu können. Auf keinerlei Konversation war sie fähig einzugehen, oft kam ihm das Wort „strohdumm" in den Sinn und im letzten Moment Gott Lob nicht über die Lippen. Eine ernst zunehmende

Verbindung mit einem Mann von künstlerischem Empfinden und intellektuellem Niveau wie Puschkin einer sein musste war nur schwer vorstellbar.
Ausgerechnet diesem Gänschen also musste er sich eindringlich widmen – das Resultat war erschreckend und vorhersehbar: Puschkin schrie aufgebracht nach einem Duell und Heeckeren, ganz liebender und fürsorglicher Papa, hatte nur die eine, zweifelhafte Lösung parat, nämlich die um noch einiges dümmere dafür aber unansehnlichere Schwester Nataljas ihm als Ehefrau zuzuschanzen und den Dichter so glauben zu machen, sie, Ekaterina, sei seine eigentliche Liebe.
Ein lächerliches, absonderliches Spiel, in dem er nur verlieren konnte, obgleich es zum Duell jetzt nicht mehr kam, war man doch nun praktisch verwandt. Der Ehre wegen, der Ehre, etwas anderes kennt man in Russland ja nicht, wurde er nun mit dieser Hopfenstange kirchlich zusammen gespannt.
Zu allem Überfluss und Überdruss hatte sie ihm, andauernd verheult und mit verquollenen Augen anvertraut, dass sie schwanger sei, das eine Mal , das er sich mit ihr, gleichsam aus Mitleid, hatte hinreißen lassen, zeitigt also schon eine bittere Frucht. Was war da anderes übrig geblieben, als eine gesicherte Zukunft vorzugaukeln, ohne lästige Duelle und den liebevollen zukünftigen Familienvater zu mimen? Seitdem scheint Ekaterina im siebten Himmel zu schweben, wenn sie doch nur dort bliebe, recht weit weg von ihm!
Eifrig waren auch die Bemühungen Heeckerens gewesen, überglücklich, das Schlimmste abgewendet zu haben, dem Brautpaar eine möglichst großartige

Wohnung einzurichten, ganz nach seinem eigenen pompösen Geschmack im Haus am Newski Prospekt: Gemälde großer Künstler, Skulpturen, antike Möbel, Silber, Kristall, üppiger Zierrat, für Georges alles höchst überflüssiger Aufwand.
Puschkin konnte man all die Herrlichkeit nicht präsentieren, er ließ sich erst gar nicht blicken und beim Galaempfang des Fürsten Stroganoff anlässlich der unglückseligen Hochzeit stellte er sogar ein für alle mal klar, dass er mit D'Anthès keinerlei Art von Beziehung wünsche, schon gar keine verwandtschaftliche. Da konnte der Diplomaten-Papa noch so buckeln und sein devotestes Grinsen aufsetzen, nie würde Georges als Schwager akzeptiert werden. Welch ein Affront!
Auch nicht wenige der Damen zeigten sich brüskiert über die so überstürzte Vermählung ihres Lieblings, viele gebrochene Herzen wurden nun endgültig heimlicher Hoffnung beraubt und da und dort züngelte offene Eifersucht hoch.
Und er, unglückseliger Hauptakteur in diesem billigen Roman, er kann sich nun an der klapperdürren Ekaterina abarbeiten, auf Lebenszeit verdonnert, Ehemann zu sein, eine Rolle, die ihn noch nie interessiert hat.
So weit hat ihn also dieser Niederländer gebracht, ungeliebter Geliebter, den sie in Petersburg mit Recht eine falsche Schlange nennen, Heeckeren, der sich nun schmeichelt, ihn vor einem Duell mit ungewissem Ausgang bewahrt zu haben – die Treffsicherheit Puschkins ist ja bekannt und auch bewährt. Daher

glaubt er sich auch in der süßen Hoffnung wiegen zu können, nun endlich Anerkennung und Gegenliebe erwirkt zu haben.
Plötzlich würde auch Georges, ganz wie Ekatarina, am liebsten losheulen. Sein ganzes Leben lang maßten andere sich an, über ihn zu bestimmen. Verkauft vom eigenen Vater wie ein Stück Nutzvieh, wurden ihm lächerliche Avancen einer Frau gegenüber aufgedrängt, die sich Schluss endlich als brandgefährlich erwiesen, hineingezwungen in eine Ehe, die ihm keinerlei Befriedigung bringen wird. Hin und her geschoben fühlt er sich, wie auf einem Schachbrett, die Figur, die er darstellen soll, ist ihm allerdings noch nicht klar geworden, der Läufer, der Turm, der beschränkte Bauer? Der König ist es sicher nicht!
Wieder sucht er Rat vor dem Spiegel. Wer ist er denn also nun, er, Georges-Charles d'Anthès, jetzt sogar Baron d' Anthès von Heeckeren, dass man so mit ihm verfahren kann? König will er sein im Spiel, nichts anderes als König und hier in diesem weiten und doch so engen Russland sein Leben selbst in die Hand nehmen, sich selbst ein Glück einrichten.
Was aber ist denn dieses, sein Glück? Ganz Petersburg hätte ohne Zweifel die Antwort rasch parat, führt er sie ihm doch tagtäglich vor Augen: Amüsement, Frauen, Abenteuer jeglicher Art, Verschwendung, Leichtsinn, all das, was man einem Offizier de Garde, noch dazu einem französischen, nur zu gerne zubilligt.
Der Ruf der Grande Nation verpflichtet schließlich!
Aber Georges ist erschöpft. Ja, er hat seine Rolle angenommen, gut gespielt, wenn auch letztlich nur

halbherzig in diesem Paradiesvogelsumpf, den er nur mühselig durchwatet und der ihn schon längst anödet. All die Frauen, diese verliebten Gänschen, das ganze weibliche Gekichere, Getue und Gepluster ödet ihn an, Heeckeren, diese verliebte Fledermaus, ödet ihn an, all diese Versteckspiele in billiger Maskerade hat er satt. Die ungeliebte Ehefrau nicht vor den Kopf zu stoßen, Nataljas Eifersucht zu zügeln, dem Botschafter gefällig sein, nonchalant in der Öffentlichkeit zu brillieren: ihm ist der Witz längst aus dem Gesicht gefallen, woran soll sich sein Esprit noch hochranken, wo findet er den Funken, der ihn wieder zum Glühen bringen könnte ?
Kaum mag er es sich eingestehen, doch immer deutlicher glüht ihm in letzter Zeit dieser Funken, ein Antlitz, immer schärfer tritt es hervor aus all den Langweilermienen, eine Gestalt, die in seine Träume hinein gefunden hat, diffus zunächst, doch konkreter, jede Nacht, jeden Tag.
Einer, den er beneidet, der ihn verwundert, den er bewundert. Einer, wie Georges, erfolgreich bei Frauen, weltgewandt, auch er Charmeur und Bonvivant, der aber noch weit höhere Qualitäten besitzt, mit denen sich ein unbedeutender Franzose nicht messen kann: Genialität! Künstler und Freigeist, einer, der ebenfalls zu bezaubern weiß, freilich auf ganz anderem Niveau als Georges selbst.
Könnte er es vielleicht sein, der einen oberflächlichen kleinen Gardeoffizier aus dem trüben Wasser der Gleichgültigkeit und des Überdrusses zu ziehen, ihn vor dem endgültigen Ertrinken zu retten vermag ?
Wie eigenartig mutet es da wohl an, dass gerade dieser

eine ihm ans Leben will, im Glauben, seine Frau sei ernstlich durch Georges bedroht, in rasender Eifersucht, in Verblendung, nicht ahnend, welche Gefühle er in seinem vermeintlichen Gegner erweckt, wie sehr er bereits Objekt von Träumen, Sehnsüchten, Begierden seines Widerparts geworden ist.
Noch nie hat Georges, der Draufgänger, auch nur die kleinste, harmloseste Annäherung versucht, zu argwöhnisch wird er beäugt, von der Gesellschaft, von Jacob und von dem Dichter selbst, er wagt ja gar nicht einmal den Namen zu denken, den einen, nicht ihn auszusprechen.......A.... Aleksandr......... Aleksandr Sergejewitsch...... Puschkin, verheiratet mit eben der Frau, der er, D'Anthès unglückseliger Weise den Hof macht und der ihn naturgemäß hassen muss, zumindest aber verachten.
Ein einziges, unvergessliches Mal konnte er ihm bislang ein Lächeln entlocken, damals, als ihm wortgewandt das Bonmot des „Pascha mit den drei Schwänzen“ über die Lippen kam, Anzüglichkeit auf die drei Gontscharow-Schwestern, mit denen der Dichter sich immer umgab.
Sonst immer unwirsch und aufbrausend ihm gegenüber zeigte sich der Aleksandr dieses eine Mal nicht zornig, sein schöner Mund mit den üppigen Lippen gab freizügig eine Reihe weißer, kräftiger Zähne frei, ein edler Hengst, Bewunderung gewöhnt, für einen Moment blitzten seine blauen Augen, frech, ähnlich denen von Georges, gleichsam wissend um eine tiefere Wahrheit und herausfordernd: eh oui, Monsieur le Baron, wir beide, wir kennen doch am Besten den Umgang mit mehreren solcher queues.... und selbstgefällig war er

sich durch das lockige, achtlos frisierte Haar gefahren.
Ach, diese schwarzen Locken, diese olivfarbene, samtige Haut, der sinnlichen Mund, dieser Hauch des schwarzen Kontinents, der Heißblütigkeit verspricht, Leidenschaft erahnen lässt, Äonen entfernt von der banalen, aalglatten Langeweile , die Georges zu Hause zu ertragen hat. Dieses hochmütige Funkeln in den hellen Augen möchte er noch einmal sehen, ganz für sich allein, es bezwingen, es sich untertan machen, sich ihm aber auch unterwerfen dürfen. Wie hatte doch Natalja ihren Mann einmal scherzhaft genannt - ein possierliches, kluges Tierchen! Ja, ein exotisches, ein gefährliches vielleicht gar, eines, das man jedenfalls besitzen, zähmen möchte: diesen hochfahrenden Geist, diesen exzentrischen Charme, diese blasierte Überheblichkeit!
Erregt springt er aus dem Fauteuil, all diese Hirngespinste setzen ihm zu, wollen ihn verwirren, verleiten zu einem Versuch, seinem Elend ein mögliches Ende zu bereiten. Das Zimmer wird zu klein jetzt für seine unruhigen Schritte, die seinen goldenen Käfig durchmessen, die Wände eintreten möchten, mit neuen, verheißungsvollen Plänen nach draußen zu fliehen trachten.
Wäre es etwa möglich, dem Dichter, dieser zweifelsohne empfindsamen Seele, näher zu kommen, Vertrautheit, Freundschaft zu finden, die Nähe, die er schon immer gesucht hat? Keinen Meter war das bislang gelungen, und jetzt, nunmehr verschwägert mit der Familie, hat Puschkin ihm den Zutritt in sein Haus ein für allemal verwehrt.

Aber wie weit ist denn er, Georges d'Anthès selbst bereit, sich zu öffnen, zu lieben gar? Nie hat er sich das gefragt, Gefühle stets mitleidig belächelt. Ist er ihrer denn überhaupt fähig? Leer ist es in ihm vermutlich, sinnentleert mit all den lächerlichen Tändeleien und Affairen zur Vertuschung eines Skandals, zu seinem eigenen Schutz , aber vor allem zu dem Heeckerens in seiner gehobenen Position.
Und all seine Provokationen dem Dichter gegenüber, wären sie, so erahnt er es jetzt, vielleicht nur bloßer Schutz gewesen gegen eine aufkeimende, nicht minder verbotene Leidenschaft, die er sich nicht eingestehen wollte, nicht konnte, nicht durfte.
Er muss diesem Genius näherkommen, deutlich spürt er es jetzt, den Menschen dahinter erfahren, muss dessen Zauber aufsaugen, begreifen, was Puschkin ausmacht und sich an ihm bereichern, an seiner Strahlkraft, seinen Intentionen, seiner Leidenschaftlichkeit, seinem Glück, letztlich auch an seinem Unglück. Vielleicht findet ja dann auch er, Georges, wonach er sucht: mag sein gar Liebe, zumindest aber ein neues Abenteuer.
Zeit ist es, der Ball ist unvermeidlich, ein spektakuläres Vergnügen erwartet ihn, schon zum zigsten Mal. Welche Maske soll er heute wohl wählen, wie soll er sich der erwartungsfrohen Welt präsentieren? Als Magengeschwür, als lungenkrankes Skelett, als trauriger Harlekin?
Prüfend blickt Georges in den Spiegel – und siehe da, seine Züge haben sich belebt, er kann sich wohl denken, warum.

18 EKATERINA

„Natalja, geliebte Schwester!"

....

Wie oft hat sie nun schon begonnen, diese ersten Zeilen zu formulieren, immer vorsichtiger, behutsamer, jedes Wort abwägend und dann doch am Ende immer wieder verworfen.

Ja, es gilt auf der Hut zu sein, so gar, oder eben gerade der eigenen Schwester gegenüber.

Aber vielleicht doch so:

„Tascha, innig geliebtes Schwesterherz!

Als Erstes sollst du wissen: er liebt mich nicht, nein, er empfindet rein gar nichts für mich! Das zu deiner Beruhigung, zu deiner Genugtuung auch. Dass ich die tiefsten Gefühle ihm entgegenbringe, will, ja kann ich dir gar nicht verheimlichen, die plötzliche Verlobung vor zwei Monaten hat mich bestürzt, doch zu gleich tief beglückt, wenn ich auch weiß, welche Kränkung du dadurch erfahren musstest. Warst du doch stets im Glauben, du allein seist der Gegenstand seiner Anbetung und Mittelpunkt all seiner innigen Briefe. Und dann die Wendung: ich sei ja die eigentlich Gemeinte, einzig ich Ziel all seiner Bemühungen! Ich gestehe, ich selbst war wie aus allen Wolken gefallen, das musst du mir, liebste Schwester, schon glauben!

Tatsächlich hatte ich Georges-Charles ja immer schon als höchst liebenswürdig und ehrenwert empfunden, mag sein auch eine, etwas mehr als unschuldige

Schwärmerei ihm entgegengebracht, auch wenn er sich in Gesellschaft nicht immer ganz tadellos dir und Puschkin gegenüber verhielt. Aber Liebe heißt ja, in Flammen zu stehen, wie ich nun – selbst wenn ich verbrennen müsste!
Ach, könnte er doch brennen wie ich, er aber, so scheint es, kann sich deine Person so gar nicht aus dem Kopfe schlagen: sind wir allein, spielt er zwar den zärtlichen Gatten, ist aber jemand zugegen, der dir vielleicht etwas zutragen könnte von unserem Zusammenleben, verhält er sich grob, ja bisweilen gemein zu mir. Das wird dich sicher amüsieren und milder stimmen!
Ich habe die ängstlichsten Befürchtungen, dass über unserer Ehe kein guter Stern stehen könnte, das war mir bereits nach unserer Trauung bewusst geworden, als du, liebe Natalja, sofort nach den religiösen Zeremonien nach Hause zurück kehrtest und uns bei der anschließenden Feier alleine ließest. Ich kann mir wohl denken, dass dein Mann dir diesbezügliche Anweisungen gegeben hatte, er empfängt uns ja bis heute nicht bei euch zu Hause, wütet weiter gegen Georges und den Schwiegerpapa, wohl auch aus Zorn darüber, die Wette verloren zu haben, die er eingegangen war gegen das Zustandekommen dieser unserer Verbindung..
Papa aber hat uns überaus liebenswürdig und großzügig die Wohnung ausgestattet, alles sehr prunkvoll und mit Geschmack, wenn ich auch nicht mit allem einverstanden bin. Wir haben damals in Moskau eben doch anders gelebt.
Ich darf natürlich nicht hoffen, dass du uns einmal einen

Besuch abstattest, zu negativ sind, wie ich mir lebhaft vorstellen kann, deine Gefühle.
Sie waren es ja schon damals, ich spürte es, auf dem Galaempfang in der Österreichischen Botschaft, als ich, allen Blicken ausgesetzt, als Ehrenfräulein der Zarin in Weiß erschienen war unter all den Gästen in Schwarz, die um Karl X. trauerten. Da wussten es alle und schließlich auch du: das ist das Zeichen einer unmittelbar bevorstehenden Vermählung!
Der Herr Baron trieb dann alle Vorbereitungen so schnell wie nur irgend möglich voran..."
Hier hält Ekaterina inne, nicht nur des hässlichen Tintenflecks wegen, den sie gerade auf das Papier gekleckst hat. Soll sie der Schwester wenigstens einen Teil der Wahrheit anvertrauen, nämlich dass sie sich in anderen Umständen wähnt und der Hochzeitstermin darum so rasch wie möglich festgesetzt werden musste? Schon länger also eine innige Beziehung zu Georges, ohne dass Natalja etwas geahnt hatte, von beiden also getäuscht?
Einen anderen Teil der beschämenden Wahrheit jedoch muss sie für immer tief in ihrem Herzen verschließen, nie darf es Natalja noch sonst jemand erfahren:
auch Puschkin könnte der Urheber ihrer Befindlichkeit sein, eine Schande, die sich nun als schwarzer Fleck auf dem Brief kund tut und die nie an die Öffentlichkeit dringen darf. Das fehlte dem Ruf des Hauses Puschkin noch!
„...Der Herr Baron trieb dann alle Vorbereitungen so schnell wie nur irgend möglich voran, damit dieses unsägliche Duell verhindert werden könne, zu unser

aller Rettung. Welchen Ausgang es auch immer nähme, du und ich, wir würden um den selben Mann trauern!"
Ekaterina stutzt: sie begreift mit einem mal die Doppelbödigkeit ihrer letzten Zeile, Puschkin und D'Anthès, beide mit beiden Frauen verbunden. Ihr, Ekaterinas alleiniges, bitteres Geheimnis.
Eine dicke Träne fällt gleich neben den plumpen Klecks: welche Peinlichkeiten sie doch ertragen muss. Auch als Ehemann macht Georges ihrer Schwester noch immer den Hof und Natalja, wenn nicht von gerade Puschkin beobachtet, wechselt die Farbe, kokettiert, dreht und wendet sich eitel vor dem unerschütterlichen Anbeter.
Noch hat Ekaterina Georges den letzten Affront nicht verziehen, als er sie, öffentlich bei einem Ball, als seine „Offizielle" bezeichnete und das neben Natalja und Aleksandr! Der stürmte auch sogleich blindwütig hinaus und war an jenem Abend nicht mehr zu sehen.
Ja, Spuren seines afrikanisches Temperament gehen bisweilen mit ihm durch, was auch in gewissen Situationen seine Vorzüge haben kann, wie Ekaterina sich insgeheim eingestehen muss.
Was soll sie der Schwester also weiter schreiben, gerne würde auch sie ihr manchen Vorwurf machen wegen ihrer Leichtfertigkeit, ihren Unbedachtsam, doch sie möchte nicht aus ihrem Glashaus mit Steinen werfen, allzu viel fliegt hier schon jedem um die Ohren.
Sie starrt auf den Brief vor sich. Fleckig ist er, die Schrift zerronnen, die Tränen deutlich erkennbar. Nutzen wird er jedenfalls keinen bringen für die zerrütteten Verhältnisse. Fast erleichtert zerknüllt sie das Papier und wirft es zu den bereits zerrissenen.

Komme was wolle, sie will sich auf das neue Leben in ihr konzentrieren, egal welcher Herkunft es auch sein mag.

19 IM PARK

Die hell erleuchteten Fenster werfen ihren warmen Schimmer auf die tief verschneite Terrasse , hinter ihnen bewegen sich flüchtige Schatten, tänzelnde Paare, man ahnt den Rhythmus einer Mazurka, eines wirbelnden Walzers, glaubt gar Fetzen der Orchestermusik wahr zu nehmen. Hier vergnügt sich ein argloses, fröhliches Völkchen. Man weiß den großen Winterball der Grafen Woronzow – Daschkow wohl zu schätzen, einer der Höhepunkte in der langen Abfolge unzähliger Sankt Petersburger Vergnügungen.
Da wird eines der Tore vehement aufgerissen, heraus quillt ungestüme Musik samt ausgelassener Stimmung, aufgekratzte Laune bahnt sich den Weg in den nächtlichen Park. Mit ihr stürmt ein Mann die Treppen herunter, kein eben beglückter Gast scheint es zu sein, er will wohl das Geschehen da drinnen fliehen, hastet durch den Schnee an die Steinbrüstung, bleibt keuchend stehen, beugt sich über die kostbar gemeißelte Balustrade als wollte er sich über sie in die Tiefe stürzen, seinem Leben in dieser Ballnacht ein Ende bereiten. Aleksandr klammert sich fest, versucht Halt zu finden in einer Welt, in seiner Welt, die keinen Halt mehr zu bieten vermag.
Was war das eben, was musste er da erleben, war es Wirklichkeit oder bloß Ausgeburt seiner in letzter Zeit so überhitzten Phantasie, übler Auswurf seines zu Tode gequälten Gehirns?

Wieder einmal war er genötigt , Natalja zu Liebe einer dieser monströsen Veranstaltungen beizuwohnen, wieder einmal angestarrt von all den Wissern und Besserwissern, alle aufs Peinlichste eingeweiht in seine intimsten Verhältnisse, alles Beobachter, Auskundschafter, Weiterträger und Informanten gehässigen Klatsches. Wieder einmal musste er die widerwärtigste Gesellschaft ertragen, bösartiges Zusammentreffen mit boshaften Menschen, allen voran gerade mit denen, die er aufs Äußerste zu meiden suchte: D' Anthès, zusammen mit Ekaterina, lächerlicher Weise seit Neuestem dessen Angetraute, also verschwägert mit ihm in Ewigkeit!
Diese Begegnung konnte gewiss nicht nur böser Zufall sein, sondern mit Sicherheit geschickt eingefädelt von dieser französischen Kanaille, die Natalja und damit ihm selbst immer mehr auf den Pelz rückt. Er kann es spüren, gleichsam von Stunde zu Stunde verringert sich der Abstand zwischen ihnen, der heiße, stinkende Atem des Begehrens wogt ihm entgegen und will seine Frau versengen. Das wilde Tier in ihm möchte diesen brünftigen Kavalier allermindester Sorte anspringen, wenigstens die Augen, die blitzblauen, auskratzen, besser noch, ihn völlig zerfleischen und den Petersburger Raben zum Fraß überlassen.
Da hat sich doch eben dieser Schmierenkomödiant eine Apfelsine aus einem der Obstkörbe im Saal gegriffen, sie in großzügiger Geste Ekaterina gereicht mit den unerhörten Worten „ C'est pour ma légitime, das ist für meine Offizielle“, lauthals, damit es nur jeder hören konnte – und jeder war natürlich gerne bereit zu

hören. Dazu ein vielsagendes, maliziöses Lächeln auf den Lippen, als wollten diese den Satz weiterführen, den sich jeder selbst denken konnte „Seht her, meine Inoffizielle steht ja daneben, da sollte es doch nun Puschkins Aufgabe sein, ebenfalls eine Frucht für seine légitime auszusuchen".

Ekaterina tat das, was sie am Besten konnte, flammend erröten, Natalja blickte pikiert zu Boden, aber er konnte trotzdem die Eifersucht in ihren Augen funkeln sehen, beide Frauen in hilfloser Verzweiflung, bloß gestellt vor der Entourage der Ballbesucher, die eifrig flüsternd das Unerhörte weitertrugen. Immer größere Kreise zog das Wispern, wie ein ins Wasser geworfener Stein, unaufhaltsam, begleitet von höhnischen, im besten Fall neugierig erwartungsvollen Blicken, die ihm, Aleksandr Puschkin galten. „ Quel affront!" Ein neuer Skandal also im Dunstkreis des Dichters, man hörte ja sogar bereits von einem Duell, findet es nun statt oder ist einer der Kontrahenten am Ende nicht Manns genug? Wer wohl, doch sicher nicht der schneidige Offizier, der Andere traut sich, so scheint es, nicht hinter seinem Schreibtisch hervor, führt lieber Federkiel statt Waffe, tötet lieber mit Schmähgedichten als mit scharfen Pistolen.

In Aleksandrs Brust pocht es hart, seine Schläfen pulsieren wild, auf diese Brüskierung hatte er hier und jetzt keine Erwiderung parat.. Nur weg, fort von all dem Dreck, der Erniedrigung, der Demütigung seit schon so vielen Wochen.

Er weiß nicht mehr, wie er in den Park gekommen ist, durch eine Menschengasse muss er gerast sein, Gott Lob hat er all die Gaffer gar nicht richtig wahr-

genommen, hat sich nur weg gestürzt und wäre tief in die Petersburger Nacht gerannt bis in die Weiten Sibiriens gar, hätte ihm die Brüstung hier nicht Einhalt geboten.
Da lehnt er nun, an dem kalten, unbeteiligten Stein und sucht nach klaren Gedanken. Die klirrende Kälte dämpft langsam das Pochen in ihm, die Wut macht nach und nach einer düsteren Hoffnungslosigkeit Platz, schalem Geschmack der Einsamkeit. Er hat sich gerade selber ausgeschlossen, drinnen geht alles seinen Weg wie sonst, bloß um eine skandalöse Variante bereichert, geknüpft an seine eigene, unglückliche Person.
Bitter stoßen ihm die eigenen Zeilen seiner „Hauptmannstochter“ auf „Hüte dein Kleid, wenn es neu ist und deine Ehre von Jugend auf“. Wo ist sie denn nur hin, seine Ehre? Zertrampelt hat man sie ihm, da konnte er hüten so viel er nur wollte!
Zur öffentlichen Person ist er geworden, wie eine stadtbekannte Hure, der man ohne jede Scham aufdringliche Aufmerksamkeit schenkt und mit dem Finger auf sie zeigt, zum Gaudium der ganzen Stadt.
Düster hocken die schwarzen Vögel des Zorns, der Scham, der Angst und der Reue auf seinen Schultern, die Sterne dieser wolkenlosen Nacht strahlen nicht für ihn, sein eigenes Gestirn ist im Untergehen, bald wird es erloschen sein, wie die Lichter, mit denen sich Petersburg herausgeputzt hat für all die Glücklichen, die Augen haben, sie zu sehen.
Erst im letzten Moment nimmt er das leise Knirschen von Schritten war, jetzt sind sie dicht hinter ihm und ein Schatten scheint über ihn zu fallen, der Steinerne Gast

sucht Don Juan heim.
Entsetzt dreht er sich um, bereit, dem Meuchelmörder ins Auge zu blicken. Und da sieht er sie: blitzende Augen, nicht hämisch jetzt, aber angriffslustig allemal und blitzblau, legendär für den schönen Georges. D'Anthès, es ist tatsächlich D'Anthès, der sich da an ihn heran geschlichen hat!
Jetzt nur keine Schwäche zeigen, keinerlei Unsicherheit, die Gelegenheit ist günstig, kein sensationslüsternes Publikum weit und breit, jetzt kann er ungeniert den Gegner attackieren! Trotzdem will die Sprache nicht so recht heraus, wie er es gerne hätte, im Reden ist er ja gar nicht geübt, ein „Was wünschen Sie, Baron?“ bleibt ihm fast im Halse stecken und sein Gegenüber lächelt, lächelt ihn sanft an, abwartend, abwägend, wie es ihm scheint. Das bringt ihn in Rage, da spuckt er ihm förmlich seine Wut vor die Füße:
Was bedeuten denn bitte sehr diese zweideutigen, besser noch, eindeutigen Briefe, geschrieben von dem feinen Herrn Baron, die er bei sich zu Hause zufällig entdeckt hat? Der Herr Baron werden doch nicht die Stirn haben wiederholen zu wollen, dass die eigentliche Adressatin nicht Natalja, sondern die Schwester Ekaterina gewesen sei!
Denkt er denn, sein Spiel mit allen und jedem treiben zu können, wagt er es etwa, seine Gaunereien überall zu einem glimpflichen Ende zu führen, seine Umgebung aufs Schmählichste zu besudeln?
Aleksandr schäumt, zumal sein Visavis noch immer lächelt, verschwörerisch, nein, verführerisch, mit Augen, die sich leicht verdunkeln und jetzt tief veilchenblau zu

sein scheinen, der von Damen so oft seufzend zitierte Blick des Franzosen.
Aleksandr schnappt nach Luft, was soll er noch sagen, was kann er noch sagen ohne dem Anderen an den Kragen zu gehen?
Mühsam entringt sich ihm ein „Was wollen Sie denn noch, Baron?“
Georges steht unbeweglich, eine Pause tritt ein in diesem dramatischen Kammerspiel bei Nacht, seine Gesichtszüge wirken angespannt, jedoch keineswegs hinterhältig, jede Boshaftigkeit ist aus ihnen gewichen. Zu Aleksandr dringt ein Hauch eleganten Parfums, Visitenkarte gleichsam und Vorbote des Offiziers. Plötzlich eine Bewegung, ein Schritt auf Puschkin zu, ein Arm umschlingt den Dichter und ein Mund drückt sich heftig und fordernd auf seine Lippen. Ein Augenblick wie eine Ewigkeit, Atem an Atem, dann löst sich die Umarmung, Georges wird eins mit dem Dunkel der Nacht und lässt Aleksandr zurück, zu Stein erstarrt wie die Balustrade hinter ihm.
Still ist es , drinnen pausiert das Orchester, sogar der Wind hält den Atem an und Aleksandr tut es ihm gleich. Trugbild, Realität, bloßer Traum, Albtraum, den ein anderer geträumt hat? Er kann es nicht zu fassen bekommen, seine überhitzte Phantasie hat ihm da wieder einen bösen Streich gespielt .
Doch die Erscheinung war zu konkret, ein Duftschleier hängt wie ein Verlockung noch in der Luft, folge mir, such mich, fass mich!
Wie von einer schweren Last getroffen lässt sich Aleksandr rücklings in den tiefen Schnee fallen. Da liegt

er nun, mit ausgebreiteten Armen, ein gefallener Engel, gerade heimgesucht von Luzifer persönlich, einer Prüfung unterzogen, bestanden oder nicht, in jedem Fall weggeworfen, zurück gelassen in Abscheu, Ratlosigkeit, Verwirrung.
Auch die Sterne über ihm wissen keine Antwort, sie blinzeln ihm zu, der Himmel in seiner Unendlichkeit will geradewegs auf ihn niederkommen, schon senkt sich das Firmament auf ihn, will ihn einhüllen samt seiner Schmach gleich einem Leichentuch, so weiß wie der Schnee unter ihm. Er glüht, die Kälte kann ihm nichts anhaben, nur die Dämonen, die ihn schon lange umlauert haben, wittern jetzt ihre Chance: Wut, Hass, Eitelkeit, Begierde, Verzweiflung, alles gute Bekannte, schon längst in den Familienkreis aufgenommen. Einer nach dem anderen stürzt sich auf ihn, will ihn hoch reißen, zur schnellen Tat anfeuern, schreit ihm Rache ins Ohr, Vergeltung an dem widerwärtigen Möchtegern-Verführer, der es auf Leib und Seele abgesehen hat, auf seine ohnehin so wunde Seele, der nun ein weiteres, für ihn völlig neues Leid geschieht.
Was soll er nur anfangen mit dieser Provokation, die alle Grenzen frech überschritten hat, jetzt geht es nicht mehr nur um Natalja und deren Ehre, jetzt ist er gemeint, er, schon zu Tode gehetzt , muss auch noch diesen Schlag parieren und mit Waffen kämpfen, die ihm fremd sind und abwegig.
Noch immer blinken die Gestirne über ihm, unbeteiligt und mitleidlos, doch sieh nur – sie rücken sachte zusammen, bilden ein kompaktes Bild, das immer realer, greifbarer wird – und da ist er ja wieder, der

ewige Freund, geduldige Zuhörer in schlechten Zeiten, der ihn so gut kennt in unendlichem Einverständnis, durch ihn geboren, aus seinem Kopf geschlüpft um ihn nie mehr zu verlassen, selbst wenn er in auf weite Reisen in die Welt hinaus geschickt hat. Onegin kommt stets zurück zu ihm, Onegin ist an seiner Seite, wenn er ihn braucht, Onegin, einziger und einzigartiger Freund.
„Was würdest du wohl an meiner statt tun, wie würdest du mit mit diesem Halunken, Tagedieb, mit diesem Abschaum von Mensch verfahren – wie?"
„Puschkin, mein Freund, wozu denn die Raserei, schick sie fort, all deine Dämonen, sie verstellen den Blick auf das Leben, so wie es nun einmal ist, so wie du selbst es mir eingehaucht hast. Das Leben, das volle, packen, dort wo es ist, wo es sich bietet, dort, wo es Neues bereit hält. Wozu auch der Hass auf einen, den du zu wenig kennst, stets nur von einer, deiner Seite betrachtet hast, von der, die sich dir leichthin offenbarte, die trügerische, betrügerische, erfolgreiche, strahlende, die glatte Oberfläche. Vielleicht bist du bloß an eine einsame, unglücklichen Seele geraten, die deiner gleicht, auf der Suche, genau wie du, genau wie ich, wie du es auch mir eingeschrieben hast. Wir sind doch alle auf der Suche, du selbst musst es am besten wissen, wie sehr der äußere Glanz oft nur die eigene Armseligkeit und Verzweiflung verbirgt, wie sehr das Ringen nach Anerkennung einen trügerischen Panzer schafft, der weder von außen noch von innen zu durchbrechen ist. Du kennst ihn gut, deinen eigenen Panzer der Blasiertheit, der Marotten, der ganzen hektischen Überspanntheit deines Lebens. Mir hast du

einen Gutteil davon überschrieben, aber selbst losgeworden bist du sie nie, deine Wunden, sie bluten weiter und werden auch nicht verheilen wenn du andere blutig schlägst."
Puschkin starrt in den Himmel, in das vermeintliche Antlitz Onegins, dieses Lebemanns, reich erfahren und doch, oder gerade darum, so unglücklich.
Hat er, der Dichter, der Kämpfer, der Liebhaber, Ehemann, hat er das Leben tatsächlich zur Genüge gekostet, neugierig zugegriffen, akzeptiert, was seinen Weg kreuzte? Oh nein, Puschkin, du Hundesohn, du hast aus fader Gewohnheit alte Trampelpfade weiter ausgetreten und dich blind in die Gefahr begeben, in die du Onegin kaltblütig schicktest, in die schlimmste von allen, den Überdruss. In eine Krankheit ohne Heilungschancen, in eine Existenz ohne Zukunft, in ein Dichterleben ohne neue Schaffenskraft.
„Ja, das ist das Zauberwort: Neues erschaffen, wieder Schöpfer sein, das Leben abbilden, aber freilich vorerst das Leben erfahren!"
Dieser Georges, ist er womöglich das Leben? Sein verdammter Kuss, der noch immer auf seinen Lippen haftet, das Bärtchen, das sich ihm in die Haut drückte, Stiche, tief bis ins Herz hinein, dort stecken sie jetzt, die giftigen Stacheln, die ihn innerlich verbrennen wollen. Nicht aus der Nase will ihm die sanft schmeichelnde Note des Duftes, nicht aus den Augen dieser tiefe Blick, der einmal nicht Natalja, sondern ihm gegolten hat. Sind das etwa nicht noch völlig unbeschrittene Pfade , die ihn hineinführen könnten in ein Neues, in ein Unbekanntes, hin vielleicht zur lang entbehrten

Kreativität?
Das Leben ist keine Elegie, nicht für einen Puschkin, es ist ein einziges gewaltiges, dramatisches Gedicht, ein Kunstwerk, an dem es hart zu arbeiten gilt, Herausforderung, der man sich zu stellen hat.
Er will nicht auf der Seite jener romantischen Schwächlinge stehen, wie sein Lenski einer ist, der wegen dummer Weibergeschichten Onegin zum Duell fordert und damit seinen Tod besiegelt. Doch halt, ist er es nicht selbst, der zum Duell fordern will, ist er nicht selbst ein Lenski, ein unbedarfter Dichter, der in sein Unglück rennt vor lauter Romantik.
„ Wer bin ich denn nun, du, Onegin, dem ich mich so verbunden fühle oder etwa doch Lenski?"
Wir alle sind beides, flüstert es an seinem Ohr, das Leben hält beides für uns bereit und manchmal haben wir sogar die Wahl. Denk doch an die deutsche Dichtersonne, von der man hier zu Lande so viel spricht, diesen Herrn Geheimrat , der „zwei Seelen, ach" seinem Faust zugesteht. Auch der muss sich entscheiden, richtig oder falsch, das wird sich ihm am Ende noch weisen. Goethe wird die Antwort vielleicht selbst nicht kennen.
Ha, auch er, Aleksandr Puschkin wird seine Wahl treffen, wohl überlegt, mit Kalkül! Welch ein Spaß: sich duellieren einer Frau wegen, wie alle Welt es gemeinhin zu wissen glaubt, alltägliches Schauspiel mit den üblichen langweiligen Akteuren. Der eigentliche Beweggrund aber, der verborgene, der wäre ein Mann! Das gäbe einen rechten Skandalroman, um vieles anstößiger noch als sein „Onegin" und würde die

russische Gesellschaft in einem noch viel schärferem Lichte porträtieren, unbarmherzig, aber in schönen Versen. Ein neuer Puschkin ist da, lest nur, lest!
Plötzlich fühlt er die Kälte, langsam ist sie jetzt in seine Glieder gekrochen, nun hat sie den Kopf erreicht. Die Begeisterung hat sich verflüchtigt, wie Onegin, den er nirgends mehr zu spüren vermag. Der jagt wohl am Firmament schon neuen, abgeschmackten Abenteuern nach und lässt ihn hier wie eine abgestürzte Marionette zurück. Doch ohne ihn scheint er verloren, plötzliche Ernüchterung lässt ihn sich ruckartig aufsetzen, wenn nur niemand das Palais verlässt und ihn hier draußen so verwahrlost findet!
Was hat ihn da bloß gepackt, welche Wahnideen haben sich seiner bemächtigt, welches abscheuliche Gift hat ihm D'Anthès eingeflößt durch einen einzigen Kuss?! Ja, wahrlich ein Verführer, ein Mephisto gar, aber nicht stark genug gegen Puschkin, der schon so manchen Fehltritt hinter sich gebracht hat, aber diesen einen niemals tun wird.
Er weiß jetzt, wie zu handeln, ist sich sicher, mehr denn je. Heraus reißen muss er ihn, den giftigen Stachel, aus seinem Herzen, aus seinem Leben. Zur Rettung seiner selbst, zur Rettung Nataljas, der Welt. Den Teufel zurück schicken in sein finsteres Loch, ihm sein Grab bereiten. An sein eigenes will er nicht denken, an seinen ureigensten Diabolus auch nicht, der ihn hetzt, jeden Tag, jede Nacht, ihn auch jetzt umschleicht. Sein Entschluss steht fest, unabänderlich.
Steif rappelt er sich hoch, klopft mit klammen Fingern den Schnee vom Mantel, er schlottert am ganzen

Körper. Mein Gott, hoffentlich hat er sich nichts an der Lunge geholt, wie man es D'Anthès ja nachsagt. Aber immer noch besser als sich dessen Syphilis einzuhandeln!
Irgend wo, tief in der Finsternis, grinst Mephisto
„Den schlepp' ich durch das pralle Leben....“

20 DER BESUCH

Zweimal hat er nun schon am Tor geschellt, drinnen rührt sich nichts. Der Schnee fällt ihm langsam und bedächtig in den Kragen, still ist es, draußen wie drinnen. Da – ein eiliges Schlurfen von Schritten, das besorgte Gesicht des alten Dieners Nikita wird sichtbar, nicht eben erfreut, eher sichtlich verlegen, aber bemüht, die Höflichkeit zu wahren. Ah, Monsieur Gans, bitte nur einzutreten, die Herrschaften sind bereits bei Tisch.
Hans stürmt den Treppenabsatz hoch, überlässt eilig dem Bediensteten seine durchnässte Oberkleidung und tut einen schüchternen Schritt in den Salon.
Wie peinlich, nicht die vereinbarte Zeit eingehalten zu haben, aber die Droschken fahren bei diesem Wetter nur selten, ein gutes Stück musste er gar zu Fuß laufen....
Seine Entschuldigungen versickern unter dem Ticken der Standuhr, die seine sträfliche Verspätung beharrlich jedem mitzuteilen bereit ist.
Sie scheint die einzige zu sein, die davon Kenntnis hat, kaum jemand hier im Raum schenkt ihm Beachtung, die Familie ist um den Esstisch versammelt und ganz in die Mahlzeit vertieft. Einzig Puschkin blickt kurz auf, murmelt etwas wie „ah, bien venu, Monsieur“, genauso leise wie unaufrichtig und deutet mit dem Kopf zu einem leeren Platz an der Tafel. Hat er ihn überhaupt erkannt, seinen inbrünstigen Verehrer und bemühten Übersetzer?

Zerknirscht lässt sich Hans zwischen Natalja und Aleksandra nieder und richtet zunächst einmal den Blick auf das nicht mehr ganz propere Tischtuch. Besser einfach abwarten, auch dieses Mal scheint er ja nicht eben willkommen.
Unfreundliches Schweigen lastet auf der Gesellschaft, hin und wieder hört man das sorglose Schmatzen der Kinder, beschwichtigend und leise ermahnt von der Njanja, die sich mit den ihr Anvertrauten am anderen Ende des Tisches nieder gelassen hat.
Hatte Hans schon draußen gefroren, so ist ihm jetzt hier umso kälter. Eisige Stimmung liegt in der Luft, nicht nur die Fenster sind von Eisblumen überzogen, sogar das Mobiliar scheint erstarrt unter einer dicken Schicht von Reif, die Menschen förmlich erstarrt zu Puppen, die, bewegt durch einen geheimen Mechanismus, gleichförmig ihre Suppe löffeln. Einzig die Gesichter sind belebt, in den verschiedensten Farbschattierungen und sprechen für sich:
Natalja leichenblass, dafür die Augen gerötet wie ein Karnickel, Aleksandra hingegen feuerrot, mit Schweiß auf der Stirn und gesenktem Blick, beide über Teller gebeugt, die sich nicht und nicht leeren wollen. Zwischen ihnen eine frostige Mauer. Auch Puschkin ist von kräftiger Farbe mit blutrot unterlaufenen Augäpfeln, die Stirn in tausend Falten verzogen.
Die Köchin tritt an Hans heran, wie verschämt platziert sie rasch einen Teller vor ihn, als würde sie sich seines bescheidenen Inhalts schämen, der etwas zu dünn geratenen Brühe, die nur wenig Inhalt vorzuweisen hat. Ja, da hat Hans in Petersburg wohl schon besser

gespeist, die Bescheidenheit dieses Haushalts mit seinem täglichen Kampf ums Überleben dampft ihm da förmlich entgegen und fast widerwillig taucht der zusätzliche Esser seinen Löffel in die gebotene Mahlzeit.
Da kommt Bewegung in Natalja, hastig zieht sie ein Schnupftuch hervor, versucht die plötzlich hervorschießenden Tränen zu zügeln und endet schließlich in einem Weinkrampf, den sie aber lieber nicht bei Tisch zur Schau stellen möchte. Stürmisch springt sie auf und flüchtet wehenden Kleides nach draußen, wo man sie sogleich haltlos schluchzen hören kann.
Heftig rückt nun auch Puschkin seinen Sessel und rennt hinterher, die Suppe ist aus seinem Teller geschwappt und hinterlässt hässliche Spuren auf dem hellen Damast, Sinnbild des Zorns und besudelter Ehre. Die Kleinste der Kinderschar beginnt laut zu weinen und eilends schnappt sich die Kinderfrau ihre Zöglinge und verschwindet ins Kinderzimmer, wo alsbald Herz zerreißendes Klagen anhebt, der lieben Maman wird doch wohl kein Leid geschehen!
Aleksandra, die einzig Sesshafte neben Hans, verbirgt ihr Gesicht in den Händen und möchte, trotz aller Peinlichkeit, den Gast nicht allein an der in Unordnung geratenen Tafel zurück lassen. Die Worte, die sie sich müht zu finden, scheinen ihr im Mund zu zerfallen, bevor sie sie aussprechen kann.
Da hat sich also etwas zusammen gebraut, ein Wintergewitter quasi, nicht draußen an der Moika, nein, hier im Hause Puschkin selbst und es sind keine poetischen Verse, die sich nun vor der Tür vernehmen

lassen!
„Warum heulst du bloß“ – hört man den Dichter wutentbrannt toben „du hast wohl am allerwenigsten Grund, du nicht!“
„Wie konntest du es wagen, im eigenen Haus mich mit der eigenen Schwester zu hintergehen, mein Unwohlsein so schändlich auszunützen?“
„Wieso hattest du die Stirn, den französischen Affen hier zu empfangen und ihn nicht gleich die Treppen hinunterzuwerfen?“
„Ich habe ihn doch angefleht, zu gehen, da drohte er plötzlich, sich sofort, hier und jetzt zu erschießen, das habe ich dir doch schon hundertmal erklärt“ kreischt Natalja jetzt los, augenscheinlich völlig außer sich.
„Dann hätte er sich eben erschossen, die Gelegenheit war prächtig, für ihn und für dich auch. Wo ein Trog ist, da kommen die Schweine, das habe dir auch schon hundertmal erklärt, ma chère!“
„Aleksandr Sergejewitsch, contenance, wir haben schließlich einen Gast!“
Plötzlich klatscht etwas heftig mitten in dieser ungewöhnlichen Konversation, entsetzt mutmaßt Hans, dass es eine Ohrfeige gewesen sein könnte, wer sie einstecken musste wird rasch klar beim Aufheulen Nataljas. Nun lässt sich eine dritte Stimme vernehmen, ein Dienstmädchen schluchzt etwas von einem Kreuzchen, das sich doch vielleicht aus bloßem Versehen in das Bett des Hausherrn verirrt haben könnte, eine Nachlässigkeit ihrerseits womöglich beim Aufschütteln des Bettzeugs. Prompt wird sie vom höhnischen Gelächter Nataljas unterbrochen,

Aleksandra, beschämte Ohrenzeugin, kann nun ihrerseits ein Aufschluchzen nicht mehr zurück halten.
Puschkin, unbeirrter Kämpfer für die, wie er wohl meint, gerechte Sache, reißt die Tür wieder auf und nimmt ungestüm seinen Platz am Tisch wieder ein, im Schlepptau seine Frau mit einem feuerroten Mal auf der Wange.
Auf einmal scheint er die Anwesenheit von Hans realisiert zu haben, er nickt ihm sogar zu, ja, so leben wir alle Tage, ein Los, nicht wie jedes andere, wo soll da das Dichtergenie da nur bleiben, in solchen Abgründen muss es förmlich verrecken.
Natalja wirft ihrer Schwester tödliche Blicke zu, diesen Schlag ins Gesicht hätte wohl eher sie verdient!
Hans will es nicht mehr auf seinem Sitz halten, zu groß ist die Peinlichkeit, diese Szenerie bedarf wohl keines Publikums. Verzweifelt sucht er nach einem Grund seines überstürzten Aufbruchs, doch sowohl französische als auch russische Worte sind ihm aus dem Gedächtnis gefallen und auch mit Konversation anderen Inhaltes kann er somit nicht dienen. Wie zum Trost wird ihm nun das Dessert, ein etwas wässriges Soufflée vorgesetzt, auch die Köchin dürfte heute ihren besten Tag nicht haben.
In das bedrückende Schweigen, nur von Nataljas verhaltenen Seufzern unterbrochen, wirft Puschkin plötzlich höhnisch die Frage, um wen sie denn im Falle eines Duells weinen würde. Nach heftigem Schniefen gerät die Antwort überraschend diplomatisch „Um den, der getötet wird“! Hans ist erstaunt über soviel Geschick, ein neues Orakel fürwahr, das bei Puschkin

allerdings nicht so gut anzukommen scheint und die Befürchtung nährt, ihn jederzeit wieder los poltern zu lassen.
Da läutet es am Tor, doch nicht etwa noch ein Gast, der Zeuge unliebsamer Auftritte im Hause Puschkin werden soll?
Zaghaft klopft es an der Tür zum Salon, das Dienstmädchen knickst und verkündet mit belegter Stimme, dass Herr Baron van Heeckeren sich eben gerade die Ehre gibt......Weiter kommt sie auch gar nicht, mit neu gewonnener Energie, einem Tiger gleich, macht Puschkin einen erstaunlichen Satz Richtung Tür, das erschrockene Mädchen springt im letzten Moment zur Seite und schon hört man den Dichter im Treppenhaus losbrüllen. Worte wie „infam", „ehrloser Schurke", „nie mehr wieder in diesem Haus" dringen bis in den Salon, dazwischen beschwichtigendes Getuschel, dem aber bald die Luft wegbleibt. Blanke Gewalt scheint nun zu wüten, beim Gefecht der Worte allein bleibt es da wohl nicht, die beiden Frauen bei Tisch ducken sich instinktiv, möge das Unwetter ohne gröbere Schäden über ihre Köpfe hinwegziehen und auch die Kleinen im Nebenzimmer verschonen, wo Gejammer und Geplärre andauern, begleitet vom beunruhigten Singsang der Kinderschwester.
Von draußen lassen sich Handgreiflichkeiten erahnen, jetzt ein arges Poltern, jemand scheint die Treppe hinunter zu fallen, Gegenstände folgen ihm nach. Die Stimme des Barons, der sich gerade noch die Ehre geben wollte, schmettert Verwünschungen, gefolgt von ebensolchen des bereits heiser geschrienen Dichters,

im Schreiben ist er jedenfalls geübter. Das Tor schließt sich ächzend, als fände es keine anderen Töne angesichts solcher Boshaftigkeiten, nur mehr ein Schnaufen lässt sich hören, dann hechtet auch schon der Hausherr zurück in den Salon, das Gesicht zur Fratze verzogen und verschwindet, Tür knallend, im Arbeitszimmer.
Ratlos lässt er die kleine Tischgesellschaft zurück, Hans weiß nicht , wohin er seinen Blick wenden soll, jedenfalls nicht zu Natalja und Aleksandra. So spricht er inhaltslose Worte der Entschuldigung ins Leere, ein wichtiger Termin irgendwo erwarte ihn, mit weichen Knien erhebt er sich und tappt aus dem Salon, Handkuss und Abschiedsfloskeln außer Acht lassend, hinter sich eine zähe Stille.
Hut und Mantel werden ihm draußen gereicht, die Treppe wirkt wieder friedlich, wenigstens ist nirgend wo Blut zu entdecken. Auch er wird vom Eingangstor ächzend entlassen, hätte es eine menschliche Stimme, vieles könnte es sicher erzählen über die so wenig glücklichen Bewohner des Hauses an der Moika, vor wenigen Jahren noch hoffnungsfrohe Familie mit großem Namen und mit glänzender Zukunft.
Eine dumpfe Dämmerung hat im Salon Platz gegriffen, beide Frauen haben sich schleunigst in ihre Gemächer zurückgezogen, Natalja zunächst vor ihren großen Spiegel, um die gröbsten Spuren des Leides aus dem schönen Gesicht zu tilgen, Aleksandr wird es sicher bald wieder gelüsten, seine Frau näher zu betrachten.
Aleksandras verschwitztes Gesicht verträgt noch keinerlei Begutachtung, es versteckt sich lieber

zwischen Polstern und lässt quälende Kopfschmerzen über sich ergehen.
Puschkin, Hausherr und Meister außer Kontrolle, hat sich inzwischen geräuschvoll an seinen Schreibtisch begeben, wäre der nicht so wuchtig, umgestoßen hätte er ihn. Die Wände seines Arbeitszimmers wollen auf ihn zu rücken, so eng ist ihm seine Welt geworden, so bedrohlich, so entwertet, ganz wie seine Bibliothek, deren Bücherzahl sich erheblich verringert hat. Etliche Bände hat er ja mit Freunden darauf verwettet, dass die unselige Hochzeit Ekaterinas mit diesem Lackaffen nie zustande käme, ein böser Irrtum und ein unwiederbringlicher Verlust.
Kurz kommt ihm sein wenig beachteter Gast ins Gedächtnis, Bewunderer seiner Büchersammlung, sein Name ist ihm entfallen, eigentlich hätte er doch mit dem jungen Dichter, der ihn so dringend übersetzen möchte Einiges noch zu besprechen gehabt. Jetzt pfeift er auf diese Bekanntschaft, auf jegliche Übersetzung, auf den Ruhm im Ausland, er pfeift auf alles, auf ganz Europa, auf die ganze Welt! Hier und jetzt gilt es reinen Tisch zu machen, in dieser seiner verdammten Familie, im abscheulichen Petersburg, im Saustall Russland.
Vor ihm liegt der angefangene Brief an den schönen Offizier, aus dem Papier blinzeln ihm spöttisch zwei veilchenblaue Augen entgegen, kitzelt ihn aufmunternd ein adrett gepflegtes Bärtchen, weht die Erinnerung an einen tief verschneiten, nächtlichen Park. Gerade dem allen wollte er entgegen schreiben, sich solch unerhörte Frechheit verbieten, Zumutung für jeden anständigen Menschen. Warum er sein Schreiben nicht zu Ende

gebracht hat kann Aleksandr sich nicht erklären, seine Feder hatte ihm versagt auf unerklärliche Weise, jetzt wird sie es jedenfalls nicht!
Er zerreißt die kaum beschriebene Seite und taucht über einem neuen Blatt den Kiel in die Tinte. Zügig bringt er in seiner energischen Schrift seine ungeheure Wut, seine Kränkung, seine Rache zu Papier, gerichtet allerdings an einen anderen Adressaten, an den wahren Urheber allen Übels, den Keim alles Bösen, Vater des giftigen, schwül parfümierten Unkrauts, das er nun ein für allemal auszurotten gedenkt.
Tief gebeugt, mit blutunterlaufenen Augen, vor sich hin knurrend, sitzt er da, der Speichel rinnt ihm vor Geifer aus dem Mundwinkel während die Feder ungestüm über das Papier kratzt. Einzig sein ferner Verwandter, der schön gearbeitete Mohr vor ihm auf dem Schreibtisch, ist Zeuge seines blindwütigen Tuns, in Bronze erstarrt, als wäre er zu Tode erschrocken über diesen so schicksalhaften Akt.
Der findet bald sein Ende, entschlossen folgt die Schlussfloskel:
„......Ich habe die Ehre, Herr Baron, Ihr untertänigster und gehorsamster Diener zu sein,
Aleksandr Puschkin“

21 ALEKSANDRA

Welche Schande, welch ungeheure Schmach!
Gerade ihr musste das passieren, und das in Anwesenheit eines Gastes, eines Ausländers noch dazu, dieses Österreichers, sonderbarer und unverdrossener Bewunderer des Schwagers! Seine Augen und Ohren hatte der natürlich überall, förmlich zu stochern schien er in jedem für ihn wahrnehmbaren Winkel, den Räumlichkeiten wie auch der seelischen Befindlichkeit der Familie. Wahrlich eine Fundgrube, vor allem letztere und vor allem an diesem Tag!
Schließlich will dieser Monsieur ja nicht umsonst von so weit angereist sein um den verehrten Dichter aus nächster Nähe erleben zu dürfen, da sind schon einige Details höchst willkommen. Nun hat er ihn also erlebt, seinen Abgott, und die gesamte Familienmisere gleich mit dazu. Und sie, Aleksandra, gleichsam als unfreiwillige Hauptdarstellerin in diesem ungeliebten Stück, Schmierenkomödie der billigsten Art.
Zu Tode geschämt hat sie sich. Wieder und wieder wischt sie sich den Schweiß von der Stirn, jetzt endlich allein in ihrem engen Zimmer, keine zwei Schritte entfernt vom ehelichen Schlafgemach der Puschkins, besinnungslos und erschöpft von dem peinlichen Auftritt..
Noch weiß sie nicht recht zu unterscheiden, was genau ihr dieses hässliche Unbehagen bereitet: ist es die Tatsache, dass ihr Fehltritt nun doch entdeckt wurde,

ausgerechnet belegt durch ein Kreuz, Sinnbild der christlichen Werte und Tugenden, sind es die bitteren Tränen der Wut und der Eifersucht ihrer Schwester oder vielmehr die ganze Szenerie vor den Augen eines Fremden, der von den Verhältnissen im Hause Puschkin doch bislang wohl kaum Kenntnis haben konnte. Nun hat er sie!

Ohnehin bereut sie es schon bitter, sich so gedankenlos Aleksandr hingegeben zu haben, sich so widerstandslos eingereiht zu haben in die lange Reihe all seiner Angebeteten, Geliebten, Mätressen, ebenfalls leichte Beute geworden zu sein für einen, der geübt war in schnellem Nehmen und ebensolchem Vergessen. Aber vielleicht war es ja für sie, für die sonst wenig Beachtete Erlösung, befreit gleichsam aus ihrer stillen Ecke eines Nebenschauplatzes endlich auch Aufmerksamkeit gefunden zu haben vor solch Welt- und Liebes-erfahrenem, und sei es auch nur für einige wenige Stunden.

Hatte sie sich denn nicht tatsächlich längst vorbereitet auf diesen Augenblick, auf den unweigerlich absehbaren Moment, auf das Unabänderliche? War es denn überhaupt denkbar gewesen, mit einem wie Puschkin auf so engem Raum zu leben ohne ihm nicht früher oder später ins Netz zu gehen, bereitwillig und mit hoffendem Herzen? Ließ denn der Dichter sich irgend eine Gelegenheit für ein galantes Abenteuer, und sei es auch mit einer weniger reizvollen Frau, entgehen? Sicher angetrieben auch durch eine gewisse Pikanterie , die Schwägerin, Tür an Tür zur eigenen Frau zu verführen?

Gerade jetzt, in seiner unbändigen Wut, in seiner

Enttäuschung über seine Ehe war ihm wohl jedes Mittel recht, Natalja zu kränken, es ihr mit gleicher Münze heim zu zahlen.
Da war sie also nun gekommen, ihre Stunde, Aleksandras ganz spezielle Gelegenheit, diese Chance der ewig zu kurz Gekommenen, auch einmal ein winziges Stück von einem Kuchen ab zu bekommen, an dem alle Welt sich so selbstverständlich und schamlos ergötzt.
Mit Bitterkeit entsinnt sie sich noch gut der Zeit im Moskauer Elternhaus: immer die letzte der drei Gontscharow-Schwestern, immer im Schatten der schönen, der allseits gepriesenen Tascha, immer auch hinter Koko, stets Schlusslicht des Dreiergespanns. Was bei der Jüngsten als entzückender Silberblick gilt, dem auch Puschkin so sehr verfallen war, dass er ihn sogar literarisch verewigte, wurde bei ihr als schlichtes Schielen abgetan und schien mögliche Verehrer oder gar Heiratskandidaten eilends in die Flucht zu schlagen.
Noch genau erinnerlich ist ihr die dramatische Götterdämmerung damals in Moskau, an deren Horizont der Genius seinen Auftritt darbot, die heftige Werbung um Natalja, ausgerechnet um die Jüngste, die doch als letzte auf der Liste der zu knüpfenden Verlobungen stehen sollte.
Kopflos war die schüchterne Sechzehnjährige vom Debütantinnen-Ball nach Hause gekommen, das weiße, luftige Kleid zerknittert, der Goldreif im Haar verrutscht.
Man stelle sich vor: Puschkin, größter Dichtersohn der Nation, hatte sie unter all den anderen Schönheiten bemerkt und, umringt von Verehrern und Bewunderern

seiner Kunst sie, gerade sie, angesprochen. Ihr war der Atem gestockt, sie wusste ihm gar nichts zu sagen, floh ihn förmlich, so beteuerte sie es zu Hause. Dafür ging dann dort das eitle Gegacker los, das alle und jeden an ihrem Erfolg teilhaben lassen wollte, unterbrochen nur vom dumpfen Gebrüll und Stöhnen des Vaters, damals schon geistig umnachtet und ans Haus gefesselt. Er allein fand, ungewollt freilich, die passende Geräuschkulisse für kommendes Unheil, das sich dann auch sehr bald, zum Schrecken der beiden älteren Mädchen, in einem überraschenden Heiratsantrag manifestieren sollte. Natalja spielte das kleine, furchtsame Kind, dem vor dem hochgelobten, leidenschaftlichen Dichter mit all seinen Extravaganzen schwindelte. Von ihm Verfasstes hatte sie noch nie in der Hand gehabt, keine Zeile seiner Kunst war ihr bekannt, sie zog das Tanzvergnügen allemal irgendwelcher Lektüre vor. Ihre Wespentaille schnürte sie ab da allerdings noch enger, die Stunden vor dem Wandspiegel nahmen kein Ende, Aleksandra gelang es kaum, auch einmal einen Blick hinein zu werfen.

Mutter spielte die um Jugend und Moral der Tochter Besorgte, dem Dichter eilte ja ein nicht gerade untadeliger Ruf voraus, eher hatte sie aber wohl die finanzielle Lage des Brautwerbers im Blick. Ihre schöne Tascha könnte man doch sicher für mehr Geld an den Mann bringen, zumal das eigene Familienvermögen vom Großvater schon zur Gänze durchgebracht war.

Lange währte die Aufregung im Hause Gontscharow ohnehin nicht, denn der Dichter war, welch eine Erleichterung, plötzlich verschwunden, in den Kaukasus

zu kriegerischen Unternehmungen, wie man hörte, von wo dann auch ein glühender Liebesbrief geflattert kam, kichernd beäugt und kommentiert von den Geschwistern, alles aber noch lange kein Grund, die Eifersucht der beiden älteren wirklich zu entflammen.
Einige Monate später jedoch, Aleksandra erinnert sich an einen sonnigen Septembermorgen, als die Schwestern gerade einträchtig ihren Frühstückstee einnehmen wollten, ließ sich ein Poltern auf der Haustreppe vernehmen und eine Galosche kam unvermutet und grob ins Esszimmer geflogen. Wäre es doch nur bei dem verdammten Stiefel geblieben! Hinterher folgte allerdings Puschkin selbst, schlampig seiner Überkleidung entledigt und rief ungestüm nach Natalja.
So gab der Dichter aller Dichter sein Entrée und glaubte, im Sturm, wie kürzlich bei den Kriegshandlungen in Erzurum, das Feld einnehmen zu können. Herein stürmte indess die aufgescheuchte Mutter, noch in Morgenmantel und Nachthaube und nahm ungnädig sein Verlangen entgegen. Wie ein geschlagener Krieger musste der ungestüme Bittsteller das Terrain verlassen.
Erst ein demütiger, mit Gewissenskonflikten gespickter, reuiger Brief, voll Beteuerungen, all seinen verwerflichen Leidenschaften und Neigungen würde er künftig entsagen, hätte er nur das innig geliebte Wesen an seiner Seite, konnte Frau Gontscharowa dazu bewegen, unter allerlei Bedingungen auf die unerbittliche Werbung einzugehen und dem eigenen unbedeutenden Namen einen gewissen Glanz zu verleihen:

ein Unbedenklichkeitszeugnis, vom Zaren garselbst, musste beschafft und die Vermögensverhältnisse klar dargelegt werden. Puschkin konnte schließlich vorweisen, dass sein Vater ihm einen Teil seines Landgutes Boldino zugesprochen hatte und sein literarischer Agent ihm vier Jahre lang für alles Niedergeschriebene eine Monatsrente von sechshundert Rubel in Aussicht stellte. Befriedigt versammelt sich die Familie um das vorgewiesene Stück Papier, und auch sie, Aleksandra, wähnte sich bereits in besseren finanziellen Verhältnissen.
Was sie alle freilich nicht wissen konnten: schon wenige Tage nach der Verlobung hatte der frisch gebackene Bräutigam 25 000 Rubel an einen berufsmäßigen Spieler verloren, die nun innerhalb von vier Jahren zurückzuzahlen waren und Puschkin alle Hebel in Bewegung setzen musste, um Geld zusammen zu kratzen, eine Tatsache, an die man sich freilich bald gewöhnen sollte.
Der blanke Neid der Schwestern war bald verflogen, als sie begriffen, dass in Nataljas Ehealltag nicht poetische Romantik Einzug hielt, sondern vielmehr täglicher Kleinkrieg um tägliche Ausgaben, um durch Spielschulden verschlungene Tantiemen. Der Kampf gegen einen sorglosen, unbedachten Menschen, der nur seiner Kunst lebte und längst die Realität aus dem Blick verloren hatte.
Wie sollte das gehen? Wusste Aleksandra doch, dass ihre Schwester zwar mit Schönheit, jedoch nicht gerade mit Hausverstand, Bodenständigkeit oder gar mit Sparsamkeit ausgezeichnet war. Ganz und gar

unbekümmert schwebte sie auf Wolken, geschmeichelt und geblendet durch die Berühmtheit ihres nunmehr Ehemannes, angehimmelt und, wie erhofft, auf Händen getragen vom bedeutendsten Literaten Russlands. Konnte sie denn überhaupt einschätzen, was es hieß, die „Puschkina“ zu sein, war sie nicht viel zu jung, zu ungebildet, zu naiv, spielte sie, eine ungeübte Dilettantin, nicht jetzt eine Rolle, die eine der älteren Schwestern viel besser hätte erfüllen können?

Nein, wieder und wieder stößt es Aleksandra bitter auf, Tascha hatte ihr Glück wahrlich nicht verdient, förmlich mit Füßen trat sie es aber, als sie doch diese unerträglich aufdringlichen Komplimente des französischen Offiziers nicht ein für allemal unterbinden wollte, ja, sie noch kokett befeuerte und augenscheinlich immer tiefer in eine kompromittierende Situation abglitt, die ganze Familie mit hinab zog in einen unerhörten Skandal.

War es denn möglich, dass sie diesem Galan westlicher Prägung tatsächlich verfallen war, ihm womöglich gar ernsthafte Gefühle entgegen brachte? Schon immer war sie ja ein Glückskind gewesen, schon immer geliebt und bewundert, der Zar selbst ließ seine Augen mit Wohlgefallen auf ihr ruhen. Und jetzt also ganz offensichtlich die Gunst gleich zweier Männer, eines legitimen, dessen sie ja bereits überdrüssig zu sein scheint und eines hartnäckigen, stürmischen Verehrers. Und was für einer! Eine Erscheinung, wie man sich einen Franzosen einfach vorzustellen hat: sein Äußeres, sein Charme, sein Witz, sein gesamtes Auftreten sind legendär bei Hof und bei den Damen, allesamt

schmachtend und neidisch, eifersüchtig auf Natalja und ihr sorgloses Betragen. Aus der Ferne nur kann Aleksandra das alles wehmütig und nachdenklich betrachten, wie immer hat die Schwester alles im Überfluss zur Hand, sie hingegen ging, wie gewohnt, leer aus. Keine Bewunderer , keine Anbeter, im Zentrum des Interesse stehen andere.
Da ist es schon eine nicht geringe Genugtuung und Balsam für ihre wunde Seele, dass Natalja nun Schluss endlich die bitteren Früchte ihres unbedachten Treibens zu ernten hat und sogar ein Duell ins Haus zu stehen scheint. Eindeutig war sie da zu weit gegangen – wie weit ist anscheinend niemandem so recht klar und soll auch ihr schmutziges Geheimnis bleiben, das nicht einmal Puschkin selbst sicher sein kann, zu lüften.
Für sie, Aleksandra, für die Keusche, die Jungfräuliche jedenfalls ein Fingerzeig Gottes. Aber ach, Gott scheint es mit der Tugend auch nicht so recht ernst zu nehmen: in der Person dieses dubiosen Niederländischen Botschafters knüpfte er doch im letzten Moment ein eheliches Band ausgerechnet mit ihrer zweiten Schwester, mit Ekaterina und dem begehrtesten Mann bei Hofe, unter dem Zuckerguss missverstandener Liebesbekundungen und lässt die Gans Natalja schließlich ungerupft.
So kommt also nun die dürre Koko ganz unverhofft in den Genuss des unwiderstehlichen Charmeurs und all der unzweifelhaften Freuden des Ehestandes mit ihm. So ungetrübt aber scheint die Lage nicht, noch immer tönt Aleksandra das Gekeife ihrer Mutter im Ohr und die ungewöhnliche Hektik rund um die anstehende

Eheschließung: war Ekaterina womöglich schon frühzeitig den Treueschwüren des Franzosen erlegen und in eine prekäre Situation geraten, die es nun zu vertuschen gilt? Ein vor unverhofftem Glück aufgescheuchtes, kopfloses Huhn, das den Hahn zu nahe hatte scharren lassen und nun im Begriffe ist, ein Ei fallen zu lassen. Was hatte sie da nur für zwei Miststücke großgezogen in ihrem streng religiös orientierten Haus, so schrillte Frau Gontscharowa durch die Gemächer, die eine lässt sich trotz ehelicher Bindung von einem windigen Schönling bezirzen, die andere von eben jenem gleich schwängern! Irgendeinem westlichen Diplomaten, selbst ein Skandalträger ersten Ranges, hat man es nun zu verdanken, dass eben noch rasch eine Blitzhochzeit organisiert werden kann. Ach, diese Ausländer, besser, man bliebe als Russen unter sich, obwohl, auch der Landsmann Puschkin.....

Die Älteste und eindeutig Tugendhafteste der dreien, Aleksandra, sollte nun also allein zurück bleiben. Was hatten ihr Moral, Gebet, jungfräuliche Sittsamkeit gebracht? Verurteilt zu Stickrahmen und Seufzern des Bedauerns, gezwängt in die Runde bester Freundinnen, die in giftigen Diskussionen ausgiebig ihren Eifersüchteleien und zweideutigen Spekulationen Tag für Tag freien Lauf lassen.

Da war es doch eindeutig die bessere Wahl, das dritte Miststück in der Familienrunde zu sein und den Annäherungen eines zumindest russischen Verführers freien Lauf zu lassen.

Was aber soll sie bloß jetzt anfangen, was bleibt ihr

denn, welcher grauen Zukunft muss sie ins trübe Auge blicken? Der Schwager wird sie achtlos wegwerfen, benutzt und nicht mehr zu gebrauchen, keinen halben Gedanken mehr wird er an sie verschwenden, übliche Praxis seines ausschweifenden Liebeslebens. Wie zufällig wird er wieder ins Bett seiner Natalja, untreu oder nicht, zurück kriechen, für ein paar Tage seiner wieder erwachten Aufmerksamkeit werden ihre Tränen versiegen und Aleksandra darf in ihrer Kammer abermals Ohrenzeugin eines sich immer wieder aufs Neue wiederholenden, unbekümmerten Liebesspieles werden. Gerade noch selbst in der Gastrolle der Begehrten, jetzt bereits in dem neuen, doch undankbaren Part der Eifersüchtigen und Verlassenen.
Jede Möglichkeit einer Ehe scheint für sie in weiterer Ferne denn je, vielleicht gar für immer verbaut , wenn auch eines unsterblichen Dichtergenies wegen, was für ein Trost!
Wie im Nebel erkennt sie den für sie noch einzig gangbaren Weg, das Schicksal einer Frejlina, eine der unzähligen höheren oder niederen Zofen der ungeliebten Zariza. Und wieder der Hof, dieser stinkende Sumpf, der so vielen schon nicht bekam, man denke nur an ihre Schwester, man denke nur an Puschkin selbst. Dieser fruchtbare Nährboden jeglicher widerwärtigen Gerüchte, hässlichen Klatsches von allen Seiten:
„Ach, sieh an, die arme Verwandte des Dichters, hat es zu nichts gebracht, außer vielleicht zu ein paar verschwitzten Nächten mit eben dem selben, aus Versehen so zu sagen, der ist sich ja, wie man weiß,

dies bezüglich für nichts zu schade!"
Und sticken wird sie, Handreichungen machen, festliche Roben zurecht legen, die Zariza aus ihren Kleidern schälen, das hoheitliche Bett aufdecken, in das sich der Zar auch schon längst nicht mehr verirrt und immer wieder knicksen und lächeln und knicksen und lächeln mit demütig gesenktem Kopf, in Bescheidenheit und ewiger Dankbarkeit.
Die Zukunft zerfließt Aleksandra in den Augen, bahnt sich den Weg auf den längst schon aufgeweichten Kopfpolster, einziger Freund in hoffnungslosen Nächten und wieder einmal weint sie sich in den Schlaf.
Ein paar Meter weiter, im kalten Ehebett sucht auch Natalja einsam den Schlaf unter Tränen. Es werden ihre letzten wohl nicht sein.

22 DER BRIEF

Wütend wirft der Herr Baron die Tür hinter sich zu . Hat er das nötig, muss er, Diplomat höchsten Ranges, sich das bieten lassen?
Hinausgeworfen hat man ihn, fast die Stufen hinunter geprügelt wie einen Straßenköter, der sich heimlich Futter aus der Küche beschaffen wollte. Beide Beine hätte er sich brechen können, wäre er nicht, trotz seiner Jahre, biegsam und geschmeidig, und das in jeder Weise.
Nicht einmal in den Salon dieses feinen Hauses hat er es geschafft, schon an der Treppe hat ihn der tollwütige Hausherr abgefangen und blindwütig Streit vom Zaun gebrochen, erbost wahrscheinlich auch, in seinen absonderlichen Haushalt womöglich Einblick gewähren zu lassen. Weiß Gott, in welch pikanter Situation man ihn angetroffen hätte, Puschkin ist für jeden Skandal gut. Was blieb also anderes übrig, als die Equipage wieder nach Hause an den Newski Prospekt zu dirigieren, völlig unverrichteter Dinge, hehre Intentionen, die sich nun in Luft aufgelöst haben.
Langsam jedoch macht sein Zorn nagendem Kummer Platz: was soll nun werden, einrenken wollte er doch bloß die verfahrene Situation, praktisch unter Verwandten, wo doch sein Georges nun diese Ekaterina geheiratet hat und damit, zähneknirschend zwar, aber doch den Beweis erbringt, dass er an Puschkins Frau nicht das geringste Interesse hatte,

sondern es die, zugegeben nicht ganz so attraktive Schwester ist, der sein Herz eigentlich gehört - all diese Irrungen und Wirrungen der Jugend, man kennt das ja! Diese geniale Eingebung hat Heeckeren, Meister von Lug und Trug, nonchalant aus dem eleganten Ärmel gezaubert. Hopp - et voilà!

Welch unendliche Mühe hat es ihn doch gekostet, diesen seinen Plan bei Georges durchzusetzen und ihm klar zu machen, dass ein Duell sonst unvermeidlich wäre! Selbst der Zar fand die Idee äußerst brauchbar und zeigte sich erleichtert und froh, solch guten und verlässlichen Komplizen wie ihn an der Seite zu haben. Diese Meriten könnten sich für ihn in Zukunft durchaus als vorteilhaft erweisen, ist Heeckeren doch gerne bereit, auf der Karriereleiter noch einige Stufen nach oben zu nehmen, Glück oder Unglück anderer sollten ihm da nicht großes Kopfzerbrechen bereiten.

Anders verhält es sich allerdings mit dem lieben Georges, von dem er freilich mehr Einsicht und vor allem auch mehr Dankbarkeit erwartet hätte.

Fast könnte er es bereuen, für diesen Jüngling alles getan zu haben! War er doch da über sich hinausgewachsen war, gerade er, dem solch Übermaß an Nächstenliebe bislang fremd gewesen. Eine große Zukunft wollte er dem jungen Mann bereiten, vornehmlich eine gemeinsame, bis zur Adoption hat er sich hinreißen lassen. Doch mehr und mehr unbegeistert und nachlässig nimmt Georges die Vergünstigungen zur Kenntnis, selbstverständlich ist ihm die alljährliche, wahrlich nicht unerhebliche Zuwendung, selbstverständlich die unermüdlichen

Bemühungen des Barons, ihm alle Wege zu ebnen , ihn bei Hof comme il faut zu machen. Dort allerdings hat sich das Bürschchen als allzu begabt bewiesen und , wie so oft, auch hier über das Ziel geschossen. Begehrter Mittelpunkt der Damenwelt ist er geworden, weit mehr als nötig gewesen wäre, um von der ohnehin leider so offensichtlichen Liaison mit dem Adoptivvater abzulenken. Und mit der Puschkina hat er es schlussendlich völlig übertrieben.

Nun muss er eben sehen, wie er mit der unscheinbaren Ekaterina zurecht kommt, die er sich gleichsam selbst eingebrockt hat, obwohl der Herr Baron natürlich, wie stets, seine diplomatischen Spinnenfinger im Spiel hatte. Gott Lob gibt es bei dieser üblen Intrige wenigstens einen kühlen, genialen Kopf, den des Zaren natürlich nicht mitgerechnet, der hier freilich der eigentliche Spielmacher ist.

Georges denkt da anders, wenn er überhaupt denkt, jammert gegen sein Schicksal an und sieht nicht die väterliche Sorge, die ihn in diese Unannehmlichkeit zwingt, in einen Käfig zwar, aber immerhin in einen goldenen.

Ohnehin lässt er sich sonst nichts vorschreiben, nicht einmal seinen Dienst kann er anständig versehen. Täglich führt er bittere Klage über irgendwelche Manöver, nicht einmal das Wetter kann es ihm recht machen, einmal sei es zu kalt für Übungen, dann zum Ersticken heiß, alles aufs Äußerste abträglich seiner zarten Konstitution. Dann wieder kassiert er zusätzliche Wachschichten für seine Nachlässigkeiten, die ihn auch hindern, Zeit zu Hause mit seinem zärtlichen Vater zu

verbringen. Schon ganze vierundzwanzig Mal war er gerügt worden, wegen Zuspätkommens, unentschuldigter Abwesenheit, mangelnder Disziplin. Er schert sich nicht um Regeln, nicht um militärische Gepflogenheiten, schon gar nicht um die russischen.
Als Ausländer betrachtet er sich wohl nur mäßig in der Pflicht, zündet sich, beispiellose Frechheit, noch vor Ende einer Übung oder Parade seelenruhig seine Zigarre an, verlässt voreilig in einer Kutsche den Exerzierplatz noch vor den ranghohen Offizieren und war, Gipfel der Dreistigkeit, gar im Schlafrock zu einer Freiübung erschienen, den Soldatenumhang theatralisch über die Schultern geworfen.
Den Kameraden, geknebelt durch die martialischen Grundsätze zaristischen Militärs, imponiert freilich diese zur Schau getragene Lässigkeit, die als liebenswerte Pariser Nonchalance interpretiert wird, in Frankreich selbst jedenfalls kein Pardon erfahren würde.
Dass all diese Eskapaden keine allzu bösen Konsequenzen nach sich ziehen verdankt er bloß dem neu erworbenen Titel „Baron d'Anthès van Heeckeren“ und der schützenden diplomatischen Hand, die gleichsam immer über ihm ist. Sie war es von Anfang an gewesen, schon damals, in diesem abgewirtschafteten deutschen Gasthof, in den es den Botschafter wegen eines Achsenbruchs verschlagen hatte und wo er einen heftig fiebernden Jüngling vorfand, dem Tode schon so nah und doch so schön, zukünftiger Schatz seiner alten Tage. Mit Vergnügen gedenkt er oft noch der ausgedehnten Spaziergänge mit dem Rekonvaleszenten in dem romantischen

deutschen Wäldchen, der vielen Gespräche, der zarten, immer heftiger werdenden Gefühle, der schließlich gefundenen glücklichen Übereinkunft.
Ein Leichtes war es dann, ihn dem leichtgläubigen, beschränkten Vater abzuluchsen und Georges, kostbare Beute, zu sich nach Sankt Petersburg zu nehmen.
Seiner Sorge bedarf er ohnehin noch, jetzt und in Zukunft, die Lungenschwäche sollte ihn nicht mehr verlassen und stetige Angst um die Gesundheit seines Schützling begleitet fürderhin den Alltag des Barons. Hat doch erst jüngst die letzte Grippewelle seinen Schützling wieder heftig gepackt und gesellschaftlichen Verpflichtungen entzogen.
Freilich, auf dem glatten Parkett der Petersburger Gesellschaft machte Georges bald wieder exzellente Figur, sein hinreißendes Äußeres gefällt eben nicht nur einem holländischen Diplomaten, die Damen der besten Gesellschaft um- ja bedrängen ihn täglich. Und welche Herren gar ebenfalls ein interessiertes Auge auf sein Bübchen geworfen haben ist freilich nicht ganz so leicht ersichtlich. Bei all diesem Treiben fühlt sich der Baron allmählich zu kurz gekommen , zu wenig beachtet, ohne die angemessene Gegenliebe für seine tiefen Gefühle. Vergessen wähnt er sich, angesichts dieser Fülle an Erfolgen seines Lieblings, angesichts dieser andauernden Entourage wunderschöner Menschen, immer und überall an diesem liederlichen Hofe.
Gerade darum auch fühlt er sich um vieles gealtert jetzt, unattraktiver denn je, sein Äußeres vermag er jedoch nicht zu ändern, seine Gefühle leider auch nicht.
Und nun also noch die leidige Sache mit diesem Duell,

geboren aus Unverstand, Leidenschaftlichkeit und Sturheit: Puschkin als Gegner, schießwütiger Choleriker, bekannt als zielsicher und mit ruhiger Hand, allemal kein Spaß!

Nun, nach Heeckerens schlauem Schachzug wird er doch wohl reumütig zu seiner kleinen Natalja zurückkriechen und ihr weitere Kinder machen, um sie immer mehr dem Hof zu entziehen, stets aber im Zweifel, welcher Galan wohl wann, wo und wie ihr vielleicht doch einmal zu nahe gekommen ist. Bei dieser Vorstellung muss der Herr Baron, jetzt bereits von allen Zweifeln frei, grinsen, ist es ja gar nicht von Nöten, bösartige Gerüchte unter die Menge zu bringen, wie man es ihm so gerne nachsagt, manch prekäre Situation ergibt sich ganz von selbst, er kann sich sein Gift für anderes sparen!

Gemütlich, wie zum Lohne, möchte er sich nun eine Zigarre gönnen – ein Klopfen hält ihn ab. Sich höflich verbeugend und dienstbeflissen reicht die adrett behandschuhte Hand eines Lakaien ihm ein Papier. Ein Brief ist es, nichts Diplomatisches, keine Einladung zu irgend einem Schnickschnack, etwas Privates verbirgt sich da im Kuvert. Viel Freunde hat er nicht, der Herr Baron, wer wohl belästigt ihn hier mit Bettelei oder sonst irgendeiner Bittschrift?

Ungeduldig entfaltet er das Blatt, diese Schrift in energischer Schräglage kommt ihm verdächtig bekannt vor, noch bevor er die erste Zeile völlig entziffert, ist es ihm klar, wer ihn da kontaktiert.

Tief beugt er sich über das Schreiben, sein schmales Gesicht gewinnt mit jedem Moment mehr und mehr an

Länge, verliert gänzlich an Farbe. Was steht da, eilends hingeschmiert?

„Anonyme Briefe....Ihr Sohn, eine lächerliche Figur.....gemeine Feigheit.....Baron als Kuppler Ihres Herrn Sohnes....Ihres vorgeblichen Bastards......... syphilitisch...........Sie........liederliche.......... alte Vettel..... ......schändliches Betragen Ihrerseits..............werde diesem Ränkespiel ein Ende machen........

Ihr ergebenster Diener

Aleksandr Puschkin.

Der Baron ringt nach Atem. Auch die ansonsten so elegante französische Sprache vermag diese unsäglichen Zeilen nicht erträglicher zu machen. Was soll ihm dieser Fetzen Papier, was soll ihm dieser Puschkin? Warum bloß ist sein unglückseliger Urgroßvater nicht in Abessinien auf irgendeinem Baum hocken geblieben, warum in aller Welt musste Peter der Große diesen eingefangenen Schwarzen mit dem lachhaften Namen Ibrahim Hannibal auch gleich adoptieren, gar in den Adelsstand erheben? Das hat man nun von der russischen Großmut, die sich selbst die faulsten Eier legt. Vieles wäre einem, vor allem aber ihm und seinem Georges erspart geblieben! So etwas hätte in der zivilisierten Heimat des Barons nicht passieren können, die Niederländer hätten den wilden Urahn schlicht zum Frondienst abkommandiert und er hätte zu Lebzeiten sein Maul halten müssen, das Maul, das nun sein ungeratener Urenkel ungebührlich weit aufreißt, wohl wissend, durch die unerhörte Adoption des Ahnen nun gleichsam als Spross von Zar Peter gelten zu können.

Die Sonne hiesiger Poesie! Da wird dem unscheinbaren

Russen wohl doch etwas zu viel der Ehre erwiesen, mit ein paar Versen erglimmt man noch lange keine Gipfel des Ruhms, wie jener das wohl in seinem Größenwahn gerne zu glauben bereit ist!
Der Baron schäumt, doch ruhig Blut ist nun gefragt, ein kühler Diplomatenkopf, in dem es nun , wie in einem Uhrwerk, verzweifelt zu ticken beginnt.
Die Zeit läuft, wie diesem rasenden Othello nun begegnen? Einen solchen Affront kann sich ein van Heeckeren samt Sohn nicht bieten lassen. Aber welche Antwort braucht es da? Unmöglich kann er sich auf das Niveau dieses Schmieranten herablassen, unmöglich, auf diese Beleidigungen eingehen.
Zum ersten Mal in seinem Leben ist der Botschafter ratlos, ja hilflos – worauf hat er sich da bloß eingelassen, die Sache, obwohl so brillant von ihm eingefädelt, ist nun doch völlig aus dem Ruder gelaufen. Freilich ist das hitzige afrikanische Temperament kaum im Vorhinein einschätzbar und mit Negermanieren hatte man Gott Lob bislang noch nichts zu schaffen. Aber jetzt, jetzt gilt es zu handeln, viele Möglichkeiten bieten sich nicht, im Grunde bleibt nur die eine, genau die, die er so peinlich zu vermeiden suchte: das Duell, diesmal nicht von Puschkin gefordert, sondern von Seiten der beiden Heeckerens.
Entsetzen steigt in ihm auf, denn nicht er, gebunden an den Diplomatischen Dienst, wird den Gegner fordern müssen, sondern sein geliebter Georges wird das Schlachtfeld betreten. Gott weiß, ob und wie er es verlassen wird. Bitter muss er erkennen, dass dies wohl der Plan des schießwütigen Russen ist, der seine

infamen Beleidigungen in Briefform nur als Vorboten treffsicherer Pistolenkugeln abgefeuert hat.
Welche Aussichten drohen denn nun dem Sohn:
Tod, Verwundung und Gefängnis hernach. Ersteres unvorstellbar, Letzteres Schmach und frühes Ende einer glänzenden Laufbahn.
Der Boden scheint dem Baron unter den Füßen weg zu brechen, er ist mit seinen Ränken am Ende, er hat ein Spiel verloren, ein anderes tut sich nicht auf. Allein in den Händen von Georges liegt es nun, nicht auch noch ein Duell zu verlieren.
Der aber wird ja nun , sollte er, gäbe es Gott, überleben, wohl endgültig von seinen diffusen Gefühlen zu diesem Provokateur Abstand nehmen, zu dem Einzigen, der dem reizenden Georges widersteht, ihn partout brüskiert wo er nur kann. Doch vielleicht ist es ja gerade diese Verweigerung, die der sonst so Erfolgsverwöhnten für anziehend empfindet! Nur nicht um Liebe betteln, das sollte fürderhin auch das Rezept für ihn selbst, den alten Narren, sein!!
Welch ein pikantes Histörchen könnte doch da Eingang in die Geschichte finden: verliebter Offizier von Adelsrang wird von seinem Angebeteten im Duell erschossen, natürlich unter dem Deckmantel einer der üblichen Liebeshändel mit einer nicht genannten Dame. Freilich käme diese Geschichte auch seinem eigenen Namen und Titel nicht zu gute, das hieße für den Diplomaten, die Karriereleiter nach unten zu purzeln.
Ach, wer weiß, vielleicht bräuchte es ja tatsächlich eines Tages diesen Deckmantel gar nicht mehr, vielleicht wären dereinst die heute verbotenen Liaisonen gar

nicht mehr skandalös und das elende Versteckspiel, wie es Heeckeren nur zu gut kennt, hätte ein Ende! Ein Ende hätte es vielleicht auch gar mit den Duellen? Beides unwahrscheinlich, nichts als Traumgespinste!
Jetzt schiebt der Baron alle überflüssigen, quälenden Gedanken von sich. Georges muss überleben, muss dann aber auch endgültig erkennen, wer ihm wahre Gefühle entgegenbringt, wer ihn auf immer liebt. Auch das wahrscheinlich Traumgespinst!
Bekümmert sucht er nach Papier und Federkiel. Er weiß, er schreibt nun den alles entscheidenden Brief, die Schicksalszeilen, er gibt der unseligen Intrige heute die letzte Wendung. Das macht es ihm nun eben nicht leichter. Er fordert Satisfaktion im Namen seines Sohnes, die übliche Dummheit in den üblichen dummen Situationen.
Nicht verkneifen kann er sich, am Ende noch Giftiges hinzuzufügen:
„Danach, mein Herr, will ich Sie lehren, dem Amt, das ich bekleide und das keiner Ihrer Schritte gefährden könnte, die ihm gebührende Achtung zu erweisen."
Er klingelt nach dem Lakai, übergibt das Schreiben.
Die Räder setzen sich unaufhaltsam in Bewegung.

23 GESPENSTER

Das Licht ist diffus, nicht Sonne, nicht Mond, schon kann er sein Haus erkennen.

Die Kutsche will nicht so recht voran kommen, eine alte, schäbige Droschke, er kann sich nicht erinnert, je in einem solch abgewirtschafteten Gefährt gesessen zu sein, es ist zum Schämen. Die klapprigen Rösser ziehen und ziehen, sie kommen nicht vom Fleck – da – ein Ruck, eine Achse bricht, er fühlt, wie alles sich zur Seite neigt, auch sein Kutschbock, denn der Kutscher, der ist er ja selbst!

Da er verwundert nach hinten blickt, bemerkt er, dass er eine enorme Ladung mit sich führt, die nun unaufhaltsam abrutscht in den Schnee. Nachtgeschirre sind es, eingesammelt vor den Haustüren der Stadt, die nun ungeniert ihren Inhalt auf die Straße entleeren, genau vor seinem Haus, eine einzige braune Kloake ergießt sich vor dem Tor, der Gestank ist unerträglich.

Er springt in den aufspritzenden Kot, sinkt ein bis zu den Knien, watet zum Tor, zieht sich am Türöffner hoch, tritt in den Flur mit letzter Kraft.

Seine Stiefel hinterlassen eklige Spuren auf dem Boden, er tappt die Treppe hinauf. Es stinkt, überall im Haus stinkt es - er ist es, der diese Pestilenz weiterträgt. Wohin nur könnte er sich retten?

Er stößt irgendeine Tür auf, was ist wohl dahinter? Ach, es ist Dolly, vom Eisbärenfell winkt sie ihn heran – oder ist es ihre Mutter? Sie ist nackt, lachend schüttet sie ihm

Parfum ins Gesicht, einen Duft, der ihm doch erst kürzlich begegnet ist......Im Kamin ist Feuer, es droht ihn zu versengen, oder ist es Dollys heißer Körper? Er will sie umfangen, spürt schon ihre weiche Haut an der seinen, da deutet sie zur Tür: jemand schleicht im Nebenzimmer herum, ihr Mann?
Nein, er selbst ist es ja, drückt sich an den Wänden entlang – da, wieder eine Tür, aber sie ist verschlossen. Dahinter ein Flüstern, ein Lachen, ein Stöhnen jetzt, er beginnt wild an der Klinke zu rütteln, da kann er mit einem Mal eintreten und sieht das Bett und sieht Natalja, seine Tascha. Aber sie ist nicht allein, eben wälzt sich ein starker Körper auf sie, doch der Mann hält bald inne:" Bien venu, Aleksandr!" - das ist doch die Stimme Nikolajs! Jetzt wenden beide sich ihm zu, sie lächeln verzückt und Nikolaj, ein nackter, aber eleganter Reiter, dem Ehernen gleich, verherrlicht in seinem Gedicht, macht mit höflicher Geste ihm Platz.
„Steig auf, Aleksandr, steig auf"!
Taschas Haut ist feucht, überall, samtig wie Pfirsiche ihre Brüste, er packt zu -
„C' est pour ma légitime!" Sie öffnet den Puppenmund „Wir haben kein Geld im Haus", seine Erregung steigt, er könnte noch zahllose Kinder zeugen, mit ihr oder mit anderen, die Namen sind ihm entfallen, gleich morgen wird er in seiner Liste Nachschau halten. Jetzt schlingt sie die Beine um ihn „warte, warte", ihr Atem an seinem Ohr, er blickt in die halbgeöffneten Augen, tief blau, veilchenblau, so muss das Meer sein, er könnte in ihnen versinken – aber nein, das sind ja die Augen von Georges, was stöhnt er da, was will er ihm sagen,

immer lauter, immer heftiger.....
Schweißgebadet wacht er auf, in durchnässten Laken, im zerwühlten Bett. So erschöpft, so allein wie noch nie.
Der Sturm rüttelt an den vom Raureif verschleierten Fenstern, er möchte herein, der Einzige, der ihn besuchen will.
Langsam sickert die Realität in die Dämmrigkeit des Zimmers. Nein, er muss nicht warten, auf niemanden, nicht auf Dolly, nicht auf Eliza, Anna, Aleksandra, auf keine von all den anderen, und schon gar nicht auf Natalja.
Da ist aber einer, der ihn erwartet, im tiefen Schnee, draußen am Schwarzen Flüsschen.
Der soll nicht enttäuscht werden!

24 BEIM PFANDLEIHER

Dumpf ist es hier und übel riechend.
Aufdringliche Düfte schlecht gelüfteter Kleidung, schmuddeliger Teppiche, nachlässig gepflegten Hausrats und Arme-Leute-Essens vereinen sich zu einem unerfreulichen Potpourri.
Kein Fleckchen Wand ist zu sehen, gnädig werden die Schimmelflecken des Gemäuers von Gerätschaften, Möbeln, halb blinden Spiegeln, uraltem Spielzeug, Standuhren, vergilbten Gemälden und Ähnlichem verstellt. Mancher Orts lässt sich noch ein Fetzen staubiger Tapete entdecken hinter dem es verdächtig raschelt, Wanze und Laus haben sich hier gemütlich eingerichtet.
Ein Friedhof menschlicher Habseligkeiten erschließt sich nach und nach dem Auge, auf engstem Raum drängen sich hier, vom Plafond baumelnd , Ballkleider, die ihren ehemaligen Glanz längst eingebüßt haben, Fräcke mit schon etwas speckigem Revers, Mäntel und Paletots, die bereits vielen Wetterlagen getrotzt haben, Pelze aller Art, bevorzugtes Heim von Motten und anderen Flügeltieren, das aber auch gerne zu den unzähligen Schals wechselt, vor allem, wenn diese aus schönem Kaschmir oder anderen kostbaren Materialien gewebt sind.
Hoch gestapelt an der Wand türmt sich Porzellan, von der prunkvollen Suppenvitrine bis zum einfachen Teetässchen, große und kleine Samoware, Silber-

bestecke mit und ohne Gravur und auch manch vergoldetes Stück. Fein ziselierte Kerzenleuchter, deren Wachsspuren noch von vergangenen Festen zeugen, von manch intimen galanten Abenteuer vielleicht.
Daneben perlenbestickte Beutelchen, Täschchen aus feinstem Petit Point, die noch ein leises Parfum als letzten Abschiedsgruß in den Raum schicken, ganz à la Francaise, reich verzierte Fächer und feine, sichtlich abgewetzte Damenhandschuhe. Hochmütig thronen auf Regalen Zylinder, Pelzmützen und auch in die Jahre gekommene Dreispitze, Überbleibsel einer anderen Modeepoche. Sogar ein ausgestopftes Hermelin, einäugig allerdings, hat sich hier her verirrt, bösartig blickt es mit dem verbliebenen Glasauge auf die Szenerie, auf dass auch ja nichts abhanden komme.
Vor allem nicht von dem wackeligen Tisch, aufgebaut in der Mitte der Räumlichkeit, denn dort lagert, dicht gedrängt, der Schatz der Schätze, geschaffen dafür, dass einem die Augen übergehen möge: die stolze Schmucksammlung, im Zweifelsfall immer echte Preziosen: ein Haufen Broschen, Anstecknadeln, Perlenketten, Ohrgehänge, Bracelets französischer, orientalischer oder russischer Provenienz, Ringe mit weiß Gott welchen Steinen, gestohlen oder nicht, alle Varianten mehr oder weniger teuren Plunders, einst Objekte höchster Begehrlichkeit, nun in dieser muffigen Atmosphäre gelandet, mit ungewisser Zukunft.
Allen gemeinsam ist ihnen dieses, ihr trauriges Schicksal: einst vielleicht Prunkstück und Stolz vornehmer Besitzer, dann aber, ganz plötzlich leichten, meist aber schweren Herzens abgegeben, verlassen,

einfach liegengelassen in solch unpassendem, ja beleidigendem Ambiente. Freilich nicht ohne Gegenleistung: Geld wanderte für sie alle über den Ladentisch, oft genug beleidigend niedrige Summen für die einst oft so begehrten Stücke, nun bloße Mittel für Profit und letzte Rettung für diejenigen, die sie einstmals teuer erworben und wertgeschätzt hatten. Und wie oft wurde die Hoffnung, doch wieder zurück geholt zu werden ins alte Leben, in die gewohnte Umgebung, enttäuscht.
Vergessen hängen und liegen sie da nun herum, Zeichen längst vergangener, oftmals besserer Zeiten, die nicht und nicht wiederkehren wollen, lieblos sortiert und aufgelistet, nur manchmal wieder hervorgeholt. Beäugt dann von einem potenziellen neuen Besitzer, der schließlich meist doch nur Verachtung zeigt, sie nicht gut genug befindet für heutige Ansprüche, zu alt, zu abgenutzt, zu unmodern oder schlicht zu teuer für die geringen Geldbeutel all derjenigen, die sich hier her verirren.
Nur bisweilen findet ein Stück, erweckt aus seinem Dornröschenschlaf, wieder den Weg hinaus, gut möglich aber, dass es dennoch bald ein Wiedersehen gibt mit den Zurückgebliebenen.
Da taucht plötzlich aus all der Herrlichkeit, mitten zwischen den Pelzen, ein kahler Kopf hervor, getragen auf einem gebückten Rumpf. Eine empörte Mottenschar entweicht dem Fuchskragen, den er eben gestreift hat, um sich auf die restliche Fellware zu verteilen.
Lev Abramowitsch, seinem Laden angemessen, weil nachlässig gekleidet, bahnt sich den Weg durch seine Besitztümer und nimmt ächzend auf einem ehemals

noblen, nun aber ebenfalls ächzenden Gobelin-Sessel Platz. Aus einer eisernen kleinen Kassa holt er die Einnahmen der vergangenen Tage und listet ein Bündel Schuldscheine auf, die alsbald ihr Ablaufdatum erreichen werden wie er hinter seinem Kneifer erkennen kann. Endgültig, denn mehr als zweimal wird nicht verlängert, auch er muss schließlich von etwas leben und schwer genug ist es, neue Käufer zu finden, die Ware bleibt immer länger liegen, verrottet zusehends und bringt dann kaum mehr als ein paar Kopeken ein.
Da heißt es schon bei der Übernahme scharf kalkulieren, den Wert mit geübtem Auge einschätzen und eine, oft absolut unangemessene, weil bei weitem zu geringe Summe anzubieten. Kein Gezeter, keine Empörung kann dann dem Kunden helfen, letztlich willigt der dann doch zähneknirschend ein, Not und Bedrängnis sind zu groß, oft auch die Scham und der Wunsch, nur rasch diesem Ort der Schande, hoffentlich unerkannt, zu entfliehen, Schuldschein und ein wenig Geld in der Tasche. Die Hoffnung, das versetzte Stück ja doch bald wieder auslösen zu können, hält die meisten aufrecht, ständiger Selbstbetrug wider oftmalige, bessere Erfahrung.
Wucherer schimpft man ihn, Halsabschneider, das alles ist Lev längst gewohnt. Schließlich hatte man seiner Familie schon seit Generationen in diesem Land Gelegenheit geboten, sich an Beleidigungen dieser Art und an noch Schlimmeres zu gewöhnen. Nur still muss er halten und froh sein, als Jude überhaupt in Sankt Petersburg wohnhaft bleiben zu können, zumal der gute Zar Nikolaj sich daran machte, die jüdische Bevölkerung

in „nützlich“ und „unnütz“ einzuteilen. Wohin sich selbst zu zählen, das vermag er nicht einzuschätzen, Beurteilungen hat er der Staatsmacht zu überlassen.
Doch erstaunlich ist es schon, was für eine Klientel er da hat: die vielen hoch löblichen Haushalte, die sich aus irgendeinem Grund von mehr oder weniger Wertvollem trennen müssen, diese verarmten Adeligen, die sich nur schwerlich aufraffen können, die letzten Überbleibsel einstigen Prestiges zu dem verhassten Juden zu schleppen, oder die heimlichen Säufer und Spieler, die ihre Familien ausplündern und gnadenlos alles bewegliche Gut verpfänden.
Diskretion hat er sich angewöhnt, Fragen werden keine gestellt, die traurige Schicksale bleiben ihm meist verborgen, er möchte sie auch gar nicht kennen, zu viel Tragisches käme da zu Tage. Geld wandert von einer Hand in die andere, Scheine werden ausgestellt, oft genug verlängert bis zum endgültigen Verfall.
Dann ist es an ihm, die Hinterlassenschaft möglichst profitabel an den Mann zu bringen, an andere, etwas weniger arme Teufel, die sich neue Ware nicht leisten können und doch dringend auf der Suche sind.
Für heute ist Lev zufrieden, seine Kassa stimmt, viel braucht er ja nicht zum Leben, jedenfalls weiß er besser zu haushalten mit seinem Geld als viele seiner Kunden.
Einige Uhren schlagen, ein mehrstimmiges Ding-Dong in verschiedensten Tonlagen, gemächliches Durcheinander, das darauf hinweist, dass es schon Abend ist.
Da meldet sich ein später Gast, es klopft an der Tür und Lev, in froher Erwartung eines letzten Geschäfts, schlurft zum Eingang seines reichen Depots, hat er doch stets

ein offenes Ohr und vor allem eine offene Hand für Rubelchen. Eine besorgte Mäusemutter fiept entsetzt, sie hat sich mit viel Mühe mit ihrer Familie in einer gefütterten Galosche eingerichtet und da weht auch schon eisiger Wind herein. Draußen ein Herr, den Lev nicht zum ersten Mal sieht „Ah, Monsieur Puschkin, quel honneur!“ verbeugt er sich tief und schon ist der Dichter hereingeschlüpft, schüttelt den Schnee ab und breitet hastig auf dem letzten freien Fleck des Tisches einen Haufen Silber aus, diskret in ein Tuch eingeschlagen.
Lev wackelt mit dem Kopf, schon wieder Tafelsilber, davon hat er schon eine Menge, das mindert natürlich den Preis, nein, allzu viel kann er nicht dafür geben, jedenfalls nicht die Summe, die sich Monsieur vorgestellt hat. Ja, ja, beschwört ihn der Dichter, es ist aber diesmal, wie immer übrigens, dringend, Wichtiges steht ins Haus, sehen Sie doch nur, die Qualität, etwas ganz Besonderes! Wie ein Marktweib beginnt dieser Puschkin zu feilschen, kommt kaum einen Schritt weiter, streift aber dann doch schließlich das dargebotene Geld ein, vergisst fast seinen Schuldschein und flüchtet wieder hinaus in den feindlichen Abend.
Der Pfandleiher wundert sich immer wieder über diesen feinen Stammkunden: solch berühmter, erfolgreicher Dichter, wie es scheint und doch so oft in finanzieller Bredouille, das kann Lev gar nicht verstehen. Erst neulich war es ein Kaschmirschal mit Fransen, kaum getragen, pompöse Kleider, augenscheinlich aus dem Bestand seiner Frau, alles Dinge, die stets vergeblich ihrer Auslösung harren. Bleibt zu hoffen, dass Frau Puschkina wenigstens informiert ist über die Trans-

aktionen ihres Mannes!
Ein dicker roter Kater hat inzwischen sein sicheres Versteck unter einer Kosakenmütze verlassen und macht sich an der Galosche zu schaffen, in Hoffnung auf ein schmackhaftes Mahl. Ja, so ist es, liebe Maus, stets auf der Hut sein ist die Parole, Räuber und Mörder sind immer und überall unterwegs!
Draußen kämpft Puschkin sich durch den Schnee, wieder hat er zu wenig bekommen, wieder hat ihn der alte Geizkragen übers Ohr gehauen. Doch was tut es, die silbernen Erbstücke wird er nicht mehr brauchen, die beiden Pistolen, die er aus dem Erlös gerade noch bezahlen wird können, hingegen schon!

25 ERINNERUNGEN

Fassungslos betrachtet Danzas des Gesicht des Freundes, einige Wochen zuvor doch erst gesehen und jetzt so verändert, so fremd. Wie sehr er ihn auch anstarren mag, es gelingt ihm kaum, die vertrauten Züge zu erkennen. Wo ist er bloß geblieben, der lustige, aufgeweckte, zu jedem Streich bereite Aleksandr Sergejewitsch, Lyzeumsgefährte der frühen Jahre, Wegbegleiter und inzwischen hoch gerühmter Poet? Wo ist er hin, der pausbäckige , schwärmerische Knabe, der Schelm, der Schwätzer, liebenswerter Strolch, dem alles möglich schien, vor allem aber, die Welt mit seiner literarischen Begabung zu erobern?
Vor sich hat Konstantin Karlowitsch einen Gebrochenen, das einst so ansprechende Antlitz verbittert, die schönen, vollen Lippen verkniffen, das Auge trüb und todtraurig, am Ende angelangt, der ganze Mensch einzig noch belebt durch Hass und Vergeltungswahn, Gift und Galle spuckend, rasend gegen sich selbst und die Welt.
Mein Gott, was kann, was muss er ihm jetzt sagen, da er ausgerechnet ihn, Konstantin, zu seinem Sekundanten erwählt hat, wohl auch in Ermangelung anderer, die sich zur Assistenz dieses Wahnsinns nicht hergeben, nicht auch noch im Gefängnis landen wollten für den erwiesenen, zweifelhaften Dienst.
Freilich, längst nicht ist es Aleksandrs erstes und einziges Duell, doch die Umstände heute besonders

bedrohlich, der Anlass Ausgeburt eines nicht mehr klaren Gehirns. Nicht aus dem Sinn will ihm die ernsthafte Bemerkung des jungen Sollogub, verzweifelt bemühter Vermittler zwischen den Fronten, dass der Freund ohne Zweifel als kranker Mann zu betrachten sei. Ohnehin war es ihm schon längere Zeit peinlich, in Aleksandrs Gesellschaft zu verweilen, der, Darsteller seiner eigenen Karikatur, immer öfter in der Öffentlichkeit furchterregende Zornesgrimassen zum Besten gibt, höhnisches Grinsen zur Schau stellt und gar mit den Zähnen bleckt, nicht unähnlich einem zu Tode gehetzten Tier.
Vorsicht ist also geboten, jedes Wort abzuwägen, wenn er vielleicht doch noch etwas zurecht biegen und das Äußerste vermeiden will. Vorsicht mit diesem leidenschaftlichen, hitzköpfigen Burschen, all zu schnell bereit, seiner ungestümen Natur nachzugeben.
Genau wie damals schon in Zarskoje Selo, im Lyzeum, dieser Eliteschule, Bildungsanstalt künftiger hoher Staatsbeamter, die sie, beide junge russische Edelleute, besuchen durften, eine ganz unglaubliche Chance für die Landjunker nach der Farce des privaten Bildungssystems zu Hause.
Mühsam kramt Danzas in seinen Erinnerungen, jedes Mittel ist recht:
„Viel haben Sie seitdem ja nicht dazu gelernt, Aleksandr Sergejewitsch“ versucht Konstantin also zu scherzen, „erinnern Sie sich noch an die allgemeinen Beurteilungen unserer Lehrer, vor allem Sie betreffend? Unordentlich, faul, ganz wie ich auch übrigens, dazu aber noch windig und vor allem leichtsinnig, so hat man

Sie damals genannt, freilich aber auch höflich und gutmütig“ lenkt er schnell ein, um eine heftige Reaktion des Freundes zu vermeiden. An Gutmütigkeit ist wohl nicht viel übriggeblieben, dafür aber hat sich die damals schon attestierte besondere Leidenschaft zur Poesie ungestüm durchgesetzt..

„Erinnern Sie sich noch an einen Ihrer ersten Verse damals, ein Selbstbildnis war es, viel beachtet, einiges weiß ich noch wie damals:

„....ein Schlingel voller Narretei,
der immer noch studiert.
Nicht dumm, ich sag es ohne Scheu,
und gar nicht affektiert
.......Theater, Bälle sind für mich
ergötzlich und noch mehr,
ich sagt euch auch was..... wenn ich
nicht im Lyzeum wär.
......auf Eulenspiegeleien erpicht,
mit allzu leichtem Sinn,
ein affenartiges Gesicht,
schaut her, das ist Puschkin.“

Konstantin ringt sich ein Lachen ab, es will ihm im Halse stecken bleiben. Erstaunlich doch, wie er das über all die Jahre behalten hat, nicht wahr, vielleicht ja auch, weil die Verse bis heute ihre Gültigkeit für den Verfasser nicht verloren haben, die Narreteien, der all zu leichte Sinn.... Und eben diese letzte Narretei, die möchte er ihm jetzt gerne ausreden.

„Aber Ihr aller erster Triumph, Aleksandr, der wird mir ewig im Gedächtnis bleiben, hebt Konstantin von Neuem an, als Sie damals Ihr patriotisches Gedicht,

„Erinnerungen an Zarskoje Selo“ vortragen durften, im Lyzeum, Sie wissen es sicher noch, vor versammelten Schülern und Lehrern, vor allem aber in Anwesenheit des von uns allen so verehrten Derschawin, damals schon recht greisen Dichters, dessen Besuch uns alle in helle Aufregung versetzte, erinnern Sie sich? Zunächst bitterlich enttäuscht, dass er als erstes die Toilette aufzusuchen bat und nicht sofort literarischen Ergüssen zugeneigt war, ha, ha, so konnten Sie schließlich stolz und gerührt sein, von ihm solche Aufmerksam und Anerkennung erhalten zu haben. Übrigens, wo waren Sie denn, als er Sie nach Ihrer Deklamation begeistert umarmen wollte? Überall wurde nach Ihnen gesucht, bis heute weiß ich nicht, wohin Sie sich geflüchtet hatten.“
Aufmerksam forscht Konstantin im Gesicht seines Gegenübers, hört Aleksandr überhaupt zu? Er setzt nach, wird zusehends überschwänglich:
„ Und später dann, der Abdruck Ihrer Verse, und gar im 'Russischen Museum', der hat uns alle vollends mit Neid erfüllt. Ein sechzehnjähriger Schüler, so bedeutend vor allen anderen, schließlich gar noch aufgenommen in einer Literarischen Gesellschaft, das war schon etwas Unerhörtes, das ließ auf noch viel Größeres dereinst hoffen, eine Sensation!“
Aleksandr verzieht keine Miene, unmöglich, dass er sich an nichts erinnern kann, dass dies alles ihm nichts bedeutet.
„Und zu guter Letzt, wissen Sie noch, all die lästigen Abschlussprüfungen, ich glaube, Sie belegten einen der hintersten Plätze, ich sehe noch den prunkvollen Festakt vor mir, im Juni vor etwa zwanzig Jahren, zur

Verabschiedung des Jahrgangs, der Zar persönlich war erschienen und adelte uns verschreckte Abgänger mit Medaillen und und protzigen Urkunden. Sie freilich nicht, mein Lieber, ha, ha, Sie gingen leer aus mit Ihrem schlechten Ergebnis. Was hätten Sie im Übrigen auch mit solchem kaiserlichen Firlefanz anfangen sollen, damals ja schon Widerhaken und kleiner Rebell!"
Wieder bringt Konstantin ein gekünsteltes Lachen hervor, wehmütigen Blick gen Himmel: ach ja, die unschuldigen Jugendtage!
Für Puschkin allerdings waren sie so unschuldig nun auch wieder nicht, jeder wusste das, eifrig machte er bereits verschiedentlichen Damen, derer er im Lyzeum ansichtig werden konnte den Hof und bedachte sie mit leidenschaftlichen Versen, die manchmal bedauerlicherweise den Weg bis zum Direktor fanden. Unmut auf beiden Seiten war die Folge, für die Klassenkameraden freilich ein hoch willkommenes Spektakel „.......ein Schlingel voller Narretei......"
Immer verzweifelter versucht sich Danzas in der Rolle des in Jugenderinnerungen Schwelgenden:
Was gab das doch für ein Gekicher und Getuschel im dritten Stockwerk, in den fünfzig kleinen, spartanisch möblierte Kammern! Diese des Nachts heimlichen Versammlungen zogen sich ja oft bis in den frühen Morgen hin, wenn um sechs Uhr schon wieder Tagwache war. Wie oft haben wir dann den lästigen Frühunterricht von sieben bis neun nur verschlafen wahrgenommen, die Teepause bis zehn Uhr am liebsten wieder im Bett verbracht, Lernen, Lesen, Zeichnen hin bis neunzehn Uhr, eine einzige Qual, die folgende Nacht

wieder das gleiche Geplauder, das gleiche Gekicher."
Kumpelhaft zwinkert er Puschkin zu:
„Und Sie, Aleksandr, wie oft haben Sie doch mit ihrem Charme die Diener im Wohntrakt für kleine Leckereien, Schokolade, manchmal gar für Likör, beschwatzt. Das konnten Sie schon immer gut, insistieren, überzeugen, verführen, Ihr ganz spezielles Talent! Da half auch das Schwarzbuch des Direktors nichts mit seinen mannigfachen Eintragungen von Vergehen der Zöglinge. Das wussten wir alle. Sie wurden dort recht oft zitiert und auch dem entsprechend belangt, zum Beispiel mit dem letzten Platz bei Tisch. An das Resultat, natürlich ein poetisches, kann ich mich auch noch gut erinnern, es ging bei uns Reih um:
„Wohl dem Manne, der beim Essen
Näher an dem Brei gesessen".
Endlich kann auch Aleksandr sich ein halbes Lächeln abringen, ach ja, diese frühen, unschuldigen Verse, die Unschuld ist ihm abhanden gekommen, die Kunst zu reimen inzwischen auch.
Diese eine kleine Regung macht Konstantin Mut:
nur zu, anknüpfen hier an die Leichtigkeit des Lebens! An die dichterische Arbeit, die seinem Freund doch ein Heiligtum ist und endlich an die stetigen Bemühungen, diese leidigen Briefe entkräften, sie einzig als dummen Streich ausweisen, als bloße Unruhestiftung, sonst nichts. Wie man es ja auch von all den anderen in Umlauf gebrachten Schreiben weiß, ja sogar aus Württemberg, aus Wien, wo sich ebenfalls die Unsitte eingeschlichen haben soll, den häuslichen Frieden mit solchen Schmierereien zu untergraben. Doch nirgends

kam es, so viel ihm bekannt, zu vergleichbaren Eklats!
„Haben Sie, Aleksandr, denn nicht selbst für eine Ihrer Erzählungen das Motto „Gerüchte sind wie Wellen im Wind“ gewählt? Wellen, die sich verflüchtigen, Wind, der sich legt, beide, so plötzlich wie sie gekommen sind. Diese, wie soll man es nennen, diese Schieflage, als die sich Ihre Situation nun eben darstellt, vor allem Ihnen selbst, ist so verhängnisvoll nicht. Es kann Ihnen doch tatsächlich nicht daran gelegen sein, abermals einen Menschen zu erschießen, wie schon damals vor vierzehn Jahren in einem Ihrer zahlreichen Duelle!“
Puschkin verzieht keine Miene.
„Und was, wenn der junge französische Falott die Oberhand behält, wenn das Schicksal diesmal nicht auf Ihrer Seite ist? Wie stellt sich denn dann Ihre häusliche Lage dar, ganz zu schweigen von den unsäglichen Tränen ihrer Frau und Ihrer Kinder?“
Wieder lächelt Aleksandr, diesmal bitter. Was die Tränen Nataljas anbelangt ist er sich nicht so sicher, die könnten bald getrocknet sein.
So behutsam wie möglich versucht Konstantin auf die verzweifelte finanzielle Lage des Freundes anzuspielen, eine, sicher auch von dem Freund selbst verschuldete, vor allem durch das unselige Glücksspiel, wie jeder weiß, immer wieder notdürftig und kurzfristig nur zugedeckt durch Kredite und Veräußerungen. Doch halt, bloß jetzt keine Anschuldigungen, will er das Ruder doch noch herum reißen!
Wie sollte seine Familie wohl mit den sicher bemerkenswerten Schulden zurecht kommen, wie weiter leben ohne ihn, wo, wovon? Der Ruhm allein,

Schleimspur der Preisungen des Giganten russischer Dichtung, wird nicht sättigen, kleiden, Kinder erziehen, ja, letztlich nicht einmal trösten.
Aleksandr wirkt gefasst, als wäre dies alles bereits bedacht:
„Keine Sorge, mein Lieber, der gute Zar wird um alles Sorge tragen, das braucht mich nicht zu kümmern, schließlich sollte selbst ein Monarch ein Fünkchen Verantwortungsgefühl im Leibe tragen und wissen, was er schuldet."
Schuldet? Konstantin versteht nicht recht, wie könnte dem großen Zaren wohl Schuld zufallen, doch ein höhnisch irres Auflachen, ein nach Luft Schnappen eines Strangulierten verbietet ihm weitere Rede. Zwei französische Pistolen hat Aleksandr schon beim Waffenhändler Kurakin begutachtet, kennt auch schon deren Preis, bei seinem Schuldenberg im Übrigen völlig belanglos, wirft Aleksandr wie beiläufig hin.
Langsam gerät Konstantin in Panik:
„Und Ihre Arbeit, all die Pläne?"
Zusehends flehentlich wird seine Stimme, so viele Entwürfe und Fragmente, Früchte letztlich auch der widerwillig verrichteten Arbeit im Ministerium, dieser intensiven Beschäftigung mit historischen Schriften, allen voran mit Peter dem Großen. Und das Sittenbild aus der Zeit Neros und das kulturhistorische Panorama über den Umbruch vom Mittelalter in die Neuzeit, ja, ein Werk über Christus gar, all das würde nun gar nichts mehr zählen, hätte für Aleksandr mit einem Mal an Wert verloren, an Sinn? Und dieser Schlüsselroman über die Petersburger Gesellschaft, genährt von eigenen bösen

Erfahrungen, Spielerrunden, Duellen, zweifelhaften Bekanntschaften? Das könnte doch eine unerhörte Abrechnung werden mit all dem und all denjenigen, die ihm das Leben so vergällen!
Hat er denn ganz die künftige Verbreitung seiner Werke im deutschsprachigen Raum vergessen, diesen jungen Wiener Literaten beispielsweise, der sich so eifrig mit „Salieri“ beschäftigen will, später wird anderes folgen, sollen sie doch in Europa nur wissen, dass nicht nur dort Dichterfürsten ansässig sind, sollen sie doch staunen und bewundern, durch ihn Russland lieben lernen!
Und sein „Zeitgenosse“, seine eigene literarische Plattform, geschmückt mit Essais der Crème der russischen Autoren, in deren Mittelpunkt er selbst steht, mit Zugovskij, Vjazemskij, Gogol....?
Weiter kommt Konstantin nicht, eine Handbewegung des Freundes wischt alles fort. Gogol, dieser Windbeutel, fand es vor seiner Abreise aus Russland nicht einmal der Rede wert sich von ihm zu verabschieden, nach fünf Jahren Freundschaft und Zuwendung, weg geflattert ist er in ferne, ersehnte Welten, die Aleksandr für immer verschlossen bleiben werden.
Allein ist er in seinem Olymp, gefangen in einem Kokon tiefster Trauer und Einsamkeit, benutzt und beschmutzt von einer scheinheiligen Entourage, hintergangen, betrogen von den Allernächsten. Ja, zehn Jahre lang hat Puschkin in der russischen Literatur tatsächlich geherrscht wie ein Zar, aber die Lyra ist ihm schon längst in den Händen zerbrochen, diese Briefe, diese Schande, diese Schmähungen haben sie für immer in

Scherben gelegt. Mit Bedauern, aber vor allem mit Häme scharen sich nun diejenigen um ihn, die seinen baldigen Abgang mit Eifer betreiben.
Aleksandr verbirgt sein feucht gewordenes Gesicht in den Händen.
Das also ist das Ende, so sieht es aus, Konstantin weiß nicht mehr weiter, die Worte, wenn er denn welche hätte, kommen ihm nicht mehr aus dem Mund. Der Mann ihm gegenüber, immer schon widersprüchlich und herausfordernd, will ansetzen zum letzten gewaltigen und gewaltsamen Hieb gegen die Gesellschaft, vor allem aber gegen sich selbst. Und Konstantin wird als Zuschauer in der ersten Reihe stehen, wo er schon immer gestanden hat, zumeist aber, um Applaus zu spenden.
Wie auch damals für Puschkins Gedicht „Der Pilger", Vorahnung wohl für Kommendes:
„Ich bin zum Tod verdammt, zu Grabes Finsternis....."
Diesmal aber wird er keine Hand regen.

26 DAS FRÜHSTÜCK

Der Morgen des 27. Januar zeigt sich von seiner strahlendsten Seite, es glitzern die Kuppeln von Sankt Petersburg, funkelnd reckt sich die goldene Nadel der Admiralität in den Himmel, wie Juwelen schimmern die hoch aufgetürmten Eisblöcke der Newa, die Moika gleißt in der Morgensonne. Still ist es noch, friedlich der unschuldige junge Tag, nichts ahnend von seinem dunklen Ende.

Aleksandr ist schon früh auf, kein Grund zur Traurigkeit, heute wird er, gemäß seinem Lebensprinzips, das Schicksal auf die Probe stellen, der Ausgang scheint ihm gewiss.

Wie schön, mit der Familie frühstücken zu können, Natalja und die Kinder noch verschlafen, einzig Aleksandra aufmerksam und schon so früh am Morgen nervös, wie immer, eifersüchtig jede kleinste Liebesbekundung zwischen ihm und ihrer Schwester verfolgend.

Jetzt toben die Kinder, die Njanja kann sie kaum bändigen: die wenige Monate alte Tascha bekleckert sich, Grigori verweigert brüllend seinen Brei , die vier jährige Marija wirft mit dem Löffel nach ihren Brüdern, der kleine Aleksandr spuckt in seinen Teller. Mein Gott, vier sind schon eine ganze Menge, bald wird der Tisch zu klein, bald, wenn nicht......Nein, nur nicht grüblerisch werden, da singt er doch lieber schnell den Kindern ein Lied, das vom Kätzchen und vom Kater, miau, miau,

miau. Sofort bricht begeistert am Tisch Katzenmusik aus und der eigene entsetzte Vierbeiner wird heftig von acht Kinderhänden liebkost. Miau, miau.....
Nichts soll diese Familienidylle heute stören, nichts den Frieden trüben, auch wenn draußen bereits leichte Wolken aufziehen, der Blick aus dem Fenster gibt ihm Gewissheit: nichts bleibt so wie es ist.
Da sieht er einen Schlitten vorfahren: endlich, der Freund. Gott Lob, der steht ihm als sein Sekundant zur Verfügung, eine Lappalie, ein geringer Freundschaftsdienst, über den man morgen schon schmunzeln wird.
Küsse werden verteilt, Aleksandra fühlt sich wieder benachteiligt und schon zieht er sich mit Danzas zurück. Der erweist sich so gar nicht begeistert über die „Lappalie", außerdem schmerzt sein Arm heute besonders, eine alte Verwundung, eigentlich sollte er einen Arzt konsultieren.....alles Ausreden, die Aleksandr fortwischt. Er sucht die endgültige Lösung und wäre sie sein eigener Tod. Doch freilich möchte er leben, möchte endlich frei atmen können, genießen wie alle Welt, schreiben, seine historischen Studien weitertreiben.... das Gespräch mit dem Freund trägt also hoffnungsfrohe Früchte. Was bleibt Danzas denn anderes nun als eine Einwilligung, zögernd, beklommen zwar, doch besser wohl, er selbst gibt den Sekundant, als womöglich irgendein ungeschickter Lakai.
Da drückt ihm Puschkin Geld in die Hand. Dass er es kürzlich erst vom Pfandleiher nach Hause gebracht hat sagt er ihm freilich nicht: Geld für die Pistolen, zwei Stück, die guten „Bauchéron-Permet", abzuholen in der Waffenhandlung Kurakin.

Bedrückt geht Danzas fort, ein Mordwerkzeug zu besorgen ist seine Sache nicht, dem Freund dieses auszuhändigen schon gar nicht.
Aleksandr hingegen ist erleichtert: der erste Schritt getan, ein Fest soll es ihm werden werden, wenn auch ein blutiges. Darauf will er sich gut vorbereiten, wie für einen Ball beim Zaren: Nikita soll ihm ein Bad bereiten, frische Wäsche muss her, weder als Sieger noch als Unterlegener möchte man dreckig sein.
Im Flur hängt seine abgewetzte Beresch am Haken, die greift er sich und beeilt sich, gewaschen und gekämmt aus dem Haus. Doch der Himmel hat sich schon verfinstert, eisige minus fünfzehn Grad schlagen ihm entgegen, da geht er doch lieber zurück, um den wollenen Umhang gegen seinen Pelz zu tauschen. Vor einem Duell zu erfrieren erschiene wenig sinnvoll und würde ihn auch seiner Genugtuung berauben.
Kaum wieder auf der Straße durchzuckt es ihn: warum bloß hat er jetzt die Türschwelle ein zweites Mal überschritten? Das bringt mit Sicherheit Unglück, ein alter russischer Mythos sagt es so und er hat doch sein Leben lang sich vom Aberglauben nicht lösen können. Kurz hält er inne, doch alles ist entschieden, er geht, um zu töten, koste es, was es wolle. Auch die alte Prophezeiung dieser deutschen Hexe damals, Frau Kirchhof hieß sie, sollte ihn heute kalt lassen: großer Ruhm, langes Leben, bloß im achtunddreißigsten Jahr eine Hürde: ein weißes Pferd, ein weißer Mann, die könnten ihm gefährlich werden auf seinem Weg. Aber trägt dieser D'Anthès nicht eine ungemein kleidsame, weil weiße Galauniform und sein Adoptivvater, hat der

nicht schon weißes Haar?
Da kommt eine Droschke und verscheucht sind alle kindischen Gedanken, er beordert, zu seinem Lieblingscafé Wolff und Bérenger zu fahren. Im zweiten Stock, ein guter Platz am Fenster mit Blick auf den nachmittäglich belebten Newski-Prospekt, dort sitzt er gern. Er nimmt ein Glas Zitronenwasser und wartet auf Danzas. Ruhig ist er, der Meister der Duelle, Gott, wie viele hat er schon hinter sich gebracht, über zwanzig müssen es wohl gewesen sein, verschrien war er, sich fast jeden Tag zu duellieren, wegen Nichtigkeiten. Belustigt kommt ihm sein erstes in den Sinn, mit achtzehn hatte er die Stirn, seinen Großonkel zu fordern, bloß weil der ihm beim Cotillon eine Tanzpartnerin weggeschnappt hatte. Und der junge Mann, der es gewagt, hatte ihn erstaunt zu fragen, ob er, der erhabene Dichter, denn das Buch, das er ihm borgen sollte, nicht schon kenne? Wie erschrocken der doch war, als ihm der beleidigte Puschkin seine Forderung wütend ins Gesicht brüllte! Glücklicherweise gingen all diese Überspanntheiten gut aus, denn Dummheiten waren sie ja allesamt, Lächerlichkeiten wegen vermeintlich frechen Verhaltens, einer unachtsamen Verbeugung etwa.
Einzig seine Ehe und Familie haben ihn in den letzten Jahren vor sich selbst geschützt. Heute ist das anders, heute ist genau diese Ehe und die Wahrung ihrer Reinheit und Ehre Anlass für die neuerliche, diesmal blutig ernste Auseinandersetzung. Gleich wird ihm Danzas die Bedingungen des Gegners überbringen, ein Gegner, seiner nicht wert. Gleichgültig wird er alles

akzeptieren, er, König der Duelle, alles kann ihm recht sein, nichts in Gefahr bringen.

Da ist er endlich, der Freund, bleich, besorgt, in Eile, das harmlos elegante Köfferchen in der Hand, über dessen unheilvollen Inhalt nur sie beide Bescheid wissen. Es ist schon bald vier, um fünf Uhr soll die Schießerei stattfinden, am Schwarzen Flüsschen, drüben, über der Newa. Die Regeln des Herrn Baron sind wie folgt:

Zwanzig Schritte Abstand – oho – der Herr Gardeoffizier traut sich da ja etwas zu, normalerweise sind es dreißig Schritte, die Barrieren zehn Schritte voneinander entfernt. Monsieur möchte es also forsch angehen, auch gut, er hätte aber seine Entscheidung besser nochmals überdenken sollen, er weiß eben nicht, mit wem er es zu tun hat.

Schon ist es zehn nach vier, jede Verzögerung käme einem Vertragsbruch gleich oder gar Feigheit. Danzas findet keine Worte mehr für das Bevorstehende, abzuwenden ist es sowieso nicht mehr, also fort, fort zum Tschornaja Retschka.

27 DAS DUELL

Der Himmel ist stahlgrau, gleich wird es zu schneien beginnen.
Eisig ist es, die Luft, der Weg, den Pferden gefriert der Atem vorm Maul. Der Winter in Sankt Petersburg ist hart, gnadenlos. Gefährlich schleudert die Kibitka, die Kälte pfeift durch die Ritzen des Schlittens, von vorne wehen ihm die ersten Flocken ins Gesicht, der Pelz will kaum schützen. Wieder und wieder schüttelt es ihn, wie die letzte Ermahnung an ein störrisches Kind, endlich Vernunft anzunehmen.
Draußen fliegen kahle Bäume vorbei, bedrohliche Skelette, sie möchten nach ihm greifen, ihm das Gesicht zerkratzen, ihn anstacheln , aufpeitschen. Schemenhaft kommen Schlitten entgegen, Kinder juchzen, Stimmen rufen dumpf durch Nebel und Schnee, wie aus einer anderen Welt, nicht aus der seinen – „Aleksandr Sergejewitsch, warum so spät, das Beste haben Sie schon versäumt!"
Nein, das Beste kommt noch, Gott gäb's, dass die Kibitka ihr Ziel erreicht.
Eine Kutsche wankt ihnen entgegen, bitter erkennt er einen weiteren, stadtbekannten Anwärter auf den Hahnrei-Orden: die Frau geht mit dem Kutscher ins Bett, der Mann mit dem Vorreiter, so geht das Gerücht. Auch das gäbe ein hübsches Duell, wären die beiden nur von so leidenschaftlichem Blut wie er.
Auf dem vereisten Pfad ächzen die Kufen, wollen vom

Wege ab, es quietscht und rüttelt wider ein ungewisses Schicksal, als wüsste das Gefährt um diese seine unheilvolle Fahrt. Tot, schieß, tot, schieß tot, schieß tot........
Düster hockt Danzas neben ihm, der Unglücksrabe, unfähig, dem Geschehen eine andere Wendung zu geben. Es fällt kein Wort, nur draußen der Schnee. Er zieht den Pelz enger um sich, warum bloß ist er nochmals ins Haus gegangen ihn zu holen, Unglück wird das bringen, immer fester glaubt er jetzt daran.
Und wo ist der Ring mit dem türkisen Stein, der Talisman, der ihn vor einem gewaltsamen Tod schützen sollte, Geschenk einst eines lieben, besorgten Freundes? Vergessen zu Hause, nackt seine Hand, schutzlos wie er.
Ach was, Altweiberglaube, solch erfahrener Schütze wie er, nichts hat er zu fürchten, nicht umsonst war er doch vor Jahren im Kaukasus, kühn zuvorderst an der türkischen Front, mitten unter den Kämpfern und durfte vor allen anderen den Sieg über Erzurum vermelden. Da kann ihm der windige Chevalier wohl nicht das Wasser reichen, der Schaumschläger, der außer seinem Regiment noch nichts zu sehen bekommen hat und bloß mit den Unterröcken der Damen zu kämpfen hatte.
Schieß tot – Blut will er sehen, Blut , wie es sich nach und nach auf dem Schnee ausbreitet, allerlei schöne Formen annimmt, wie das Leben des Gegners langsam versickert, ein ungeheurer roter Fleck auf einer ungeheuren weißen Fläche am Schwarzen Flüsschen – was für ein schönes Bild, wohl wert eines neuen, großen Gedichts – nein, der Dichter hat sich längst noch nicht

ausgeschrieben!
Hart knarrt eine Kutsche vorbei, fast streift sie den Schlitten, Danzas erkennt, das sind Natalja und die Kinder, auch sie vom Wintervergnügen heimkehrend. Doch Natalja, die kurzsichtige, kann nichts und niemanden erkennen und Puschkin brütet dumpf vor sich hin. Soll Danzas etwa winken, rufen? Nein, was würde es helfen, er lässt Kutsche, Familie und Puschkin unbehelligt.
Ruhe vor dem Sturm.
Die Fahrt will nicht enden, vierzig Minuten wie eine Ewigkeit.
Jetzt springt Danzas aus dem Schlitten, es muss erst eine Stelle für das unumgängliche Ereignis gefunden werden.
Der Andere ist auch schon da, samt Sekundanten, jetzt ist ihm wohl nicht mehr nach Küssen zu Mute. Bei einem Kiefernhain im tiefen Schnee schaufeln sie einen Platz wie für ein Grab, das dauert, einen Meter breit, die vereinbarten zwanzig Schritte lang. Puschkin beteiligt sich nicht, sein großer Auftritt kommt noch, einstweilen hockt er auf einem Schneehaufen und beobachtet diese Ouverture wie ein erfahrener Opernabonnent, der sich schon jetzt über die aufwendige Inszenierung amüsiert. Welch ein Getue, welch ein Aufwand, bloße Zeit-verschwendung, er hätte diesem eitlen Gecken schon längst die Pistole an die Brust setzen sollen, schieß tot!
Jetzt legen beide Sekundanten ihre Mäntel ab, als Markierung hinter der Barriere und die beiden Hauptakteure nehmen ihre Plätze ein. Fest umschließt die Hand Aleksandrs die teuer erworbene Pistole, jetzt

wird er zeigen, was er kann . Schieß tot!
Wie ein Dirigent erhebt Danzas seinen Hut, er schwenkt ihn, Bühne frei. Aleksandr tut einige Schritte, hebt die Waffe, zielt, ruhig und voller Genugtuung in ein Gesicht, das ihm vor den Augen zu verschwimmen beginnt. Eben noch das von Georges, ist es jetzt eher, ja, es ist - Nikolaj! Endlich hat er ihn vor der Mündung, endlich den verhassten Mäzen, den gönnerhaften Heuchler, den Unantastbaren, Unfassbaren – schieß tot, mitten hinein in diese eitle Visage, schieß tot!
Der Schuss kracht, erschrocken fliegt ein Schwarm Krähen auf, ihr anklagendes Krächzen hängt über den Wipfeln und erstaunt geht Aleksandr zu Boden. Die Pistole ist ihm entglitten, irgendwo in den Schnee, die Welt um ihn erscheint mit einem Schlag verändert, die Schneedecke türmt sich zu Mauern, Schutz oder Bedrohung? Wie ein Schatten huscht Danzas herbei, fingert an ihm herum, will ihm aufhelfen. Sein Kopf ist aus Watte, seine Beine aus Brei, etwas Feuchtes unter ihm. Nein, nein, er will jetzt auch seinen Part, den lang ersehnten, wo ist seine zweite Pistole? Er stützt sich auf, unklar erkennt er die Figur gegenüber, D'Anthès oder Zar – schieß tot!
Der andere hat, scheint 's , den rechten Arm über die Brust gelegt, steht zur Seite gedreht, der Feigling, schieß tot! Tod allen Halunken, Lügnern, Tod den Verführern, Tod den Ungerechten, den Unterdrückern, Tod den Monarchen, schieß tot! Endlich jagt die Kugel davon, was für ein Fest, jubelnd wirft er die Waffe hoch, der Hauptdarsteller beklatscht sich selbst, ohne die Szene recht begriffen zu haben. Unklar vernimmt er,

dass der Gegner nur leicht am Arm getroffen ist, das stand so nicht in seinem Konzept. Also noch einmal von vorne beginnen, er weiß doch genau, wie das Stück zu enden hat. Doch um ihn herum wird es mit einem mal dunkler und dunkler, er möchte auf, kann nicht.
Bald trübt sich alles ein, das kann nicht nur an der Dämmerung liegen, nur das Blut spürt er, wie es stoßweise aus ihm will, die Blutlache sieht er, Blut, wie es sich langsam auf dem Schnee ausbreitet, allerlei schöne Formen annimmt, wie das Leben langsam versickert. Aber es ist seines, nicht das des Feindes, ein ungeheurer roter Fleck auf weißer Fläche am Schwarzen Flüsschen. Nein, aus diesem neuen, großen Gedicht wird nun wohl nichts mehr werden.
Da legt sich ungemein zärtlich ein Arm um seine Schulter – sieh an, Onegin, Freund so vieler Jahren, seltsamer Gefährte, Kontrahent und Spiegelbild in einem. Kommt er, sanfter Deus ex Machina, ihn zu trösten, zu begleiten, mit sich zu nehmen?.....
"Vier Schritte aufeinander zu, vier Schritte auf der Todesleiter". Er kennt seine Verse noch, mag sein Geist auch umwölkt sein.
Ja, bester Freund, das Glück haben wir beide wohl nicht gefunden, beide in unzählige Liebeshändel verwickelt, beide von der letztlich Einzigen dann ins Unglück gebracht. Doch wie du, Onegin, möchte ich nicht weiterleben, unnütz, perspektivlos. Denn welche Zukunft hätte ich denn noch, keine große Dichtung mehr im Kopf, kein Vers mehr, der mich stürmisch überfällt, umnachtet vor der Zeit und brach, nichts mehr zu Wege gebracht. Ein Poet, der nichts mehr schreibt, ein

Ehemann, der verhöhnt wird, ob Hörner oder nicht.... Mein Gott, Natalja, ihr wird man alle Schuld anlasten, sie wird in der Gesellschaft nicht mehr bestehen können, weg aufs Land sollte sie mit den Kindern. Doch mit welchem Geld, kaum fünfundsiebzig Rubel lässt er ihr zurück. Heiraten sollte sie wieder, irgendeinen braven Mann, oder, wie Tatjana, tragische Heldin seines Romans, einen Fürsten gar. Die, mein lieber Ewgenij, konntest du ja auch nicht glücklich machen, Streuner, ewig Suchender, umher Irrender, unsterblich gemacht allein durch das Dichtergenie......."Ein Denkmal schuf ich mir, das Menschenhand nicht zeugte....und lange wird vom Volk mir Liebe noch erwiesen....." Ja, Liebe, wahre Liebe wie die einer Frau, die hat in unser beider Leben wohl gefehlt.
Onegin ist ihm jetzt ganz nah, er spürt seinen Hauch, saugt seinen Duft ein, berauscht sich an seiner Gegenwart wie einst am Schreibtisch, als er ihn erschuf. Sanft streicht ihm der Freund durchs Haar, flüstert an seinem Ohr die Abschiedsverse seines eigenen Poems, Zeilen, die ihm einst so locker aus der Feder flossen:
„Glückselig wer, solang noch dauert das Fest des Lebens, es verlässt, den Kelch nicht austrinkt bis zum Rest..."
Ja, bis zum Rest, bitterer Bodensatz, der bleibt, bleibt mit D'Anthès, mit Nikolaj, bleibt mit der nicht geahndeten Schmach – doch wie weit das alles schon ist.
Jetzt trägt man ihn zum Schlitten, das letzte, das er wahrnimmt, ist dieser enorme, anklagende, schreiende Fleck in der Landschaft, Endpunkt hinter Leidenschaften, hinter Verwirrungen, Verstrickungen, hinter

einem Dichterleben, einer Menschenexistenz. Blutrot wie die untergehende Sonne, seine Sonne, Sonne der russischen Literatur, die langsam am Horizont verschwindet, dennoch immer weiter strahlt, ewig.....

“Nein, gänzlich sterb' ich nicht, die Seele lebt im Lied noch fort.....“

28 LAMENTO

Vergrämt blicken sie einander in die Augen, aus denen sich aber keine Träne lösen will, die Gesichter getränkt in tiefer Betrübnis, Kerzenschein zaubert schattenhaften Ausdruck unermesslichen Leids auf beide.

Untadeliger Auftritt zweier Komödianten, allseits bekannt, wenn auch nicht beliebt im Reich, dafür gefeiert all überall, allein schon von Staats wegen.

Aleksandr Christophorowitsch Benckendorff ist es, Chef der Geheimpolizei und Nikolaj, sein oberster Arbeitgeber und Gebieter aller Russen.

Sie beide eint Sprachlosigkeit angesichts des unfassbaren Verlustes.

„Wie konnte das nur geschehen, Sie sehen mich erschüttert, Majestät"

„Ich kann und mag es gar nicht glauben, unsere Welt, unsere Literatur ohne das Kostbarste, was sie je hervorgebracht hat! Aus dem Leben gerissen in der Blüte seiner Jahre, am Gipfel seines Ruhms...." ergriffen sucht der Herrscher nach weiteren Phrasen, sein Wortschatz scheint, wie er, vor Kummer erschöpft.

Hilfreich greift sein Gegenüber ein:

„Kann es denn wahr sein, dass wir ihn nicht mehr haben? Unseren Dichter, unsere Freude, den Stolz unserer Nation!" Hier kann der oberste Geheimpolizist ein leichtes Hüsteln nicht unterdrücken und flüchtet sich hinter ein fein gesticktes Taschentuch, das seinen Gram aufs Erste verbirgt.

Unter Seufzern werden noch einige „Ach“ und Oh“ ausgetauscht, dann wechselt man rasch zu einer etwas härteren Tonart.

„Mein lieber Benckendorff, Sie wissen zweifelsohne, was, trotz all unseres Schmerzes nun Not tut: scharfe Beobachtungen der Massen, es haben sich ja anlässlich Puschkins Todeskampfes schon tausende vor seinem Haus zusammengerottet, um die Bulletins der Ärzte verfolgen zu können, die Trauer könnte sie womöglich unkontrollierbar machen.

Sorgen bereiten uns auch die unumgänglichen Feierlichkeiten. Wir erachten es als das Beste, jede öffentliche Bekanntmachung oder Ehrung, kurz jede Zeremonie zu unterbinden. Alles zum Besten des Volkes, bloß keine Unruhen, keine Tumulte, die dem Gesindel Geschmack auf Revolution machen könnten, womöglich gar im Sinn des von uns Gegangenen.“

Benckendorff nickt würdevoll, Benckendorff weiß Bescheid, Benckendorff hat schon längst Anweisung gegeben, längst schon in altbewährte Trickkisten gegriffen. Schließlich waren ja schon im Sterbezimmer des Dichters bisweilen mehr seiner Beamten als Freunde der Familie zugegen gewesen.

Der Untergang der Sonne vaterländischer Dichtkunst, so unersetzlich sie auch sei, er fordert peinlichste Kontrolle des nunmehr dämmrigen russischen Universums: zunächst einmal hat er angeordnet, die kirchliche Einsegnung in der Isaaks-Kathedrale, wohin die Witwe geladen hatte, zu ignorieren und kurzerhand in die Marstall-Kirche des Hofstaats zu verlegen, ein viel kleinerer und intimerer Ort, von dem die meisten erst zu

spät erfahren werden. Damit ist Überwachung bestens garantiert, nur hochgestellte Persönlichkeiten anwesend und der Großteil des suspekten Freundeskreises ausgeschlossen.
Wie immer hat er seine Leute bereits geschickt auf der Straße postiert, unter dem einfachen Volk. „Volkes Meinung war uns ja von je her ein Herzensanliegen! Sie wüten gegen den ausländischen Mörder, auch gegen die Ärzte, die Puschkin nicht retten konnten, gegen diese Polen, Deutschen, Juden. Hier wird man achtsam sein müssen, gewisse Feindselichkeiten aber sehr wohl im eigene Interesse nützen können. Wir verstehen uns doch, verehrte Majestät?"
Da könnte der teure Verstorbene noch posthum seinem Volk größte Dienste erweisen!
Zu achten wäre auch darauf, dass der Leichnam in der Kammerjunkeruniform bestattet würde, Zeichen von Ehre und Würde des Hofes, dem er zu dienen hatte und nicht im privaten Frack, wie seine Freunde es gerne sähen.
Der weise Zar lächelt, ja, Benckendorff ist ihm fast ebenbürtig an Umsicht und Voraussicht, auf seine Eliten kann er sich verlassen.
Des Weiteren darf der Polizeichef darlegen, dass die Überführung des Sarges in der Nacht geplant ist, so unauffällig wie möglich, nach Michailowskoje, zum Swjatogorsker Kloster, wo der Dichter sich praktischerweise schon ein Grab besorgt hat, gleich neben dem seiner kürzlich verstorbenen Mutter. Der kleine Schlittenkonvoi, nicht mehr als drei Gefährte, würde nur von wenigen begleitet, selbstredend von

Gendarmen. Auch der alte Diener Koslov hat gebeten, seinem Herrn die letzte Ehre erweisen zu dürfen.
„Und auch Danzas, unseliger Sekundant Puschkins, bittet Eure Majestät, dem Sarg ebenfalls folgen zu dürfen!"
Jetzt aber stutzt der gute Zar, nein, Gesetz muss Gesetz bleiben, den erwartet ein Gerichtsverfahren, der muss für mindestens zwei Monate hinter Gitter, damit ist er gut bedient, steht doch eigentlich auf Duellieren die Todesstrafe. Doch der Herrscher ist ja ein gütiger, zumal ihm der Ausgang der blutigen Auseinandersetzung so manche Last von der Brust genommen hat.
„D'Anthès aber, die Kanaille, wird mit sofortiger Wirkung zum einfachen Soldaten degradiert und ist ehest möglich außer Landes zu bringen, unter Bewachung, versteht sich" wirft Nikolaj schnell ein. Den holländischen Schuft, seine heimliche Giftspinne, will er erst gar nicht mehr sehen, ihn gar als Diplomat verabschieden müssen, weg auch mit ihm, fort, fort, aus seinen Augen, aus seinem heiligen Reich, ausmerzen all dieses ausländische Ungeziefer! Fort auch mit fremden, angeblichen Literaten, keine Erlaubnis, den Zeremonien beizuwohnen. Russland den Russen, russische Trauer ebenfalls den Landsleuten. Im Ausland darf flennen wer will, seinethalben auch unkontrolliert.
Der Polizeioberst beeilt sich nun, zu einem anderen, für die Majestät mit Sicherheit ebenfalls interessanten Part zu gelangen:
„Sämtliche Dokumente, die das Andenken Puschkins beschmutzen könnten, müssen an mich ausgehändigt werden, damit ich Einblick nehmen kann. Diese

Maßnahme richtet sich, wie Majestät unschwer erkennen, freilich nicht gegen den Verstorbene, sondern dient einzig dazu, der Regierung alles Verborgenen zu entdecken und Wachsamkeit jedem Gegenstand gegenüber walten zu lassen. Danach jedoch wird alles möglicherweise Kompromittierende dem Feuer übergeben.!“
Selbstgefällig blickt Benckendorff, nun endgültig allen Schmerzes ledig, auf sein kaiserliches Visavis.
Auch dieses hat den Trauerflor längst abgelegt und zeigt sich unverhohlen befriedigt.
Man sieht also wieder geruhsamem Schlaf entgegen! Eine Gehaltserhöhung oder Zulage für sein bestes Pferd im Stall wird er sich noch überlegen.
„Exzellent, mein Bester, exzellent! Doch hier sind noch einige Kleinigkeiten , die ich Ihnen zur Kenntnis bringen will, gleichsam Verfügungen, die ich mich beeilen möchte zu treffen:
Beflissen zieht Benckendorff ein Büchlein heraus, Sammlung unzähliger Notizen über Bespitzelungen, Verdächtigungen, Verurteilungen und lässt seine Feder eilig über das Papier kratzen:
Die Schulden Puschkins, stolze Summe von 30 000 Rubel, werden bezahlt, die Hypotheken auf das Gut des Vater getilgt, der Witwe eine Pension ausgesetzt, ebenfalls den Töchtern bis zu deren Verheiratung. Des weiteren sollen die Söhne zu Pagen ausgebildet und 1500 Rubel für deren Erziehung bis zum Eintritt in den Dienst ausgegeben werden.
Die Werke des Dichter werden auf Staatskosten herausgegeben, der Erlös der Witwe und den Kinder zu

gute kommen, an Letztere erfolgt eine Einmalzahlung von 10 000 Rubel. Punktum.
Benckendorff ist mit dem Schreiben kaum zu Rande gekommen, einige Seiten hat er mit den Anordnungen gefüllt, die unendliche Güte und Großzügigkeit seines Herrschers greifen ihm ans Herz, erstaunen ihn aber wenig. Geld ist noch immer der beste Weg, Schandmäuler zu stopfen, bösartige Nachrede hintan zu halten.
Ach ja, beiläufig fügt der leidgeprüfte Zar noch hinzu, die Witwe möge sich doch nach Möglichkeit entfernen, am Besten nach Moskau oder aufs Land, wo einer ihrer Brüder lebt, Sankt Petersburg ist für sie sicher unerträglicher Boden geworden.
Ein letztes Mal muss Nikolaj tief seufzen, da wäre nun in jeder Weise ein Schlusspunkt gesetzt, er kann zufrieden sein, gut ist die Sache ausgegangen, für ihn letztlich wie für den Staat, bloß für einen nicht, den es dafür aber jetzt gilt, öffentlich und demonstrativ zu beweinen.
Da ist er sich einig mit Benckendorff, dem Getreuen, die Besprechung ist zu Ende, gewandt will er sogleich wieder die Schmerzensmine aufsetzen, er wird sie in der Öffentlichkeit noch öfter brauchen.
Doch sein Oberspitzel hat noch etwas zu vermelden:
„Ein gewisser Lermontov hat sich bereits, trotz seiner Jugend, ungut hervorgetan und sich veranlasst gesehen, einige seiner Verse verbreiten zu lassen anlässlich des Todes Puschkins, hier bitte, wenn Sie geruhen zu lesen:
„...ihr, gierige Schar,
Henker von Freiheit, Genie und Ruhm!

Ihr verbergt euch hinter dem schützenden Gesetz,
vor euch müssen Gericht und Wahrheit,
muss alles schweigen!"

Nikolaj schnappt nach Luft: da ist sie also schon wieder, diese giftige Schlange des Aufruhrs, des Ungehorsams, ein Kopf zertreten, der nächste schon nachgewachsen! Hier helfen keine dramatischen Seufzer mehr, da gilt nur zunächst einmal Verbannung, schleunigst, am Besten in den Kaukasus, wie einst Puschkin. Dort darf der poetisch veranlagte Jüngling sich dann glücklich schätzen, das selbe Schicksal am selben Ort zu erleiden wie sein Idol vor Jahren auch.

Gleich gibt der weise, der gütige Zar den entsprechenden Befehl. Von der Schauspielerei hat er endgültig genug, seine Realität ist die uneingeschränkte Macht über Land und Untertanen, aufmüpfige Dichter mit eingeschlossen.

29 DIE VORLADUNG

Mit weichen Knien steht Hans vor dem immensen Schreibtisch.
Stundenlang ist er durch das bedrückende Labyrinth der Gänge geirrt, treppauf, treppab in diesem feindlichen Ministerium für Äußere Angelegenheiten, immer wieder falsche Türen geöffnet, in abweisende, feiste Gesichter geblickt, Beamte aus dem Dämmerschlaf gerissen, unverständliche Auskünfte erhalten.
Her zitiert haben sie ihn, wie einen ihrer Leibeigenen, einfach Befehl erteilt, Stunde, ja Minute festgesetzt: wehe ihm, wenn zu spät, wehe ihm, wenn zu früh, in jedem Fall aber verschlossene Türen.
Blass ist er und schmal geworden, der österreichische „Gans", all die Empfänge und Bankette haben ihm nicht angeschlagen. Nein, dieses Land ist ihm nicht recht gut bekommen, er hat sich hier nicht wirklich entfalten können. Russland mästet keine Gänse, da dreht es ihnen doch lieber den Hals um, ungeachtet selbst genialer Hälse..
Der wohlgenährte Beamte hinter dem gewaltigen Möbel scheint da eine Ausnahme: ein selbstzufriedenes fettes Schwein, das die eigene Notschlachtung noch in weiter Ferne wähnt und sie auch gerne verschlafen wird. Nun lässt er sein erschöpfte Opfer vor sich erst einmal warten. Hans steigt von einem schmerzenden Fuß auf den anderen. Vor ihm türmen sich Aktenberge, Barriere zwischen ihm und der russischen Obrigkeit, nichts

Gutes verheißend, eine scharf gezogene Grenze, schlecht bewacht jedoch, denn der Fettsack wirkt noch immer vertieft in Papiere, abgegriffen und zerfleddert, durch viele Hände gegangen und nun zwischen seinen Wurstfingern gelandet. Endlich blickt er mit einem Grunzen auf:
„Nu charascho, die Akte Puschkin können wir also schließen", triumphierend entblößt er seine wenigen vergilbten Hauer zwischen denen sich fauliger Alkohol-Dampf hervordrängt.
Mit Bravour schlägt er die Mappe zu, Staub wirbelt aufgeschreckt nach oben , wie eben aus dem üblichen Mittagsschlaf gerissen und legt sich dann wieder friedlich auf die Landschaft der gewaltigen Schreibtischplatte.
Jetzt erst scheint das Schwein Hans wahrzunehmen und sendet ein übles Grinsen in seine Richtung. „Sieh an, der Herr Ausländer, wohl auch in obskuren Geschäftsangelegenheiten hier bei uns? Unversehens hat Ihnen wohl der Tod eines unserer Genies die geheime Mission versalzen, das ist Ihnen ja förmlich ins Gesicht geschrieben!" Ein höhnisches Meckern, das sich gerne Lachen nennen würde, tönt dürftig durch den Raum, Vorbote weiterer Unverschämtheiten.
Da Hans eine Antwort im Halse stecken bleibt, will der Eber doch gleich noch eins nachsetzen. „Und die beiden anderen Spitzel, die können wir auch umgehend", fast möchte er sagen „des Landes verweisen", aber die feine russische Diplomatie verbietet ihm solche Grobheit, also formuliert er nach heftigem Schlucken „nach Hause schicken".

Provokant schaut er in das blutleere Gesicht seines Gegenübers. Hans hat endgültig der Schrecken gepackt, wen meint er denn bloß mit „Spitzel", doch nicht etwa ihn, der so unbedarft, den Kopf bloß voll mit Literatur, mit russischer noch dazu, ins Zarenreich eingereist war. Auch wenn er sich heute freilich über Einiges klar geworden ist, in Manchem eines Besseren belehrt und tieferen Einblick in die große Russische Seele gewonnen hat – einen Spion wird man doch wohl nicht in ihm vermuten?! Obwohl er hier zu Lande nichts mehr ganz ausschließen kann. Mühsam, aber dringlich ringt er sich die Frage ab, er muss sie förmlich ausspucken:

„Welche Spitzel denn, mit Verlaub?"

Das Schwein ist sichtlich befriedigt, Schrecken konnte es also verbreiten, die Saat ist prächtig aufgegangen und Aufklärung erteilen zu können tut gut, als Russe ist man ja schließlich nicht alle Tage in solcher Lage. „Georges d'Anthès und dieser van Heeckeren, cher Monsieur, die beiden haben ihren Part erfüllt und dürfen nun getrost den Heimweg antreten."

Erleichterung und Verblüffung sind Hans ins Gesicht gefahren, das amüsiert den Herrscher über Akten, Ordner und Mappen, jetzt kommt er so richtig in Fahrt, sogar das mickrige Mittagessen, das ihm noch immer aufstößt, ist kurzfristig vergessen:

„Oder haben Sie etwa tatsächlich gedacht, mein Bester, hier wäre es um simple Affairen gegangen, um lächerliche Bettgeschichten, um all das, was unser Salonklatsch so zu bieten hat, Armseligkeiten unserer langweiligen Tage?

Da sind Sie aber nun wirklich Ihrer westlichen Naivität aufgesessen! Hier handelt es sich um nichts weniger als um die Staatsraison, unser geliebtes Russland vor ungutem Einfluss von Aufwieglern zu schützen, wie auch dieser Puschkin einer war, eine Laus par excellence, Stachel im Fleisch der Monarchie und jedes kaisertreuen Bürgers. Da waren die Interventionen aus dem freundlich gesonnenen Ausland recht willkommen, nicht die ersten in unseren Landen und wie ich denke, sicher nicht die letzten. Denn unser Russisches Reich wird für alle Zeiten im Mittelpunkt des Interesses stehen, Weltmacht in jeder Hinsicht sein, merken Sie sich das, mein Bester!"
Er gibt einen fetten, dramatischen Seufzer von sich :
"Was sind wir doch schon gebeutelt worden, immer wieder durch Wirrungen der Geschichte gestolpert, in Irrungen hinein getappt! Aber, attention, Monsieur, attention, letztlich immer wieder neu erstanden, wie Phönix aus der Asche: Der russische Bär, der sich auf die Hinterbeine stellt, triumphierend über alle Völker und souverän über den ganzen Globus hinweg Respekt und Bewunderung einfordert!".
Der Schweinskopf, vermeintlicher Verwandter des Königs der Tundra, hat sich in Rage geredet und würde sicher noch gerne weitere blumige Worte für sein Vaterland finden, doch die Zeit drängt zum Mittagsschlaf. Er muss zur Sache kommen, in möglichst verständlichen Sätzen.
„Franzose und Niederländer, diese Halunken europäischer Provenienz werden nunmehr, entlohnt oder nicht, freiwillig oder nicht, sich umgehend auf den

Heimweg machen und Ihnen, mein Herr Österreicher, würde ich auch dringendst die baldige Heimreise empfehlen, damit Monsieur Gans nicht vielleicht Ähnliches widerfährt wie diesem, unserem größten Genius. Ja, auch dem Begnadetsten hierzulande kann eisiger Wind entgegen wehen, und das nicht nur im berüchtigten russischen Winter."

Damit knallt er ein abgegriffenes Bündel Papiere vor die Nase von Hans - seine Dokumente, übersät mit unzähligen Stempel, Stolz der russischen Bürokratie, in allen erdenklichen Formen, alle mit dem Tenor „Ausreise"

Jetzt kann es ihm nicht schnell genug gehen, alles rafft Hans an sich, eilig will er sich aus diesem widerwärtigen Staub machen, aus dieser Trutzburg von Ministerium, fort vom perfiden Hofgesindel, fort vom affektierten Adel, den Damen und Dämchen, dem Gespinst der Intrigen, dem Ausbund an Gemeinheit und Lüge, den hysterischen Zirkeln aller Art, entfliehen diesem ganzen parfümierten Sumpf, dem trügerischen Schein dieses boshaften Petersburg, weg, nur weg!

Was ist ihm schon dieses Land ohne den Meister, was seine Kultur ohne diesen Titan der Literatur, diesen Kämpfer für Freiheit, für Gleichheit, für die Stimme des Volkes. Was hatte es in Russland denn bislang schon bedeutet, politisch, liberal, gar oppositionell zu denken? Leere Phrasen bloß, entlehnt aus missverstandenen fremden Wörterbüchern, ohne Bedeutung, so lange sie nicht zum eigenen Tod führen.

Das alles hätte Hans gerne dem Schwein auf den Schreibtisch gekotzt, statt dessen stolpert er zur riesigen Tür, froh, in nichts mehr hier ernstlich involviert zu sein. Nur weg, weg, hinter ihm eine höhnische Stimme:

„Bon voyage und grüßen Sie recht herzlich Ihren gütigen Landesfürsten, erzählen Sie ihm viel Schönes von uns und unserer Kultur".

Den nachgesandten Rülpser hört er schon nicht mehr.

30 ZUR GRENZE

Gekrümmt und zitternd vor Kälte hockt Hans in der zugigen Kutsche. Der Kutscher kennt hoffentlich die Straßen. Viel befahren ist er ja nicht, dieser Weg zur polnischen Grenze, herbeigesehnt nun und Ziel aller Wünsche. Doch halt, auch Polen ist ja russisches Herrschaftsgebiet, Zar Nikolaj schließlich König dieses Landes, weit reicht sein Arm. Hans darf sich nicht sicher wähnen bevor er nicht die Füße auf Habsburgischen Boden gesetzt hat.

Doch trügerisch ist die Sehnsucht nach Sicherheit, schließlich weiß er, zu Hause erwartet ihn zwar ein Ferdinand, den sie den „Gütigen“ nennen, hinter dem aber ein Metternich lauert und ein Regime, das Hans nicht so recht aufatmen wird lassen.

Kaum ein Gefährt rumpelt ihnen entgegen, wer will oder kann schon die Grenze passieren zwischen zwei Überwachungsstaaten, in keine der beiden Richtungen. Da ist Hans ja noch einmal davon gekommen, augenscheinlicher Freund eines Revolutionärs, wenn auch eines inzwischen bereits zu Tode gekommenen, vermeintlicher Verbündeter undurchsichtiger Pläne.

Armselige Siedlungen huschen vorbei, als schämten sie sich ihrer Existenz, nicht eben beschienen vom Glanz des Zaren. Fadendünne Rauchsäulchen steigen zögerlich auf aus schadhaften Schornsteinen, kleine, halbblinde Fenster drücken vorsichtshalber die Augen zu, man weiß ja nie, welche Kutsche die Geheimpolizei

da gerade vorbeischickt. Einzig die Kinder sind erfreut, hohlwangig und schmutzig, notdürftig bekleidet, löchrige Schuhe im tiefen Schnee, schreien sie auf vor Vergnügen: endlich eine Menschenseele, die sich hier durch wagt, endlich ein Objekt, auf das es sich lohnt, Schneebälle zu werfen. Gezielt auf das Gesicht des Fremdlings, klatschen die Geschosse angriffslustig auf das Fensterglas, rutschen wie entmutigt ab und nehmen Hans auch noch die letzte Sicht nach draußen. Was dringt da aus den aufgerissenen Mündern, ist es tatsächlich nur Spaß und Übermut? Hans glaubt Silben und Wortfetzen zu erkennen – Ausländer, Ausländer – die Geschosse prasseln nur so auf ihn ein, hat sich da nicht auch eine Hand zur Faust geballt? Des Zaren kleine Soldaten, Russlands Zukunft ist gesichert.
Der Nebel wird dichter, gleichsam Bedrohung und Hindernis, dieses glanzvolle Reich zu verlassen. Schon lässt die Abenddämmerung neue Gefahr erahnen, Hans erinnert sich schaudernd all der winterlichen Unglücksfahrten, die Puschkin so meisterlich niedergeschrieben:
Kutschen bleiben hängen, können im Schneesturm nicht vor und zurück, verlieren die Orientierung in der weißen Eiswüste, kippen gar........ Zur Beruhigung umklammert er das hastig gepackte Köfferchen,hält sich fest an seinen wenigen Habseligkeiten. Vor allem sind es Bücher, die er als Trophäe nach Hause bringt, SEINE Gedichte, SEINE Erzählungen samt ein paar Aufzeichnungen und Bemerkungen, die ihm der Meister in die Hand gedrückt hat.
Die Kutsche steckt schon wieder im Schnee fest,

fluchend treibt der verwahrloste Kutscher die Rösser an, da hilft ihm auch der neuerliche Schluck vom selbst gebrannten Fusel nicht, dawai, dawai....
Endlich ruckt es weiter, Hans wird nach vor geworfen, einige Blätter fallen auf den schmutzigen Boden der Karosse. Hastig klaubt er sie auf – nur nichts verlieren, nichts beflecken!
Da fällt sein Blick wie zufällig auf eine der Zeilen , schräg und trotzig hin gegriffelt:
„Der Teufel hat mir einfallen lassen in Russland geboren zu werden, mit meiner Seele und meinem Talent!"
Die letzte Botschaft Puschkins an ihn!

31 DER KARRIERIST

Früher Nachmittag ist es, wieder eilt ein Gefährt Richtung Grenze.
Obwohl schon März liegt der Schnee noch immer hoch und an ein schnelles Fortkommen ist auch dieses Mal nicht zu denken.
Der Gendarm im dreispännigen Schlitten flucht. Diese Eskorte hat ihm noch gefehlt, kurzfristige Entscheidung des Zaren, diesen Franzosen nur ja schnellstens außer Landes zu schaffen. Als gäbe es in Russischen Landen nicht dringlichere Befehle zur Überwachung.
Doch auch Baron Georges d 'Anthès van Heeckeren hat es eilig, das Reich zu verlassen, wenn auch etwas Stolz in ihm aufkeimt, dies nicht als Niemand zu tun, sondern unter Beobachtung allerhöchster Organe. Freiwillig ist es ja nicht, degradiert hat man ihn, ins Gefängnis gesteckt und des Landes verwiesen, wie einen Meuchelmörder. Die einen nannten ihn „hinterhältigen Henkersknecht", andere wiederum schmeichelten ihm, er hätte sein Leben aus Leidenschaft zu Natalja ruiniert, geopfert romantischen Gefühlen. Beides bloßes Gefasel, Hirngespinste höfischer Klatschsucht , deren Opfer er indes selbst ist. Opfer eines bösen Intrigenspiels, von Machtkämpfen innerhalb eines rüden Staates, die ihn überhaupt nichts angehen und die er möglichst rasch vergessen möchte. Dennoch muss er diesem Regenten wohl noch dankbar sein für sein Leben, schließlich hätte man ihn auch zum Tode

verurteilen können.. Das haben sie aber denn doch nicht gewagt, ihr eigenes Instrument vollends zu eliminieren! Die Verbannung scheint ihnen Strafe genug, verbannt aus den Augen ihres großmächtigen Zaren, verbannt aus ihrer herrlichen Heimat , wie ein unerwünschtes Paket, retourniert ins Absenderland. Er, Mörder des größten Genies russischer Zunge, dieses Verseschmiedes afrikanischer Abstammung, den sich die ganze Nation ans Banner geheftet hat.
Gott Lob weiß keiner, wie gerne er selbst diesem Genie näher gekommen wäre, doch der Platz in seinem Herzen, wenn er denn überhaupt eines hat, gähnt nach wie vor leer, Gefühle wird er sich keine mehr erlauben! Wo hat er bloß diese Zeilen gelesen „Was man liebt, das sollte man am Besten töten“? Wahrlich, gelungene Erklärung für ihn, warum Heeckeren und Ekaterina noch am Leben sind!
Flüchtig erscheint ihm das tief verschneite Schwarze Flüsschen vor den geschlossenen Augen, er spürt sie wieder, die schneidende Kälte, es drängt sich ihm ins Bewusstsein: du hast keine andere Wahl, töte ihn, sonst tötet er dich, den verhassten Feind, der es auch noch gewagt hat, in ihm Begierde aufkeimen zu lassen! Er fühlt es wieder, wie sein Finger blitzschnell den Abzug zieht, die Kugel pfeift ins Nichts, vernichtet jede seiner Sehnsüchte, jede seiner Begehrlichkeiten.
Bitternis regt sich in Georges: das also ist es, das Einzige, das er in seinem Leben bis heute zu Ende gebracht hat: seine Liebe, seine Hoffnung konsequent zu vernichten. Doch ist er sich nicht sicher, ob er nicht auch etwas Stolz verspüren darf: Tausend Flüche haben

sie nun auf den Lippen, all diejenigen, die um ihren einzigartigen Poeten hysterisch jammern, Flüche gegen den Ausländer, den französischen Mörder senden, der sich somit schließlich seinen, wenn auch winzigen Platz in der Geschichte gesichert hat. Dabei war er doch nichts anderes als Spielball, Werkzeug der Mächtigen, die nicht aus ihrem Schatten treten wollten oder konnten.

Hat Puschkin überhaupt begriffen, unter welchen Umständen er, langsam ausblutendes Opfer, in sein Heim zurück transportiert wurde? Dass es ausgerechnet Heeckerens Kutsche war, die, eigentlich auf den jungen Baron wartend, ihm jetzt mögliche Rettung bot vor einem sofortigen Tod? Selbst in diesem Moment, dem Jenseits schon so nahe, hätte er es sicher vehement abgelehnt, vom Todfeind wie ein waidwundes Tier abtransportiert zu werden.

Georges lehnt sich zurück, schlafen kann er nicht. Es ist aber nicht das Rütteln der Räder, das ihn wach hält, es ist eine Stimme, die er nicht loswird „Was wollen Sie denn noch, Baron?“ Es ist ein blitzendes , hochmütig dreinblickendes Augenpaar, das ihn beharrlich ansieht, bemerkt er da etwa Ironie?

Dazu hätte der Dichter noch im Tode ja Grund, schließlich wurde er, wie man hörte, doch im Frack bestattet und nicht in der ungeliebten Hofuniform! Kleiner Triumph für ihn, Zeichen aber für alle , die es sehen wollten: schaut her, Widerstand ist möglich! Ärgernis sicher auch bei der letztlich kleinen Trauerfeierlichkeit für all die überwiegend hochgestellten Persönlichkeiten, die den Dichter recht wenig

schätzten und ihn lieber tot als lebendig sahen, alles Leute, denen auch er, Georges, inmitten ihrer Intrigen oft genug begegnet war.
Gottlob, er konnte sich all den Ränken entwinden , ein sauberer Schuss hat alles bewerkstelligt. Da hat sich die Sonne der russischen Dichtung eben etwas verrechnet, dieser so geübte Duellant und gepriesene Schütze! Vor allem mit Georges Hosenknopf. Dem hat er alles zu verdanken, sein Leben womöglich, einfach abgeprallt ist die Kugel des Gegners an dem kleinen Metall und hat ihm nur leicht den Arm verletzt, immerhin Grund genug, sich ebenfalls als ehrenhaft lädiert im Duell zu zeigen. Zwar hat ihm keiner so rechte Aufmerksamkeit geschenkt, der Poet samt seinem tragischen Schicksal hatte auch hier seinen letzten großen Auftritt. In Gold sollte er diesen Knopf rahmen wenn er nicht zersplittert wäre. Da hat Fortuna sich einmal auf die Seite des Richtigen geschlagen, ganz Frau eben, die weiß, einen rechten Mann zu würdigen und seine Verdienste, wenn er auch nur Glied einer langen Kette war, aber ein kostbares eben!
So holpert er also dahin, der schöne, der geistreiche Georges, der Grenze zu. Gebracht haben ihm all diese seine Bonmots, Plaisanterien, Galanterien nichts à la fin, ein paar lächerliche aventures vielleicht, vergessen bereits, schon zu ihrer Zeit nicht mehr aktuell.
Dafür hat er fürderhin die Hopfenstange Ekaterina am Hals, und das für immer. Adieu, Freiheit und Abenteuer, mit dieser dürren Russin wird er seine Tage verbringen müssen. Ein paar Kinder wird er ihr schon machen, gerührt eine Familie gründen und sie dann eher aus der

Ferne versorgen. Hübsche Weiber, hübsche Knaben werden sich auch in Frankreich finden lassen und die Kontrolle des eifersüchtigen Alten ist er wenigstens los. Der schmachtet noch irgendwo in Petersburger Verwahrung, auch er in Ungnade gefallen. Ihn, Georges, schert das freilich wenig, Hauptsache, Jacobs Schicksal ist nicht mehr an das seine geknüpft und er muss die griesgrämige, anklagende Visage nicht mehr vor sich haben.

Was wird, was kann er also nun anfangen?

„Was wollen Sie denn noch, Baron“ vernimmt er wieder die leise Stimme an seinem Ohr. Ja, was will er denn noch nach diesem russischen Desaster?

Ach, einer wie er wird es sich überall richten, für Politik interessiert er sich, und mit seinen Erfahrungen und Künsten wird ihm der Erfolg auf jedem Parkett auch glücken – glatter als am Zarenhof wird es wohl nirgends sein! Und wer weiß, vielleicht begegnet er ja eines Tages auch wieder dem guten alten Nikolaj, in ganz anderer Position, mit ganz anderen Möglichkeiten, als Weltmann sozusagen. Was sollte da einer glänzenden politischen Karriere im Wege stehen?

Vermögen wird er jedenfalls anhäufen, ein geschicktes Händchen hat er ja schon immer bewiesen. Reich möchte er werden, und einflussreich. Ein wahres Glück, dass ihn dieses kümmerliche Russland, ohne Aufstiegschancen, verbannt hat. Er ist heute schon überzeugt: dieses Duell war der Coup seines Lebens.

Merci, Aleksandr Sergejewitsch Puschkin!

32 DER BOTSCHAFTER

Abermals nimmt eine Kutsche denselben Weg, einige Wochen später. Nur fort, fort aus Mütterchen Russlands Obhut und vor allem aus der des Väterchen Nikolaj.
Sie passiert die selben öden Dörfer, halb erfrorene Gaffer am Wegesrand: Zur Grenze, ja, und noch weiter, dahin möchte wohl mancher gern, zu Hause wird es immer ungemütlicher. Schneebälle, schon etwas matschig, fliegen wieder hinterher: gute Reise in den Westen, in die Freiheit! Anfang April hat der Winter das Land noch immer hart im Griff, genau wie der gute Zar. Doch der Winter wird bald weichen müssen, der gute Zar hingegen wird uneingeschränkt weiter herrschen, so Gott will noch etliche Jahre.
Genau um diesen Monarchen kreisen die trüben Gedanken des Passagiers. Was für eine Schmach hat er ihm doch bereitet, ihm, dem untadeligen Diplomaten und treuen Diener, unerschrockenen Berater und Vollstrecker der Pläne seiner Majestät! Den guten Namen van Heeckeren für immer in den Schmutz gezogen! Bedankt für seine Dienste ist er nicht worden, ausgewiesen hat man ihn wie einen Halunken, seiner brillanten Karriere einfach ein Ende gesetzt.
Aufs Gröblichste wohl wurde seine Ehre befleckt durch die Verweigerung der üblichen Abschiedsaudienz, das erlauchte Antlitz hat sich ihm verweigert, wollte wohl als Mitwisser einer ungeheuren Schuld ihm nicht mehr ins Auge blicken.

Doch welche Schuld eigentlich? Aufruhr oder gar Revolution zu unterbinden und in ihren Keimen zu ersticken gebietet die Staatsraison, Literaten und gar Genies wird es in Russland auch weiterhin geben, Kontrolle und Zensur immer über eben jene zweifelsohne auch. Nichts Besseres hat Puschkin verdient, noch jetzt flimmern dem Baron die Worte dieses letzten Unglücksbriefes vor Augen, treiben ihm die Zornesröte ins Gesicht, lassen seine Elefantenohren erglühen. Eine „alte Vettel" hat er ihn genannt, einen armseligen Kuppler, seinen geliebten Georges einen Feigling und Strauchdieb, syphilitisch noch dazu. Das also war das dichterische Talent Herrn Puschkins, das die literarische Meisterschaft. Seinen Leidenschaften freien Lauf zu lassen, dafür war er ja bekannt, dieser Schreiberling unzähliger amouröser Verse und dass es nicht allein bei diesen blieb war, daran durfte ganz Petersburg teilhaben, inklusive seiner skandalösen Familienverhältnisse. Dass aber sogar der geliebte Adoptivsohn gewisse Neigungen entwickelt haben sollte, das will ihm bis heute einfach nicht in den Kopf. Nun gut, aus und vorbei und einen neuen Anfang setzen.

Ein spitzer Ellbogen bohrt sich ihm unversehens in die Seite: fast hätte er vergessen, dass er nicht allein ist. Neben ihm träumt die Schwiegertochter einer vielversprechenden Zukunft entgegen, ihren Georges, die Liebe und einzige Hoffnung ihres Lebens wird sie in Königsberg treffen, ihn auf den Familienlandsitz begleiten und ihm nicht mehr von der Seite weichen. Welch ein Glück doch das sonst wenig begünstigte

Mädchen hat: vom attraktivsten, begehrtesten Mann Petersburgs aus dem trostlos russischen Mief ins freigeistige Frankreich gebracht zu werden! Keinerlei Anstrengung hat es sie gekostet, nicht die kleinste Intrige, die Drecksarbeit haben andere erledigt, die jetzt das Nachsehen haben.

Und er, er bleibt allein, ohne Georges, ohne die süßen Stunden des heimlichen Glücks. Doch unterstützen wird er ihn wohl immer, wo und wie immer er kann, wer weiß, vielleicht ist ja dieses Band noch nicht gänzlich zerschnitten, gemeinsam durchgestandenes Ungemach schmiedet schließlich zusammen.

Um seine Existenz sorgt sich Baron van Heeckeren kaum: seine diplomatischen Beziehungen wird er spielen lassen, schließlich hat er seine Spinnenfinger überall drin, die Niederländische Botschaft in Wien wäre ihm ganz gelegen, auch am Habsburger Hof lassen sich gewiss erfolgreich Intrigen und Ränke schmieden und Lustknaben finden sich überall.

Versonnen betrachtet er den kleinen Gegenstand, nervös dreht er ihn schon geraume Zeit in den Händen. Eigentlich wollte er ihn aus dem Fenster werfen, auf russischen Boden, wo er hingehört, das lächerliche Präsent des Monarchen, von irgendeinem Lakaien überbracht: ein Tabakdöschen, zwar reich verziert und mit Diamanten besetzt, geschmückt mit dem Konterfei des Kaiser, das ihn aber jetzt höhnisch anzuglotzen scheint: Sie wissen ja, verehrter Baron, solche Angebinde meinerseits bedeuten immer den Abschied auf Nimmerwiedersehen.

Um so besser, wer will schon den alten Tyrannen wieder

treffen, dennoch wird er das Ding da aufbewahren, vielleicht dereinst als Geschenk für Georges, etwa für wieder erwiesene Gunst....

Noch ein bitterer Blick auf das Zarenbildchen, auf diese strengen Züge, diesen bedrohlichen Ausdruck - da drängen sich ihm mit einem Mal einige Zeilen Puschkins auf, wohl zufällig einst aufgeschnappt und wollen ihm nicht aus dem Sinn:

„ Ein Affe liebte es von Jugend an zu springen,
als Greis noch sprang er kühn durch Ringe, Leinen;
Was kam dabei heraus?
Er brach sich seine Beine......“

33 WIEN

Mit weichen Knien steht Hans vor dem immensen Schreibtisch.
Stundenlang ist er durch das bedrückende Labyrinth der Gänge geirrt, treppauf, treppab in diesem feindlichen Ministerium, zuständig für die Äußeren Angelegenheiten des Staates, hat immer wieder falsche Türen geöffnet, in abweisende Gesichter geblickt, Beamte aus dem Dämmerschlaf gerissen, unverständliche Auskünfte erhalten.
Her zitiert haben sie ihn, einfach Befehl erteilt, Stunde, ja Minute festgesetzt: wehe ihm, wenn zu spät, wehe ihm, wenn zu früh, in jedem Fall aber verschlossene Türen.
Blass ist er und schmal geworden. Dieses Land hier, sein Land, soll ihm aber jetzt besser bekommen, aufatmen möchte er, sich endlich entfalten, sich ganz in sein zukünftiges Werk vertiefen.
Noch nimmt der wohlgenährte Beamte hinter dem gewaltigen Möbel keinerlei Notiz von ihm. Hans steigt von einem schmerzenden Fuß auf den anderen. Vor ihm türmen sich Aktenberge, abgegriffene, zerfledderte Papiere, von denen eines, seines vermutlich, gerade in die Wurstfinger seines Gegenübers wandert.
Dieses blickt endlich auf und fixiert den her Befohlenen ungnädig aus geröteten Äuglein. Ein Grunzen lässt sich vernehmen, nicht unähnlich dem russischen vor ein paar Tagen im fernen Sankt Petersburg. Die Heilige,

Völker verbindende Allianz macht dies anscheinend möglich, mit einem Mal hat Hans den pompösen Empfang an der Botschaft vor Augen, ja, er hat einiges dazu lernen dürfen im Zarenreich. Insgeheim erwartet er nun noch den alles einenden Furz, doch windstill scheint es hier, es herrscht wohl doch ein etwas milderes Klima.

„So, so, der Herr kommen also frisch aus Russland wieder zu uns, was hat er denn dort zu tun gehabt, wenn man fragen darf?"

Freilich darf man und gerne ist Hans bereit, eilfertig zu antworten, zu berichten, es sprudelt förmlich aus ihm heraus:

Puschkin, der Dichtergott, der verehrte, der Einzige, ihn hat er zu treffen die Ehre gehabt und....

Die Beamtenhand, fahl und von keinerlei Zeichen ernsthafter Arbeit gezeichnet, gibt ein heftiges Zeichen, so dass der Ärmelschoner beinahe aus seiner peniblen Position geraten will.

„Fass er sich kurz in Gottes Namen! Puschkin? Buchstabier' er das! Ein Dichter? Herr je, haben die Russen nun etwa auch schon die Kultur für sich entdeckt?"

Hans kann, Hans will es nicht fassen: Aleksandr Sergejewitsch Puschkin, Dichterfürst wie Goethe – immer noch zeigt sich der Beamte unbeeindruckt, gut möglich, dass ihm auch dieser deutsche Name nichts sagt - Puschkin also, Verfasser unzähliger, wunderbarer Gedichte, Erzählungen, Theaterstücke. Hans kommt gefährlich ins Schwärmen -

„Papperlapapp, was redet er da" , schon will sich der

Beamte zu einem Machtwort hinreißen lassen, da nennt Hans sein Vorhaben, „Mozart und Salieri“, diese kleine Kostbarkeit ins Deutsche zu übersetzen zu wollen und endlich geht dem anderen ein Licht auf:
„Mozart, die Russen etwa schreiben über Mozart? Die haben doch keine Ahnung, das ist doch ein Unsriger, der gehört allein uns und basta! Und Monsieur sind des Russischen mächtig?“ Gleich scheint er eifrig etwas in seine Unterlagen zu kritzeln, Verdächtiges hat sofort festgehalten zu werden!
Im Übrigen sei es völlig unnütz, irgendwelche fremdländischen Poeten und schon gar keine russischen hier zu Lande noch extra publik zu machen. Hat man doch wahrlich schon genug mit den heimischen am Halse, überprüfen muss man sie ja schließlich alle, durch die kaiserliche Zensurstelle müssen sie und wehe, ein Machwerk erweist sich als Gefährdung der allgemeinen Ruhe oder gar des Gehorsams, drakonische Strafen drohen da, selbst den Buchhändlern und Druckern. Abertausende stehen auf der schwarzen Liste und neulich erst musste ein gewisser Nestroy eine ordentliche Haftstrafe verbüßen, einer der ganz besonders aufsässigen Sorte. Und haben der Herr vielleicht schon von Raimund gehört, oder von einem Grillparzer, allesamt verdächtig, alles Staatsschädlinge.
Auch ihm, Hans, wird man ordentlich auf die Finger schauen. Fürst Metternich ist auf der Hut und nicht gerade als liberal bekannt, nicht umsonst anerkennt ihn Kaiser Franz als einen seiner treusten Diener und Freund, ohne den in öffentlichen Angelegenheiten wie

über Personen kein Entschluss gefasst werden darf.
Hans ringt nach Luft: wo ist er da hineingeraten, hat er tatsächlich das heimatliche Flair so schnell vergessen können? Wen hat er da vor sich, einen Benckendorff, einen Nesselrode, irgend einen anderen der Spitzel des Zaren? Er dachte, er hätte die Grenze längst überquert, mit ihr Überwachung und Despotie hinter sich gelassen, nun sieht er sich mit einem mal den selben Problemen gegenüber, mit denen ein Puschkin zu kämpfen hatte. In gewisser Weise fühlt er sich nun noch tiefer mit ihm verbunden, gleichsam Brüder im Leid.
Nur: Puschkin lebt nicht mehr, gewaltsam zu Tode gekommen, wie er dem Beamten auf eine nähere Frage erklärt, erschossen.
Ein Auflachen, fast der Erleichterung, tönt ihm hinter dem Schreibtisch entgegen:
„Ja, die Herren Poeten, die schießen, so scheint es, recht gerne, erst neulich dieser Raimund und noch dazu auf die eigene Person und vom deutschen Kleist hat man ja vor Jahren schon Ähnliches gehört!"
Aufdringlich kratzt nun die Feder übers Papier, Tinten bekleckste Finger greifen nach etlichen Stempeln, genüsslich werden sie aufs Papier geknallt – Vorschrift ist Vorschrift! Hans ist somit jetzt also wieder zu Hause, schwarz auf weiß, aber unter steter Beobachtung, wie er sogleich belehrt wird für den Fall, dass ihm die heimatlichen Gebräuche bei den russischen Barbaren entfallen sein sollten und mit der Auflage, das schöne Habsburgerreich so schnell nicht wieder zu verlassen. Zurück im heimeligen Wien, dessen trügerische Ruhe nicht gestört werden soll, wo keinerlei Aufmüpfigkeit

gestattet ist, in Taten nicht und nicht in Worten, wo man mit mehr als fünf Freunden auf der Straße besser nicht angetroffen werden sollte um das Versammlungsverbot nicht zu verletzen, wo die „Zentraluntersuchungsbehörde“ ihre Schnüffelnase in allem und jedem hat.
Gemütlich lehnt sich der Staatsdiener zurück, da hat er nun wirklich das bessere Los gezogen in diesem Staat, dem er gerne verpflichtet ist mit all seinen Gesetzen und Vorschriften, die er auch aufs Beste studiert hat. Darf er doch als solch landesherrlicher Diener ein schönes fixes Gehalt einsacken und dem Bürger Rechte, vor allem aber Pflichten in gebotener Strenge näher bringen.
Diesem da, dem kümmerlichen Dichterlein und Zuträger fremder Verskunst, hat er jedenfalls die Leviten gelesen, hier geht es nicht zu wie in Russland.
„Ja, Verehrtester, wir haben hier eine Kultur. Willkommen zurück in der Zivilisation!“
Damit ist Hans entlassen. Himmel fix, es ist ja auch schon Mittagszeit und der Duft von Garküchen kriecht verführerisch in die Amtsräume. Plötzlich erfüllt den Beamten frohe Geschäftigkeit, nur nicht zu spät zu Tisch, das Mittagsschläfchen muss sich ja auch noch ausgehen bevor man Kaffee und Zigarre im Ministerialcafé genießt.
„Also, ich hab die Ehre!“ - So vor die Tür gesetzt nimmt Hans, gleich einem Trüffelschwein, die Spur des Küchengeruchs auf, tritt alsdann hinaus in die freie, in die herrliche westliche Welt und zählt seine paar Münzen, ob sie ihm wohl erlauben, irgend wo einzukehren.

34 EPILOG PARIS

Der Wind hat sich gelegt, kein Flüstern mehr in den Zweigen, keine huschenden Schatten, die die Phantasie beflügeln, ihr zum Flug verhelfen gar bis nach Sankt Petersburg, russische Zarenresidenz anno 1837.
Kein Vorhang bewegt sich mehr verräterisch hinter den Scheiben, verschlossen und stumm, diese Geschichte muss schließlich ein Ende haben.
Sogar das Messingschild hat seine Boshaftigkeit eingebüßt, so viele Jahre schließlich sind ins Land gegangen, so manches hat die Geschichte, um vieles grausamer als in jenen Jahren auch nur vorstellbar, hinweggespült, geebnet, klein gemacht, für heute kaum noch wahrnehmbar, ein fernes, fremdes Echo bloß.
Und doch wurde damals nicht weniger gelitten, nicht weniger geweint, gehasst, Rache geschworen, um Vergebung gebetet, bereut, gehofft. Sie alle waren lebendig, wenn auch ihr Schicksal heute, zwischen zwei papierenen Buchdeckeln eingeklemmt, oft blutleer und nichtig erscheinen mag.
Jeder Akteur auf der Petersburger Bühne, von Puschkin bis zum Zaren, von Natalja bis D'Anthès und van Heeckeren und all den kleinen Nebendarstellern hat seinen Part so gut es ging gespielt, so gut wie möglich für sich selbst, seltener für die anderen. Ihnen allen gemeinsam war das Bestreben nach Glück und Erfüllung, oftmals im Widerspruch zu den anderen Mitwirkenden, allesamt Selbstdarsteller und ausgeliefert

ihren Begierden.
Liebe, die echte, die geheuchelte, wer weiß das schon, war immer im Spiel.
Manch unlauteres Mittel wohl auch, dem Hauptdarsteller kostete es gar das Leben, doch wer darf wohl nach so vielen Jahren noch richten, was gut, was böse? Wer will, wer kann überhaupt richten?
Und führen uns die Überlieferungen etwa gar in die Irre, hat es sich damals ganz anders zugetragen?
All diese Menschen mit ihren Schicksalen sind ausgesetzt unserer eigenwilligen Interpretation, entstehen neu vor Augen durch unseren Schöpfergeist.
Nur das literarische Werk spricht für sich.

ZEITTAFEL

1799 7. Juni, Geburt Puschkins in Moskau
1811 - 1817 Besuch des Lyzeums von Zarskoje Selo bei Sankt Petersburg.
1817 - 1820 Kollegiensekretär im Kollegium für Auswärtige Angelegenheiten in Sankt Petersburg.
1820 Verbannung nach Jekaterinoslawl wegen Ode „Die Freiheit“
Reise dorthin durch Kaukasus und Krim. Berührung mit späteren „Dekabristen“
1823 Beginn des Versromans „Ewgenij Onegin“
Versetzung nach Odessa.
1824 Verbannung auf das Gut Michailowskoje.
1825 Historisches Schauspiel „Boris Godunow“
Aufstand der „Dekabristen“
1826 Audienz bei Zar Nikolaj I.
1829 Trotz Verbotes mit russischer Armee in den russisch-türkischen Krieg
„Die Reise nach Arsrum“
1830 Verlobung mit Natalja Nikolajewna Gontscharowa
Aufenthalt im elterlichen Gut Boldino, Gouvernement Nischni-Nowgorod.
„Der steinerne Gast“, „Mozart und Salieri“, „Der geizige Ritter“
1831 Heirat mit Natalja, Übersiedelung nach

Sankt Petersburg.
Anstellung im Auswärtigen Amt.

1833 Reise nach Orenburg, „Geschichte des Aufstands von Pugatschow“
Verspoem „Der Eherne Reiter“, Erzählung „Pique Dame“
Ernennung zum Kammerjunker.

1836 Herausgabe der Literaturzeitschrift „Der Zeitgenosse“, darin veröffentlicht „Die Hauptmannstochter“

1837 6. Februar Duell am Schwarzen Flüsschen
9. Februar Tod Puschkins
Beisetzung bei Michailowskoje

Datierung nach dem gregorianischen Kalender, 12 Tage früher als der damals gültige Julianische

PERSONENREGISTER

Aleksandr 1. 1777 - 1825, ab 1801 Zar

Anthès, Georges Charles de, 1812- 1895, ab 1836 van Heeckeren, Baron, Offizier der berittenen Leibgarde des Zaren

Benckendorff Aleksandr, 1783- 1844, Graf, ab 1826 Chef der Gendarmerie, Generalstabsoffizier des Zaren

Bulgakow, Aleksandr, 1781 - 1863, 1832 bis 1856 Postdirektor in Moskau

Chitrowo Elizaweta, 1783 - 1839, Mutter von Dolly Ficquelmont

Danzas, Konstantin, 1801- 1870, Schulkamerad Puschkins am Lyzeum in Zarskoje Selo, Sekundant im Duell Puschkins mit D'Anthès

Ficquelmont, Dorothea (Dolly), 1804 - 1863, geb. Gräfin Thiesenhausen, Frau des Östereichischen Botschafters in Petersburg

Gogol, Nikolaj, 1809 - 1852, Dichter, seit 1828 in Petersburg, lehrt dort von 1843 bis 1835 an der Universität Geschichte, ab 1836 bis 1848 vorwiegend im Ausland

Gontscharowa, Aleksandra, 1811- 1891, Schwester von Natalja, seit 1839 Ehrenfräulein der Zarin, ab 1852 Ehefrau von Gustav Vogel von Friesenhof in Wien, später Slowakei

Gontscharowa, Ekaterina, (Koko),1809 - 1843, Schwester von Natalja, ab 1834 Ehrenfräulein der Zarin, ab 1837 Ehefrau von Georges d'Anthès

Heeckeren, Jacob van, 1791 - 1884, holländischer

Baron, 1826 bis 1837 Botschafter der Niederlande in Petersburg, ab 1842 Botschafter in Wien

Karamzina, Sofia, 1802 - 1856, Tochter des Historikers und Schriftstellers Karamzin Nikolaj Kern, Anna, 1800 - 1879, Gattin E.F. Kerns

Lermontow Michail, 1814 - 1841, Dichter, Erzähler, 1834 bis 1837 Fahnenjunker der Gardehusaren, 1837 Strafversetzung in den Kaukasus wegen Gedichts zum Tode Puschkins, stirbt im Duell mit ehemaligem Studienkameraden

Nesselrode, Karl, 1780 - 1862, Graf, von 1822 bis 1856 Außenminister, Vizekanzler, dann Kanzler des russischen Imperiums

Nikolaj 1., 1796 - 1855, ab 1825 Zar

Puschkina, Natalja, (Tascha), geb. Gontscharowa, ab 1831 Ehefrau Puschkins, ab 1844 verheiratet mit Pjotr Lanskoj.

Pugatschow, Emaljan, 1742 - 1775, Führer des Kosakenaufstandes

Sollogub, Wladimir, 1813 - 1882, Graf, Schriftsteller, 1835 Sonderbeauftragter des Innenministeriums

Stroganowa, Natalja, 1800 - 1854, Gräfin

Tschaadajew, Pjotr, 1794 - 1856, Publizist, Philosoph, Mitglied der Dekabristen, Freimaurer, 1836 nach Veröffentlichung der "Philosophischen Briefe" in Moskau unter medizinischer und politischer Obhut

Turgenjew, Aleksandr, 1789 - 1846, Literat, Historiker, Anhänger der Dekabristen